TOUT SUR Mein Kampf

ヒトラー『わが闘争』とは何か

クロード・ケテル　太田佐絵子 訳
Claude Quétel　Saeko Ota

原書房

ヒトラー『わが闘争』とは何か

目次

序文

『わが闘争』がふたたび物議を醸しているときに

二年前まで、だれが『わが闘争』のことを気にかけていただろう。二〇一五年五月八日に、メディアが第三帝国降伏七〇周年をわざわざ取り上げたこともあったが、それくらいのものだ。第二次世界大戦は過去のものとなり、それとともに「ナチズムのバイブル」も徐々に忘れ去られようとしていた。だが二〇一五年秋に、『わが闘争』の著作権が二〇一六年一月一日に消滅するというニュースが突然舞い込んできた。

まず奇妙なニュースだと思った。あの忌み嫌われた本にまだ著作権があったというのだろうか。アドルフ・ヒトラーに著作権？　史上最悪の独裁者ヒトラーは一九四五年四月三〇日に死亡しているのだから、そんな権利もとっくに消滅していたのではないか。だがそうではなかったのだ。不可解なことに連合国は著作権をバイエルン州に移管していたのである。ヒトラーの課税住所が、ベルリンの総統官邸でもベルクホーフ（バイエルン州オーバーザルツブルクにあった別荘）でもなく、バイエルン州都ミュンヘンのプリンツレゲンテン広場一六番地の広壮な邸宅に置かれていたから、という奇妙な理由からであった。

こうして著作権は、著者の死後七〇年間にわたって効力を発揮し続けていた。そして期限となる二〇一五年が過ぎ、翌二〇一六年一月一日から『わが闘争』は自由に出版できるようになった。ユダヤ人大量虐殺、原子爆弾の投下、廃墟、意識の大変革をもたらし、六三〇〇万人（中国人も含めて）が犠牲となったあのひどい戦争が終わったのちも、『わが闘争』はバイエルン州が著作権を保護し続けていたおかげで力を発揮していたのだとの見方もあった。だがあとになってわかることだが、バイエルン州が著作権を保護していたのは再版を禁じるためだった。それだけでなくバイエルン州は、二〇一六年一月一日以降も「著作者人格権」を保持していた。財産権とは異なり、著作者人格権には時効がないからである。それはとくに「著作を守る権利」であり、権利者は著作の完全な形を守り、不都合な脚色（！）に異議を申し立てることができる。だが、『わが闘争』の完全な形とは何だろう。

メディアの反応も奇妙なものだった。何が起こりつつあったのだろう。二〇一六年一月一日からは、どんな出版社でも自由に『わが闘争』を翻訳・出版することができる。だがそれまでこの本が知られていなかったというのだろうか。発見されていなかった、あるいは禁じられていたとでもいうのだろうか。フランスでは一九三四年版（ヌーヴェル・エディシオン・ラティーヌ社）が販売され続けていたし、インターネットでPDFファイルをダウンロードすれば、『わが闘争』のフランス語訳を読むことができた。今も無料で何の警告も受けずに読めることに変わりはない。ところがフランスでは、このようにきわめて好戦的な反ユダヤ主義の著作を考証資料も警告もなしに出版することは、人種的反感を鼓舞するものとみなされ、一九七二年七月一日に施行されたプレヴァン法に違反することになる。[1] インターネットは現在にいたるまで、例外的に処罰の対象となっていないが、出版界はそうではない。

いずれにせよ『わが闘争』の著作権消滅は出版界を揺るがした。ドイツではバイエルン州が先手を打ち、それまでドイツで販売禁止となっていたこの本の注釈付き校訂版をミュンヘンの研究所に委託した。フランスでもファイヤール社による同様の企画が、やはり歴史家チーム主導のもとで進められた。二〇一五年一〇月に行われた発表は激しい論争を巻き起こした。ジャン＝リュック・メランションは一〇月二二日に、ファイヤール社長への公開状で反対を表明した。「私はこの計画に全面的に反対する。この本は近代における最悪の犯罪者の主著である。その男は世界史上最大の戦争の責任者であり、数千万人もの死者をもたらした張本人であるだけでなく、「最終的解決」というイデオロギーの創始者でもある。「最終的解決」というのは、ユダヤ人やジプシーの大量虐殺だけでなく、不幸にして彼の政権や協力政権下にいた同性愛者、政治的対立者であるフリーメーソン、共産主義者、組合活動家、社会主義者たちの殺害をも整然と機械的におこなうものだった。『わが闘争』はナチスの強制収容所にいた六〇〇〇万人と、第二次世界大戦の五〇〇〇万人の犠牲者に対する死刑執行令状である。人類の普遍という考えの否定でもある。歴史家の注釈を付けたとしても、校訂版を出版するという貴殿の計画に反対であることに変わりはない。出版するということは広めるということである。出版計画を示すだけでも、すでにこの罪深い本のとてつもない宣伝になっている。この本をふたたび出版するということは、だれでもこの本を入手できるということだ。だれがこの本を必要としているのか。この本の犯罪的妄想をこれ以上広めることが何の役に立つのか。『わが闘争』で告げられているアドルフ・ヒトラーの数々の罪やナチズムの忌まわしい行為については、だれもが学校で教わったことがあり、直接体験した世代の話を一度は聞いたことがある。よく知っているし、心に深く刻み込まれているではないか」

ジャン＝リュック・メランションは同じ日のツイッターに次のようなコメントを載せている。「ルペンという極右勢力がすでに存在しているのに、『わが闘争』出版などとんでもない！」

フランス左翼党幹部で歴史学教授のアレクシス・コルビエールは、その四日後にこのようなコメントを出した。「『わが闘争』の出版にはいかなる意義もない」。「事実、新たに出版される本はタブー愛好家や、反ユダヤ主義、反共産主義、反フリーメーソンの強迫観念に取りつかれた人たちを喜ばせるだろう。彼らを妄想にひたらせるような激しい執着に満ちた表現がそこに

はあるからだ」(『リベラシオン』紙)

『わが闘争』の新装版(あくまでも紙の本についてである)に反対する人々がおもに主張するのは、極右思想や反ユダヤ主義をあおることになるのではという危惧である。つまりこの本は有害性をそのまま保持しているとみなされている。ファイヤール社が計画したような注釈付き校訂版も、排斥を免れない。『わが闘争』に立派な出版物というニスを塗ろうとしているだけではないのか。反対派ではないが、ナチズムを専門とする歴史家ジョアン・シャプトーは認識論的立場から反対意見を述べている。「このような形で『わが闘争』に注目が集まるのは、ナチズムのヒトラー中心主義的な解釈を助長するという問題点がある」。このような再版の唯一の利点は、無力さを示すことにあるだろうと彼はつけくわえている。もっとありふれた意見としては、歴史家からもそうでない者からも、書店で「陳列棚の一番目立つところ」に『わが闘争』が置かれると思うと腹立たしい、という声が多くあがっている。

賛成派はそれほど多くはない。フランスの小説家ピエール・アスリーヌは、二〇一一年一二月の『歴史 *L'Histoire*』誌で、自分のフェイスブックに『わが闘争』を読めと書き込まれたと憤慨する「極右アレルギー」のインターネット利用者に対して、このように反論している。「記憶から消えることはけっしてないはずなのに、時とともに記憶の闇に紛れてしまうのを期待してこの問題を葬り去ってから何年もたっている(中略)。だから『わが闘争』を教育目的で再出版すべきである。ただしアドルフ・ヒトラーが、ユダヤ人は堕落した人種だと述べている箇所が随所にあるので、「注釈をほどこす」必要があるということは念頭に置いておかなければならない。ナチのガス室の存在を否定する者たちを黙らせたいなら、このような注釈付きの『わが闘争』を、インターネットで自由に閲覧できると同時に、書店で紙の本を買うこともできるようにするべきだろう」

二〇一五年秋に、ふたたび高まった論争について『ル・マガジン・リテレール』誌で質問されたピエール・アスリーヌは、こう主張している。「ナチズムの確立や発展や内包する性質の中心ではないにしても、この本が第二次世界大戦を知るための第一級の史料であることに変わりはない。これは精神病患者（言い古された説明である）の本ではなく、ヴェルサイユ条約のあとでドイツ人が体験した苦しみと屈辱から培われた、ある政治的計画に取りつかれたアジテーターの本である。もしフランス人が一九三〇年代にほんとうにこの本を読んでいたとしたら、そしてその本が不穏当な部分を削除された版ではなかったとしたら、平和主義者やミュンヘン協定支持者の多くが動揺していたはずだ」。アスリーヌは、「ルペンという極右勢力がすでに存在しているのに、『わが闘争』出版などとんでもない！」というジャン＝リュック・メランションの意見にも次のように応じている。「いまだにそんなことを言っているとは驚きだ。メランションや彼に賛同する者たちに従えば、非難に値するが世界を理解するために必要な本をもう出版しないように出版社に頼むことになる。研究者だけでなく教職者、高校生、学生が理解するために必要な本をである。排斥賛成者たちから見ればフランス人はまだあまりにも未熟なので、スーパーマーケット「オーシャン」でこの呪われた本を買ったらヒトラー主義者になってしまうだろうし、一九三〇年代のドイツの読者たちがそうだったようにこの本に取りつかれてしまうだろう、ということになるのだ」

多くの歴史家たちもこの論争にくわわっている。まず『リベラシオン』紙でジャン＝リュック・メランションにかみついたのが、フランス国立科学研究センターのクリスティアン・アングラオだった。彼は『わが闘争』とユダヤ人大虐殺との直接のつながりに異議を唱え、ユダヤ人大虐殺はいずれにせよ起こっただろうとしている。さらに、『わが闘争』を出版させることなく、グーグルで自由に検索できる状態にしておくなら、「消極的に神聖化」することになると強調する。「この本に歴史家の注釈を付けて再出版すべきである。独裁者の病理学的分析や重々しい文体の過大評価を避けるための注釈はそれほど重要ではない。そうではなく、ヒトラーがドイツだけでなくヨーロッパの大きな政治的危機を体現する人物だということをはっきりと示すべきである。幻覚にとらわれた精神病質者でもなく、群衆をあやつる魔術師でもないヒトラーは、取るに足らないエッセイを口述してみずからの存在を示さなければならなかった。とりわけ政治的な企ての火付け役として、変革を示し、組織内部をまとめ、いやおうなく大きな利点を強調しなければならなかった。言い換えるなら、あなたのような読者たちに訴えかけなければならなかったのである。読者が病理学や悪魔学といっしょにしてヒトラーと『わが闘争』を拒否することのないよう、もっぱら歴史や政治の観点から考えるように導いていかなければならないのである。『わが闘争』が、たまたまこの本を手にした迷える人々をナチ化すると考えるのはやめるべきだ。これはすでにナチ化した人々を納得させることしかできない本なのである」

ファイヤール社の社長ソフィー・ド・クロゼは、計画されている注釈版が、このあまりにも有名な本に「口輪をはめる」意図のもとで出版されることになると表明している。このような版の有用性についての議論以上に、禁止事項についての見解が一部の歴史家たちを仰天させた。ドゥニ・ペシャンスキはそれを「きわめて重大な逆行的発言」ととらえ、アンリ・ルッソはこう問いかける。「そのような理論をつきつめていったら、どこで終わるのか。もうヴィシー政権については論じられないのか。悪の領域に属することは知識や思考の領域から締め出さなければならないのか」

こうした嵐のようなメディアの論争のあと（一時的に静まっているにすぎないが）、ファイヤール社は固く秘密を守るという戦略をとった。『わが闘争』でひともうけしたいのか。どこかの団体が利益を得るのではないか。注釈を担当する歴史学者は誰なのか。いっさいは秘密となっている。『リベラシオン』紙からこの本の指揮をとる可能性についてたずねられたフランス国立科学研究センターの研究ディレクター、フロラン・ブラヤールは肯定も否定もせず、その点については「歴史家たちの集合的議論」によって決定されることを示唆した。ファイヤール社社長は意見表明を望まず、出版日程もまだ明確になっていない（当初は二〇一六年一月と見られていた）。

なんという秘密主義だろう！　それでもともかく二年間の翻訳作業を終えた翻訳家のオリヴィエ・マノーニだけはメディアの質問に答えようとした。多くのドイツ人哲学者や作家の翻訳を手がけた彼はこう打ち明けている。「困難な仕事で何度も行き詰まった。それからまた取りかかるのだが、ときには、やり遂げられないだろうと思うこともあった。難しかったのは本が何を言っているかということではなく、著者の思想の不透明さである。いわばとてつもない難問のようだった」。彼はこの新版が、明快すぎるフランス語で「あまりにもみごとに訳された」一九三四年のフランス語版とは異なっていると明言する。彼は自分の翻訳が、「ヒトラーのひどいドイツ語の文体に合っている」ことを望んでいる。この計画の危険性が指摘されていることについて、オリヴィエ・マノーニはこう断言する。「『わが闘争』によってヒトラー主義者になることはあり得ない。繰り返すが、この本は読むに堪えないものだ。座右の書になるのではという声も耳にするが、そういう恐れはまったくないと私は思う[2]」

二〇〇〇ページの大部の著作[3]の出版を待つあいだに、論争が再燃することになる。結局のところ、このような計画の妥当性や、専門家でない人々にとっての有益性について問う前に、あたかも各自が『わが闘争』を読んだかのように論じるのはやめるべきである。少なくとも、内容を正確に知っているかのように論じるべきではない。悪魔的な存在として排斥する以前に、この本はさまざまな理由で謎のままである。表現力に乏しく内容がきわめて読み取りにくいということもある。今日にいたるまでさまざまな版が出版されてきたことも理由のひとつである。

この一連の騒動は、歴史の中で厳しく吟味されるべきである。『わが闘争』は厳密には何を言おうとしているのか。随所にあらわれる反ユダヤ主義をはじめとする、憎悪に満ちた思想の寄せ集めにすぎないのか、それとも正真正銘のイデオロギーなのか。『わが闘争』を書いているときのヒトラーとはどんな人物だったのか、そして彼は本当に著者なのか。この本はどのようにして誕生したのか。一九二五年と一九二六年に二巻に分けて出版されたこの本は、将来の第三帝国や第二次世界大戦の犯罪行為を告げているのか。戦前に、出版物としての『わが闘争』はドイツで、そしてフランスをはじめとする世界各国でどのような運命をたどったのか。第三帝国で暮らしていたドイツ人たちが今、当時はこの本を読んでいなかったと語っていることを信じるべきか。終戦後から今日まで、『わが闘争』はどうなっていたのか。この本が読まれている国、あるいはとにかくこの本が買われているのはどの国なのか。ナチズムのバイブルだったという意義がまだあることに驚くかもしれないが、それも事実である。

専門家たちの論争のテーマをひとつひとつとりあげて疑問に答えたあと、『わが闘争』をどう扱うべきかについて最後に考えなければならない。ピエール・アスリーヌは毒を含んだこの本の現状を、『タンタンの冒険』シリーズの「ビーカー教授事件」に出てくる絆創膏にたとえている。ハドック船長が指先から振り払った絆創膏は、巡りめぐってまた戻ってきてしまうのである。

第一章　『わが闘争』以前のヒトラーはどんな人物だったのか

　一九二五年に『わが闘争』が出版されたとき、ヒトラーはすでに三六歳になっていた。ヒトラーは一八八九年四月二〇日、ドイツのバイエルン州との国境にほど近い、オーストリアのブラウナウ・アム・インの、ごくつつましい家庭に生まれた。今でいうところの「ステップ・ファミリー（連れ子のいる再婚家庭）」で、オーストリアの中級税官吏アロイス・ヒトラーの三人目の妻の、三番目の息子がヒトラーだった［アロイスにとっては四男］。そのとき五九歳だった父のアロイスは、家政婦の私生児であり、三九歳まではシックルグルーバーという姓を名乗っていた。その後ヒトラーという姓に変わるが、ヒートラー、ヒュットラーなどと表記されることもあった。ヒトラーの母クララ・ペルツルはアロイス・ヒトラーの家政婦だったが、愛人になり、その後妻となって二九歳のときにヒトラーを産んだ。クララはアロイスの姪の子どもに当たるため、結婚するには司教の特別許可が必要だった。幼いアドルフは、異母兄のアロイス二世、異母姉のアンゲラ、そしてのちに生まれた妹のパウラとともに暮らし、たびたび引っ越しをした。クララには他に四人の子どもがあったが、幼年期に亡くなっている。当時はまだそういうことが多かった。

少年ヒトラーはリンツに近いレオンディングの小学校に入学する。ヒトラーが一〇歳だった頃の当時のクラス写真が残っている。そこには六列になった四八人の子どもたちが写っている。アドルフは最後列の中央にいて、両隣の子より頭半分だけ背が高い。自信に満ちたようす(「居丈高なようす」とまでは言わないが)でレンズを凝視している。ヒトラーの性格はすでにはっきりとあらわれていたようだが、家庭環境があまりよくなかったためか、勉学への意欲は見られなかった。こうした傾向はリンツの中等教育学校レアルシューレではっきりとあらわれる。ヒトラーはのちに、自分を公務員にしようとする父親のもくろみに逆らうために勉強を投げ出したのだと語っている。より正確には、勉強の方が彼を見放したということだろう。ヒトラーは怠惰で規律を守らず、夢見がちで、絵画の素質が多少あったので芸術の道に進むことを漠然と考えていた。父は家族に対して権力を振るい、体罰もいとわなかっただけに、衝突は避けがたかった。長男のアロイス二世は、父とけんかしてすでに一四歳で家を出ていた。

思春期を迎えたヒトラーは、試験では悪い点数ばかり取っていたが、ひとりかふたりの例外を除けば教師たちは横暴な愚か者ばかりだと思っていた。ヒトラーは学校の規律に従うことができず転校せざるを得なかったのだが、少なくとも読むことくらいは学んだのだろうか。子どもの頃は大衆に人気のあったカール・マイの冒険小説をむさぼるように読んでいた。歴史が好きだったようだが、長続きはせず熱心でもなかった。ヒトラーは独学者として描かれるのがつねであるが、独学者にもいろいろある。サルトルの『嘔吐』に出てくる独学者は図書館でアルファベット順に片っ端から本を読んでいて、Lのラルバレトリエ著『泥炭と泥炭層』を読んでいるときに主人公に出会うのだが、ヒトラーの場合はそのような独学者にはほど遠い。アドルフ・ヒトラーは幼い頃からどうしようもない怠け者と思われていたのである。

一九〇三年に父が急死し、ヒトラーはかつてないほど夢想にふけるようになった。それ以後は家の中で唯一の男性となった。リンツの寄宿生のための部屋に住み、母に会いに行くのは日曜日だけだった。ひとり暮らしでおそらく成績不振に苦しんでいたのだろう。ヒトラーは体が弱く、リンツで知り合った唯一の友人とは言わないまでも、数少ない友人のひとりであるアウグスト・クビツェクは彼のことをこのように語っている[1]。「彼はすらりと背が高く、青白くて細長い顔をしていて肺結核患者のようだった。まなざしは妙に澄んでいてきらきらした目をしていた」。いずれにせよ学業成績が悪かったので官吏への前途にはほど遠く、職人仕事の見習いにも向かなかったヒトラーは、それまで以上に芸術家になること、それも偉大な芸術家になることを夢見るようになった。一九〇六年五月、ヒトラーの母親はヒトラーがウィーンに長期滞在できるだけのお金をなんとかかき集めてくれた。ウィーンでは、建築やオペラをはじめ、すべてが彼を魅了した。

もうしばらく寡婦である母のおぼつかない家計に頼って生活していければよかったのだが、その母が病に倒れ、癌の手術を受けなくてはならなくなった。ヒトラーの母は一九〇七年一二月二一日に亡くなった。亡くなる少し前、息子がウィーンの美術学校に入学できるようにと、夫からのわずかな遺産を渡していたのである。ヒトラーは美術学校の入学試験に落ちていたのだが、ウィーンにとどまりたかった彼は、死に瀕していた母にそのことを伝えていなかった。しかも一度も母の前に姿を見せようとしなかったのである。

ヒトラー自身によって『わが闘争』の中で述べられ、すっかり定着している伝承によれば、オーストリアの首都でひもじい時代がはじまることになる。とはいえこれを絶対視すべきではないと思われる。実際にはわずかながらも孤児年金を受け取っていて、最低限の生活が保障されていたらしい。[*2] 一九〇九年秋には、質素ながらも間借りしていた部屋を出て、怪しげなホテルや浮浪者収容所を渡り歩いた。実際には、行き先を告げずに立ち去ることによって兵役義務から逃れようとしていたのかもしれない。それはヒトラーが反軍国主義者だからではなく、ましてや平和主義者だからでもなく、その反対で、ハプスブルク君主国のような多民族国家で兵役を果たしたくなかったからである。

事実、ヒトラーは一九一〇年二月九日以降、メルデマン街にあるメンナーハイム（単身男性住宅）に移っている。浮浪者収容所とは無縁の、ウィーン市から助成金を受けた寄宿舎で、じゅうぶんな食事と間仕切りのある大寝室、図書や新聞が置いてある広い休憩室がきわめて安い値段で提供されていた。いぜんとして定職にはつかないまま、ヒトラーはここに三年半とどまり、ウィーンの街路や建物や風景の、絵葉書や水彩画を描いていた。それは写生によるものではなく、他の絵を模写していたのである。貧乏仲間で前科者だが抜け目のないラインホルト・ハーニッシュが彼の絵を売っていた。[3] 絵葉書や水彩画のほか、小さな商店から広告ポスターなどの注文も受けていた。

ヒトラーの財政状況は一九一一年五月には好転する。母方の叔母から遺産の一部を受け取ったからである。ヒトラーは「芸術的制作」を減らして、ウィーンでいちばん多くの時間を費やしていたことに、よりいっそう没頭できるようになった。つまりカフェやメルデマン街の寄宿舎で新聞を熱心に読んだのである。そのころ世間をにぎわせていた問題にかんする本や冊子も読んでいた。ヒトラーは政治に関心を抱きはじめたが、政治に参加することはなかった。ただ読んで、聞いて、学んでいた。身体的・知的長所はあまり多くなかったが、並はずれた記憶力に恵まれていた。もっとも分析能力はなかった。それが真の知性といえるのかについては疑問が残る。

オーストリア帝国の政界は三つの政党が支配していた。つまり社会民主党、キリスト教社会党、汎ドイツ党である。ヒトラーはすぐにキリスト教社会党と汎ドイツ党に共感する。ドイツ人は多民族国家であるオーストリア＝ハンガリー帝国の中で少数民族となっていたが、ヒトラーは自分がドイツ人だと感じ、ドイツ人であろうとしていた。ドイツ民族主義運動の新右翼政治家、ゲオルク・リッター・フォン・シェーネラー（一八四二～一九二一）の本や記事を読んでいたことは間違いない。政治活動の絶頂期にあった彼は、オーストリアでまさに崇拝されていたからだ。彼の影響力により、オーストリア帝国のドイツ人たちは、過激な反ユダヤ主義の「フェルキッシュ」な汎ゲルマン主義［ドイツが中心となってゲルマン民族の団結と世界制覇を達成しようとした思想・運動］者になっていた。

一九世紀末にドイツにあらわれたフェルキッシュ運動は多くの協会を擁し、ゲルマン民族《フォルク》の古い起源や、「民族の純粋性」の妄想を助長した。やがてヒトラーのイデオロギーの中で大きな位置を占めるようになるこうした「人種差別主義」は、人類の中にさまざまな人種が存在することを前提とし、一部の人種は他の人種より優れているので、その優越性が歴史的な支配権を可能にしていると考える。このような人種差別主義は、とくに一九世紀にあらわれた「社会進化論」（ダーウィンは認めていない）といわれる教義によってはぐくまれたものだった。それによれば、個人間の生存のための戦いは、人類の進化の重要な根源である。「適者生存」（ハーバート・スペンサー、一八六四年）は、生存に適さないものの排除を意味する。競合する社会的集団に直面して弱まっている集団を危険から保護する必要はないということである。

一八八二年にシェーネラーとその支持者たちは、当時オーストリアで広まっていた反ユダヤ主義を組みこんだ、人種差別主義的なドイツ民族主義運動の綱領である「リンツ綱領」を作成した。そこには「計画されている改革を確実に実施しようとするなら、政界のあらゆる部門からユダヤ人の影響力をなくすことが不可欠である」と書かれている。シェーネラーはこうした社会的反ユダヤ主義を超えて、人種的反ユダヤ主義に向かう。彼によれば、ユダヤ人がキリスト教に改宗していようと問題ではない。「ユダヤ人の血の中に不潔なものがある」ので、「ドイツ人の血」を守らなければならないというのである。このようなドイツ民族主義には、さらに汎スラヴ主義［スラヴ語民族の統一運動］への対抗意識も含まれていた。

ヒトラーはシェーネラーだけでなく、ウィーン出身のオカルティスト、グイド・フォン・リスト（一八四八～一九一九）の著書も読んでいた。リストは社会進化論の流れをくむアーリア人種至上主義の主唱者であり、彼にとって優れたインド＝ヨーロッパ語族の純粋な人種がアーリア人種であった。古代ゲルマン人にとって太陽の象徴であった鉤十字《ハーケンクロイツ》（実際には古い時代から用いられてきたシンボルのひとつである）を紹介したのもフォン・リスト（フォンという称号は詐称である）で、それを「不屈」、「天からの力」を示す記章とした。そしてあらたな時代の到来を告げたのである。「まだ少数民族に過ぎなくても、われわれはアーリア＝ゲルマン精神の完全なる覚醒の黎明期にいる」

ヒトラーはおそらく、ウィーン出身でリスト支持者のイェルク・ランツ・フォン・リーベンフェルス（一八七四〜一九五四）（こちらもまた「フォン」の詐称である）の著書もおそらく読んでいただろう。ランツはシトー派の修道士だったが、アーリア人種と金髪を称賛する学説を展開しはじめ、一八九九年に修道生活を捨てた。一九〇五年には、フェルキッシュと人種差別主義のテーマが入りまじった、「金髪の男性至上主義者の雑誌」というサブタイトルのある雑誌、『オスタラ』を創刊した。同じ年に、注目すべき『神聖動物学』も発表している。その中で彼は、精神病患者や「劣等人種」の断種、そして強制労働につかせることを強くすすめ、「アーリア人種」を賛美している。アーリア人種は神人（*Gottmenschen*）であるが、聖書の時代から「有色の獣人」によってけがされてきた。アーリア人種は「人種隔離」によってしか「神性」に到達しないだろう、というのである。戦後になってランツは、ヒトラーが自分のもっている『オスタラ』の欠けているバックナンバーを求めて訪ねてきたことがあると語っている。

ヒトラーはウィーンの汎ゲルマン主義の新聞『アルドイチェス・フォルクスブラット』も読んでいた。シェーネラーの誕生日になると「ハイル・デム・フューラー！」（「われらが指導者万歳！」）と敬意を表していた新聞である。シェーネラーのことを「ビスマルク以来わが民族に与えられた最も偉大な人物」とみなしていた。[4] ヒトラーがフランツ・シュタイン（一九〇八年に面識を得ている）の論説を読んでいたというのはもっと信憑性が高い。汎ゲルマン主義労働者運動のリーダーで、ウィーンの新聞『デア・ハマー』の発行人でもあるフランツ・シュタインは攻撃的発言で知られた国会議員でもあった。彼はビスマルク没後一〇周年の翌日、一九〇八年四月一日付け『アルドイチェス・フォルクスブラット』紙にこのように書いている。「おそらくはドイツ国民に幸福がもたらされ、偉大さと力強さと華麗さと気高さでオットー・フォン・ビスマルクに匹敵する行動家が二〇世紀に現れて、未完成の仕事を成し遂げるだろう[5]」

この新聞ではユダヤ人はつねに腐敗と汚職と堕落の役人として描かれていた。ルターは彼らを「悪魔の子どもたち」と呼んでいた。イエスを十字架にかけたのは彼らだったではないか。当時のオーストリア、そしてとくにウィーンでは、このような反ユダヤ主義がかつてないほど広まっていた。ヒトラーが称賛し、一八九七年から一九一〇年まで首都ウィーンの市長だったカール・ルエーガーは、選挙向けに反ユダヤ主義を表明している。そのころウィーンに住み、その後ユダヤ人として亡命を余儀なくされたシュテファン・ツヴァイクは、『昨日の世界』（原田義人訳、みすず書房『ツヴァイク全集一九・二〇』、一九七三年）で、ルエーガーが「小市民の不満に、はっきりと目に見える形で敵を示していた反ユダヤのスローガンの有効性を教えたことで」ヒトラーの模範であったと書いている。

ヒトラーがのちに語っているように、反ユダヤ主義を中心とする信念を固めたのはウィーンだったとされている。だがいくつもの証言はそうではないことを示している。寄宿舎や浮浪者収容所でヒトラーと知り合った多くのユダヤ人の友人たちは、強迫的でヒステリックな反ユダヤ主義のヒトラーというイメージを否定しているのである。しかし温められた思想はそのままではおさまらなかった。この貧困時代に気持ちのすさんだ落伍者となったヒトラーは、さまざまな憎悪に染まっていく。ハプスブルク家や多民族国家オーストリアへの憎悪、マルクス主義や社会民主主義への憎悪、議会制度への憎悪、「近代ウィーン」[6]への憎悪、そしてユダヤ人への憎悪である。

真の友人もなければ女性関係もなく、酒も飲まず煙草も吸わず、誰にも、日記にさえも胸中を明かすことのないヒトラーの病的な内向性を考慮に入れなければならない。カフェや寄宿舎や公共の場所で、新聞記事を読んだり誰かの指摘を聞いてかっとなり、長々と弁じたてているのを目にしていなかったら、というより聞いていなかったら、誰もが彼のことを社会に適応できない人物（慢性的な怠け者であり、かつ継続的努力がまったくできない）だと思っただろう。とはいえ彼は議論したというわけではなく、話し合うこともほとんどなかった。われを忘れてまくし立てるばかりで、わずかな傍聴者を感動させることもなかった。

おそらくは徴兵を逃れ続けるため、あるいは反対に、徴兵対象年齢を過ぎた二四歳の自分に当局がもう関心を持たないだろうと考えたからかもしれないが、優柔不断なヒトラーはオーストリアを離れ、心の祖国であるドイツに向かう。一九一三年五月二四日、彼はメルデマン街の寄宿舎の僚友とともにミュンヘンに降り立った。ふたりはミュンヘンの貧民街の小さな部屋で共同生活をする。ヒトラーは絵を描いて生計を立て、今度は自分で絵を売った。結局そのおかげでどうにか生活できていたのである。国際的な緊張が高まっていた一九一三年に、相変わらず孤独好きなヒトラーは、かつてないほど政治に関心を抱いていた。ウィーンでそうだったように、カフェで新聞を読み、駄弁を弄する機会にも事欠かなかった。ヒトラーは将来のことを気にかけているようには見えなかった。ミュンヘンでの暮らしに満足していたが、そこで過去の経歴に捕らえられることになる。オーストリア当局がミュンヘンの領事館と警察を介して、徴兵審査委員会への出頭をヒトラーに命じたのである。ドイツとの国境に近いザルツブルクで徴兵検査を受ける許可を得た彼は、「虚弱のため兵役および補充要員に不適。武器を取ることができない」として不合格となった。

一九一四年二月、宣戦布告が数か月後に迫っていた。八月二日（ドイツがロシアに宣戦布告した日）、ヒトラーはミュンヘンのオデオン広場にいた。ひょっとしたら歓喜する群衆の中で喜びを表情にあらわしているヒトラーを見分けられるかもしれない。[7] 八月三日のフランスへの宣戦布告のあと、ヒトラーはバイエルン連隊に入隊を果たす(軍事委員会は入隊基準を急に緩めたのである)。ヒトラーが戦争への熱狂を何百万人ものドイツの若者たちと共有していたのは事実だが、これが彼にとっての人生のはじまりでもあった。ドイツ人であることを自覚するヒトラーにとって、戦争への参加は市民権の証明であった。しかも厳しく統率された組織に組みこまれることは、非社会的なヒトラーが社会にくわわる最後の手段であった。

ヒトラーの部隊は一九一四年十月にフランスへ移動する。戦地の状況は厳しく、初期のすさまじい戦闘は、当然のことながら新参兵たちが思い描いていたイメージとはほど遠いものだった。だがヒトラーは、不平屋という評判にもかかわらず、精力的で勤務評定の高い兵士として働いた。彼はつねに何をすべきかを他の誰よりもよくわかっていたのである。彼が伍長以上の階級にならなかったのはおそらく——というよりまさに——そうした理由からだろう。それでも一九一四年には二級鉄十字勲章、一九一八年八月には一級鉄十字勲章を受けている。塹壕の修羅場は経験しなかったが、伝令という危険な仕事は経験していた。通信が途切れたときに伝言を伝えるために前線のあいだを走るのが使命であった。一九一六年にはじめて負傷し、一九一八年一〇月に毒ガスを浴びて、パーゼヴァルクの病院に入院する。そしてそこで終戦を迎えた。

ビアホールで自堕落な生活をしていたヒトラーは、この戦争によって確かに変わった。ウィーンでの四年間については強い関心が寄せられているが、第一次世界大戦での四年間についてはあまり語られていない。彼が考察をめぐらし、世界観《ヴェルトアンシャウウング》を形成したのはこのときである。大ドイツについて彼はどのようなことを確信し、どのような運命を思い描いていたのだろうか。そしてあれほど期待していた勝利が遠のくにつれて、どのような原因を指摘していたのだろうか。つねに寡黙で孤独なヒトラーは、戦友たちにあまり良い記憶を残さなかった。ユーモアに欠け、酒を飲まず、煙草も吸わず、フランス人の「かわいい女の子たち」まで避けていた——それはドイツ人の道義に反することだと言っていたのである。一九一四年のクリスマス休戦に反対を表明したような過度の傾倒も非難されている。わずかな愛情は子犬に向けられた。ヒトラーは前線のあいだで拾った子犬にフォクスルと名づけ、並んで寝ていたのである。激しい愛国心は弱まることはなかったが、戦争は長引いていた。一九一六年末に外出許可が出た際に知った銃後の悲観論を彼はのろわしく思った。そこにユダヤ人の影響力があったと彼はのちに語るが、当時はそうだっただろうか。ヒトラーほど内向的な人物にはまったく意味をなさないことかもしれないが、彼の戦友たちには彼が反ユダヤ主義について語っていたという記憶がなく、前線からの手紙（あまり多くはない）についても同様であった。

とはいえドイツ国軍省は、ユダヤ人が前線におもむかない「後方勤務兵」になっている、あるいは戦争から利益を得ていると非難する世論を受けて、一九一六年一一月に最初のユダヤ人人口調査（*Judenzählung*、「ユダヤ人集計」）を実施している。このような調査が法で定められたのははじめてのことであった。[8] やはり戦時中の一九一七年九月には、超国家主義的で反ユダヤ主義のドイツ祖国党が設立されている。「ドイツ人がドイツ的になればなるほど、ユダヤ人はよそ者になった」[9]。党員数が一二五万人に達したあと、一九一八年一二月に消滅するこの党は、「背後からの一突き」を公然と非難した最初の党である。

休戦の知らせはヒトラーにとって大きな衝撃であり、のちに「とんでもないこと」だと語っている。ヒトラーは一九一八年一一月末にミュンヘンに戻るが、第二の祖国であるミュンヘンはもうそこにはなかった。労働者の評議会が宣言したバイエルン自由共和国は、「プロイセンの軍隊」を受け入れることを拒否した。首相兼大統領であったクルト・アイスナーが一九一九年二月二一日に暗殺され、それを機に暴力がエスカレートしていき、四月七日にはソ連型の「レーテ共和国」が宣言されるにいたった。だがドイツ共産党によるベルリンのスパルタクス団蜂起と同じように、フライコール（「ドイツ義勇軍」）によって鎮圧された。フライコールは復員した軍人たちによって構成され、休戦中の国軍によってひそかに装備を施されていた。各地の共産主義革命は鎮圧された。ミュンヘンでは、戦闘の犠牲者にくわえて、数百人が処刑され、数千人が長期の禁錮刑を宣告された。バイエルンは長きにわたって超国家主義的な協会や軍事組織の拠点となる。

国軍を離れた三〇歳前後のヒトラーは、ミュンヘンでふたたび不安定な状況に置かれることになる。相変わらず定職に就く決心のつかないヒトラーはまず、警備の仕事をした。バイエルンの首都を血で染めたできごとのあと、彼はその規律正しさと忠誠心によって国軍の調査委員会のメンバーに任命される。情報将校のカール・マイヤーは反共和主義者で強固な反ユダヤ主義者であり、プロパガンダも含めた部門の責任者であったが、のちにヒトラーを迷い犬にたとえて、同情から彼を選んだのだと語っている。

一九一九年五月末から六月初旬、ヒトラーは宣伝活動家の名簿に登録される。宣伝活動家としてベルリンに派遣され、国軍が出資する公民教育の講義を受けた。ドイツの歴史や政治経済、国軍の存在理由を教える大学教授たちの中に、ヒトラーに強い印象を与えた経済学者、ゴットフリート・フェーダーがいた。フェーダーは一九一七年に、「資本主義の束縛に対して闘うドイツ連盟」を立ちあげたやや狂信的な独学者で、アーリア・ゲルマン神話を発展させたフェルキッシュで反ユダヤ的な汎ゲルマン主義を標榜するミュンヘンの秘密結社、トゥーレ協会の一員であった。『ミュンヒナー・ベオバハター』（『ミュンヘン観察者』）という新聞を発行していたが、一九一九年に『フェルキッシャー・ベオバハター』（『民族観察者』）に名称変更している。トゥーレ協会員の中には、グイド・フォン・リストやランツのほか、ヘルマン・ゲーリング、ルドルフ・ヘス、アルフレート・ローゼンベルク、ユリウス・シュトライヒャー、ハンス・

フランク（バイエルン・レーテ共和国制圧に参加した人物）など、のちの第三帝国で要職を占める者たちがいた。ヒトラーは立場上この協会のメンバーではなかったが、定期的に招かれていた。

一九一九年八月、ヒトラーは捕虜生活から戻った兵士を一時収容する施設に派遣される。ヒトラーは、低下したとみなされた士気を将来に向けて取りもどさせるための市民教育班の一員だった。上官たちは演説家としての彼の才能や、「たぐいまれなしゃがれ声」を褒めちぎっている。ヒトラーは「青白くやせた顔に髪を垂らし、冷たく輝く狂信的なライトブルーの目をしていた」[10]。生まれ変わったヒトラーは第一次世界大戦中にたくわえていたカイゼルひげを切り、その後彼のトレードマークとなる「チャップリン」型のひげをはやすようになる。彼はさまざまな超国家主義的団体や結社、協会で講演をするようになった。いずれも秘密組織であったが、敗北後（というよりむしろ休戦後。なぜならドイツ軍は打ち負かされたとは考えていなかったからである）、とくにヴェルサイユ条約後、ドイツ国民を支配していた大きな不安を体現していた。[11] このようにヒトラーは「ドイツ民族至上主義的攻守同盟」（*Deutschvölkischer Schutz-und Trutzbund*）——この名称は架空のものではない——を前にして演説をする機会がたびたびあった。

だが何を話したのだろう。戦争に背を向けて、新生ドイツの将来を語らなければならないという話である。中心テーマはもちろんナショナリズムだ。急進的ナショナリズムはフェルキッシュなゲルマン思想の中に深く根を下ろしていた。しかしそこにはアンチテーゼとして、同じく急進的な反ユダヤ主義も含まれていた。高等人種は下等人種なくして存在しない。そこでヒトラーはウィーンではなくここミュンヘンで、反ユダヤ主義の演説を練り上げる。[12] ここでは聴衆の大部分がすでに反ユダヤ主義の演説を聴いていたからだ。それは非理性的な反ユダヤ主義でも宗教に対する闘いでもなく、日常的な敵に対する国民的闘いとなった理論的反ユダヤ主義（ヒトラーは「科学的」とのちに語っている）であった。それはヒトラーが政界に入る足がかりのひとつとなった。

一九一九年九月、国軍の政治部門はドイツ労働者党（DAP）という小集団の調査をヒトラーにまかせる。ドイツ労働者党は一九一九年一月、鉄道工場の錠前師アントン・ドレクスラー、スポーツ・ジャーナリストのカール・ハラー、トゥーレ協会員のゴットフリート・フェーダーとディートリヒ・エッカートによって設立された党である。このフェルキッシュな小集団はその名称にもかかわらず（マルクス主義の遺産から解放された「国家社会主義」である）、党員数はわずかだった。ヒトラーはまばらな聴衆のなかに溶け込むどころか、彼の指導者となったフェーダーの講演のあとに発言した。革命の労働組合主義とユダヤ人を攻撃するドレクスラーの「わが政治的な目覚め」というパンフレットに、ヒトラーは賛同する。そしてその数週間後にはDAPに入党している。そのころのヒトラーがまだ国軍の予算を受け取っていたかどうかはわからない。いずれにせよ彼は難なくこの党の指導委員会にくわわり、プロパガンダを担当していた。それについて彼はハラーと対立する。ハラーはトゥーレ協会がそうだったようにポスターや政治集会とはほど遠い、陰謀的秘密結社の状態を保とうとしていたからである。しかしヒトラーの影響力が大きくなった一九二〇年一月五日、ハラーは辞職を決めた。

一九二〇年二月二四日、ミュンヘン最大のビアホール、ホーフブロイハウスで開かれた大規模集会で二五か条綱領が採択される。それは「さまざまな社会階層の熱望を満足させることのできる、いわばフェルキッシュ思想、反ユダヤ主義、修正主義、衆愚政治の寄せ集め」（マルリス・G・シュタイナート、『ヒトラー』）であった。民族自決権にもとづく大ドイツの実現、ヴェルサイユ条約とサン＝ジェルマン条約の破棄、領土と植民地、「ドイツの血」をもつ者だけに与えられる市民権などを主張していたのである。宗教は重要ではなかった。したがっていかなるユダヤ人も市民になることはできない。「非市民は訪問者としてしかドイツでくらすことはできず、外国人にかんする裁判権に従わなければならない」。非ドイツ人の新たな移入は防がなければならない。国家はすべての市民に生存手段を保障しなければならない。市民の第一の義務は働くことである。「働かない者と裕福な者の収入は削減される」。「利子の束縛」（フェーダーのお気に入りのテーマ）もなくさなければならない……。国民精神は学校でたたき込まれるべきである。スポーツと体育は義務化する。国軍とジャーナリズムはドイツ人のみとする。信仰は自由だが、「ユダヤ＝物質主義精神」に立ち向かう「建設的キリスト教」でなければならない。

この時期にＤＡＰは、「国家社会主義ドイツ労働者党」（ＮＳＤＡＰ、ナチ党）へと党名を変更する。党章も定められた。ヘルマン・エアハルトの名高いエアハルト海兵旅団のエンブレムとしてすでに知られていたハーケンクロイツが採用されたのである。ヒトラーはその象徴体系について、「白はナショナリズム、赤は社会主義、ハーケンクロイツはアーリア人種」であると説明した。そのころ週刊紙だった『フェルキッシャー・ベオバハター』は、一九二〇年一二月に買収され、新しい党の公式機関紙となった。その運営は、ヒトラーと親しく戦時中は伍長だったマックス・アマンにまかされた。彼は粗野で不作法だったが、優れた企画者だった。編集長には、ゴットフリート・フェーダーやアルフレート・ローゼンベルクとともに、すでに過激な反ユダヤ主義の『アウフ・グート・ドイチェ』誌を発行していたディートリヒ・エッカートが就任した。

エッカートは、ヒトラーをミュンヘンの上流社会に引き入れただけでなく、イデオロギーの面で大きな影響を与えた[13]。リストやランツの思想の影響を受けた人種主義の理論家であるエッカートは、ヒトラーが説得力のある論拠を示すこと、政治的信念を確固たるものにすることに貢献した。エッカートは一九一九年にすでに『アウフ・グート・ドイチェ』誌の中で、「ユダヤ人問題とは、人類の主要問題であり、その中には、実際、その他の諸問題のあらゆるものが含まれている。ユダヤ人の秘密に光を投げかけることができるならば、地球上に暗闇のままであるものは何もないのである」(『フェルキッシュ革命——ドイツ民族主義から反ユダヤ主義へ』、植村和秀・大川清丈・城達也・野村耕一訳、柏書房、一九九八年)と書いている。[14] 彼はのちに同誌で「これがユダヤだ」という論説も書いている。コンラート・ハイデンは「エッカートはおそらくヒトラーに誰よりも深い影響力をおよぼした」と述べている。[15]

エッカートはヒトラーにアルフレート・ローゼンベルクを紹介した。ローゼンベルクは『ミュンヒナー・ベオバハター』紙に、『シオンの賢人の議定書』のドイツ語版を載せた人物である。ユダヤ人とフリーメーソンによる世界征服計画をあらわしたこの書は、反ユダヤ主義の奇妙な偽造文書でありながら長く読まれ続けることになる(まだ根強く残っている)。ヒトラーにヒューストン・ステュアート・チェンバレン[16]の著書を紹介したのもローゼンベルクである。チェンバレンはイギリス生まれで、一四歳からドイツで暮らし、ドイツ国籍を取得した。ゴビノー[17]の弟子である彼は『一九世紀の基礎』(一八九九年)の中で、アーリア人種の神話を取り上げている。アーリア人種はヨーロッパとアジアのあらゆる支配階級の祖先である優越人種で、ドイツでは純粋な状態で残っているとしていた。チェンバレンはケルト人、スカンジナビア人、北アフリカのベルベル人も同じゲルマン系に属する人種とみなしてアーリア人種の中に含めていた。

その他のフェルキッシュ理論家たちもヒトラーに影響を与えなかったはずはない。ポール・ド・ラガルド、ユリウス・ラングベーン、アルトゥール・メラー・ファン・デン・ブルックが挙げられる。三人とも民族主義的革命を成し遂げる指導者、フューラーを待ち望み、ユダヤ人のことを「フォルク」を崩壊させる「菌」とみなしていた。

そしてヒトラーは語りに語って演説を完成させていき、バリトンの声（やがてはしわがれ声になる）に抑揚をつけ、聴衆を増やしていった。お気に入りのテーマはつねに、ドイツの戦争責任についての反論、賠償金の支払いをはじめとするヴェルサイユ条約の破棄であった。ヴァイマル共和国のリーダーたちを嘲弄し、裏切者、愚か者と呼んでいた。罵倒、下卑た冗談、大衆的な語り口、デマゴギー、単純化、いくつかのセンセーショナルな言い回しも、聴衆を魅了した。ユダヤ人ももちろん忘れてはいなかった。国家崩壊の原因であるだけでなく、国内政治や国際舞台の陰で糸を引いていると非難したのである。そして共産主義世界に対する攻撃では、プロレタリアート独裁のソヴィエト連邦は存在せず、四七八人の自称「人民の代表」がいて、そのうち四三〇人のユダヤ人がプロレタリアートに対する独裁を行っているのだと語っていた。[18]

一九二一年七月二九日、ヒトラーは離党というおどしをかけたのちにＮＳＤＡＰの党首にのし上がった。ドレクスラーはもはや名誉指導者にすぎなくなった。その夜、党で一番若く、優れた演説家でアジテーターでもあるヘルマン・エッサーが、集会でヒトラーのことを「われらがフューラー」と紹介している。ディートリヒ・エッカートはすぐに『フェルキッシャー・ベオバハター』でヒトラーをそう呼んだ。ヒトラーの演説の言葉による暴力を反映した暴力がやがて、街頭でも行われるようになる。婉曲的に「秩序を守る男たち *Ordnungsmänner*」と呼ばれるＮＳＤＡＰの小部隊が一九二〇年夏から街頭を歩き回るようになる。この小部隊は集会を「守り」、あらゆる反論をさえぎった。この「整理隊 *Ordnertruppe*」は、超国家主義から共産主義まで当時たくさんあった他の政治的活動の集会でもめ事を起こす役目も担っていた。イタリアのファシストたちの恐怖政治にならったやり方は、理屈の上ではナチ党の若者たちによってはじめられたということになる。一九二一年の『フェルキッシャー・ベオバハター』紙には、「この年にはまだ行動的党員たちがみな手荒な討伐精神に駆り立てられていた[19]」とある。

市街での乱闘騒ぎの常習犯で札つきのならず者であるエミール・モーリスに率いられたこの秩序部隊、というより無秩序部隊は、一九二一年一〇月から「突撃隊」（ＳＡ）と名乗るまさに民兵となる。義勇軍のメンバーで、大戦中は将校として何度も負傷したエルンスト・レームが軍隊式に組織化したのである。バイエルンの国軍司令部将校となったレームは、バイエルンの多くの愛国的団体の軍事組織化をひそかに推進していた。秘密裏に再軍備している国軍(「非合法の国防軍」)にとっても、NSDAPにとっても戦争は終わっていなかったのである。そしてそのことが両者を近づけることになる。

一九二三年三月、SAの指揮がヘルマン・ゲーリングにゆだねられる。ゲーリングは第一次世界大戦のエース・パイロットで、名高いリヒトホーフェン戦闘機戦隊の指揮官であり、裕福なスウェーデン女性と結婚していた。ゲーリングはバイエルン生まれであり、夫妻はミュンヘンで優雅な生活をしていたが、一九二一年にヒトラーと知り合った。ふたりの男が理解し合うのに多くを語る必要はなかった。彼らは同じ理念を共有し、どちらもためらうことを知らなかった。ゲーリングはナチ党に入党し、党およびヒトラーの資金を惜しみなく負担した。ヒトラーの生活手段は不安定だった。もはや国軍からの報酬はなく、友人たちが少額の金を彼に貸していた。しかしマックス・アマンが党の出版全国指導者となり、新たにできた党の出版社(フランツ・エーア出版社)社長に就任すると、『フェルキッシャー・ベオバハター』にヒトラーが書いた記事に高い報酬を支払ってくれた。

マックス・アマンは、毎週月曜の夜にカフェ「ノイマイヤー」に集まる、ヒトラーと親しい者たちのひとりだった。実際のところヒトラーに真の友人たちがいたと言えるかどうかはわからない。その代わり、まったく毛色が異なるが、いずれも自分の野心の実現に役立つ人物、あるいはたんに自分に尽くしてくれる人物を身近に集めることができた。つまりアマン、ゲーリング、エッカート、ローゼンベルク、そしてのちに彼の運転手となり、おれおまえで話す数少ない人物のひとりであるエミール・モーリスといった者たちである。こうした取り巻きたちの他に、政敵たちから「ミュンヘン王」と揶揄されたヒトラーの身辺警護にあたっていたのが、クリスティアン・ヴェーバーとウルリヒ・グラーフというふたりのボディーガードである。ヴェーバーはアマチュアレスラーで、グラーフは肉屋の見習いだった。

緊密でちぐはぐなこのサークルにしばしば顔を出すようになったのがルドルフ・ヘスである。ヘスは一八九四年にブルジョワ家庭に生まれた。第一次世界大戦中に二度負傷していて、はじめてヒトラーに出会ったのも前線であった。義勇軍にくわわったのち、一九二〇年にＮＳＤＡＰに入党した。その翌年にヒトラーと再会し、ＳＡの部隊を指揮しながらしだいにヒトラーの個人秘書をつとめるようになっていった。彼は偏狭な知性の持ち主で、ヒトラーに限りない称賛の念を抱いていた。ミュンヘン大学で、ドイツ地政学の重要な理論家で将官でもあるカール・ハウスホーファーに学んだ。ハウスホーファーを前にしてヘスは、「ドイツが地位を取りもどすために、ドイツを統率する男をどのように選ぶべきか」という短い論文の口頭審査を受けた。その論文には「あらゆる権力が消え去ったとき、民衆の中からやって来た男だけが権力をうち立てることができる。独裁者が一般大衆に深く根づけば根づくほど、施すべき心理的治療がよくわかってくる（中略）。必要とあらば流血を前にしてもたじろぐことはない。大きな問題はつねに血と鉄によってけりが付けられる」とある。[20] ヘスはほどなくしてそのような指導者に出会うこととなり、ヒトラーは最初の（あるいはヨーゼフ・ゲッベルスに次いで二番目の）予言者を見つけることになる。

そうした近しい者たちの中に、ユリウス・シュトライヒャーをつけくわえなければならない。彼は元教師で、第一次世界大戦中は将校だった。激烈な反ユダヤ主義者でフランケン地方の極右組織を率いていたシュトライヒャーは、一九二一年にヒトラーと出会った。彼は一九二三年四月に、下劣な反ユダヤ諷刺誌『デア・シュテュルマー』を創刊している。それはわいせつな記事を載せたり、儀式としての殺人に言及したりする新聞で、毎号一面の下段に「ユダヤ人はわれわれの災いだ！」という見出しを掲げていた。[21]

さらにエルンスト・ハンフシュテングル（友人たちからはプッツィと呼ばれていた）をつけくわえよう。ハンフシュテングルはミュンヘンの上流階級出身でハーバード大学で学び、従軍することなく一九二一年になってからドイツに帰国した。夜のパーティーでピアノを弾く音楽好きの彼は、たまたまヒトラーの演説を聴いて魅了され、自宅に招いた。すぐに入党することはなかったが（入党するのは一九三一年のことである）、主要な献金者のひとりとなり、さらにヒトラーをバイエルンの上流社会に招き入れた。彼は回想録[22]の中で演説家ヒトラーの演壇を、

「大衆という女性」と結ばれる「寝床代わりになるもの」にたとえている。ヒトラーの演説は「オルガスムを感じさせる雄弁術」だと言う歴史家たちもいる。

ハンフシュテングルはヒトラーの部屋に入ったことのある数少ない人物のひとりで、そのきわめて質素な部屋のことを書き記している。室内には小さなベッド、机、イス、すり切れたカーペット、簡素な書棚があるだけだった。そこにはフリードリヒ大王伝やプロイセン軍将校クラウゼヴィッツの伝記、ヒューストン・ステュアート・チェンバレンによるワーグナーの伝記、世界大戦史、ルーデンドルフなどによる戦争の回想録、ドイツ史、ギリシャ＝ローマ神話などがあった。[23] 何冊かの推理小説とエドゥアルト・フックスの『エロチック美術の歴史』（安田徳太郎訳、青土社、一九九七年）、『風俗の歴史』（安田徳太郎訳、光人社、一九六六〜一九六七年）をくわえると、ヒトラーが本に囲まれて夜通し衒学的なエッセイを読んで過ごしていたような印象をいなめない。[24] その反面、ヒトラーは数え切れないほどの演説の準備に多くの時間を費やしていた。

一九二三年初頭にはNSDAPが組織化され、入党者も聴衆も多様化した。党はしだいに公務員や教師、会社員やプチブルジョワまでひきつけるようになっていった。新興政党NSDAPはバイエルンの最大党となったが、一九二二年一一月にドイツのいくつかの州（プロイセンを含む）で党活動が禁止されたこともあって、他の地域ではまだ知名度が低かった。バイエルンでは、むしろ当局や警察からの協力を得ていた。社会主義者であるバイエルン内務大臣は、オーストリア国籍のヒトラーを好ましからぬ外国人として追放するよう求めたが、彼はペテン師でしかないので案じることは何もないと他の人々から反対された。しかし一九二三年一月二七日、六〇〇〇人のSAがナチ党の旗揚げに参加し、新しい制服を受け取った（それまでは腕章だけだった）。

賠償金の支払いにかんする――というより未払いにかんする――フランスとドイツの緊張状態から、一九二三年一月にはフランスによるルール地方占領にいたり、ヴェルサイユ条約はわずか三年半で破棄された。ドイツは受動的抵抗とゼネストでこれに応じたが、マルクが急落して史上最大のインフレを招くことになった。ドイツ義勇軍がふたたび姿をあらわし、破壊活動を行った。フランス軍との小競り合いで一四〇人が死亡し、さらにはヴェルダンの古参兵が死刑を宣告され銃殺されたことで、ドイツ・メディアは彼を殉教者にしたてあげた。ヴァイマル政権のこのような抵抗は、「〝フランスを倒せ〟と叫ぶのではなく、〝一一月の裏切り者を倒せ〟と叫ぼう」（一九一八年の休戦協定を指す）と主張するヒトラーを満足させるものではなかった。九月二日にはニュルンベルクで、ヴェルサイユ条約破棄とヴァイマル共和国打倒をスローガンに掲げた「愛国連盟」の大集会が開かれた。ヒトラーはそこで第一次世界大戦の英雄ルーデンドルフ将軍と出会い、親交を結ぶが、そこに政治的な意味はなかった。そのころNSDAPは、党の集計で五万五〇〇〇人の党員を数え、そのうち六〇〇〇人はベルリンにできた新支部のメンバーだった。『フェルキッシャー・ベオバハター』紙は二月八日から日刊紙になった。ナチ党はもはや小集団ではなくなっていた。

ドイツでは共産主義者や民族主義者の蜂起がたびたび起こっていた。バイエルン州は政府に対して公然と反旗をひるがえしていた。軍事クーデターの噂が聞こえてきたが、グスタフ・フォン・カール総督ら州のトップを占めるようになった独立主義者たちと、全ドイツの独裁体制をすでに望んでいたヒトラーの野望は一体ではなかった。ヒトラーは、イタリアのファシスト党が成功させた一九二二年一〇月二八日のローマ進軍を思い描き、ドイツのムッソリーニになろうと考えた。やるなら今だった。煮え切らない態度を取ることの多い陸軍総司令官のハンス・フォン・ゼークト将軍が、どんな反乱も容赦なく鎮圧されるだろうと軍事組織に警告していたとしてもである。「クーデターを行えるのはひとりしかいない。それは私だ。だが私はそうしないつもりだ」というのがゼークトの考えだった。

一九二三年一一月八日、カールはミュンヘンの大きなビアホール「ビュルガーブロイケラー」で大集会を開いた。ヒトラーを招待することは差し控えていたが、ゲーリングや仲間たちを従えたヒトラーが突然会場に姿を現した。会場はすでにSAによって取り囲まれていた。ヒトラーはテーブルの上に飛び上がり、ピストルを天井に向けて一発撃つとこう叫んだ。「国民の革命が始まった！」。しばし茫然となった聴衆を前にして彼は言葉を続ける。「中央政府とバイエルン政府は倒れ、臨時政府が成立した」。カール、バイエルンの国軍司令官オットー・フォン・ロッソウ、警察長官ハンス・フォン・ザイサー（「三頭」と呼ばれた）は引き留められ、クーデターを支持するよう懇願された。だが解放されるとすぐ、彼らをまったく支持しないと発表した。ヒトラーはルーデンドルフも来るのだと言い張り、実際に彼はやって来たが、ルーデンドルフはナチ党の一揆についてはまったく知らされていなかった。事態は茶番に変わりつつあった。

翌朝、ミュンヘン市民はバイエルンの軍司令部が、レーム率いるSAによって占拠されているのを見て仰天する。レームのかたわらにはまだ無名だった二三歳のハインリヒ・ヒムラーがいた。しかしSAは駅や郵便局など他の戦略拠点を制圧することを怠っていただけでなく、国軍の将校や警察幹部の支持も得ていなかったのである。朝一一時頃、ルーデンドルフを先頭にしてヒトラーとその仲間たちの大行進が始まった。州政府の拠点を平和的に占拠しようと考えていたのである。ルーデンドルフは、大半が元兵士たちで構成された軍隊が第一次世界大戦の名高い将軍に発砲することはないと信じていた。だがあっという間に一斉射撃が始まって、ナチ党側で一六人、警察側で三人の死者が出た。多くの負傷者の中には、ゲーリングもいた。ヒトラーは隣にいた男が致命傷を受けて崩れ落ちるのにつられて倒れた。ルーデンドルフだけは副官を従えて銃撃の中を進んでいった。一揆に荷担した者たちへのルーデンドルフの軽蔑はその後大きくなるばかりだった。肩を脱臼したヒトラーは逃走し、友人プッツィの別荘に隠れるが、その二日後に逮捕された。

第二章　『わが闘争』はどのようにして誕生したのか

一九二三年一一月九日の一揆がぶざまな失敗に終わったあと、ヒトラーはミュンヘンから六五キロメートルのバイエルンの小都市、ランツベルク・アム・レヒの刑務所に収監された。NSDAPとその機関紙は禁止処分となった。初期の仲間たちの多くは彼を見捨て、あるいは裏切った。どう見ても彼の政治的躍進はこれまでだった。これほど孤独だったことはかつてなかった。家族もなく妻もなく、真の友もこれといった趣味もない。酒も飲まず煙草も吸わない。躁鬱病にかかった彼は、殉教者のイメージを後世に残すために自殺を考えていた。とりあえず食事をとることを拒否した。

しかし側近たちの何人かがランツベルクに移送されてきた。その中にはエミール・モーリス、ルドルフ・ヘス、マックス・アマンらがいた。ヒトラーは取り巻きたちからの賛辞を受けて生きる気力を取りもどした。彼らが「カリスマ共同体」[1]の最初の核となったのである。失脚した演説家ヒトラーは、あなたの使命はまだ終わっていない、それどころかこれからだ、と説得されることだけを求めていた。彼自身もそれをまったく疑っていなかったのである。

ヒトラーが収監されていた七号室は二重窓（もちろん鉄格子がはめられていた）から光が入るかなりゆったりとした部屋で、周辺の田園地帯がよく見渡せた。来るべき裁判に向けてヒトラーの気力は高まった。それが最高の弁論の機会であることを彼はよくわかっていた。そこで名を上げれば、ヒトラーはもはや党の「太鼓たたき」ではなく、統率者となるだろう。ずっと夢見ていた最高権力者、祖国を救う新時代の救世主であることをはっきりさせる時が来たのだ。だが新たな軍事クーデターを起こしたとしても最初のときと同様に失敗することになるのはわかっていた。今度は政治闘争を進めなければならない。それには軍を再集結させ、指導者《フューラー》として認めさせなければならない。もっともヒトラーは力と暴力の哲学を放棄したわけではなく、「合法性の陰に隠れた非合法活動」[2]を展開し、大衆を動員し、そのために自分自身のプロパガンダも行った。肝心なことは市街戦での勝利ではなく投票での勝利だった。

国家反逆罪および三人の警察官の殺害という重い訴因により、二月二六日にミュンヘンで始まった裁判には、ドイツだけでなく世界中のマスコミが集まった。ナチ党の大義主張に賛同するバイエルン州法相フランツ・ギュルトナーは、寛大な判決が出るように法廷を構成した。[3]一〇人の被告人の中でもおもに大物ルーデンドルフがマスコミの興味を引いたが、弁論の中心となったのはヒトラーだった。そもそもすべてはルーデンドルフが巻き込まれないようにおこなわれたのである。最も重要な証人たちは喚問されていなかった。主要な証拠物件は隠蔽されていた。

ヒトラーはそれを機に表舞台に立つことになる（フェストは「政治的カーニバル」と呼んでいる）。「私は何もかも否定するために来たのではなく、自分の責任を逃れるために来たわけでもない。（中略）［この一揆は］私がひとりで起こしたものだ。要するにこれを望んだのは私ひとりだ。私以外の被告人は最終的に私に協力したにすぎない。不幸はまったく望んでいなかったと確信している。すべての結果についての責任は私が負う。しかし私は犯罪者ではなく、自分が犯罪者だとは思っていないどころかその反対だ、ということは言っておかねばならない」。自生涯を通じて彼につきまとい、晩年までたえず悪化し続ける現実感喪失が、裁判での申し立ての中にすでに現れている。「一一月八日の行動は失敗ではなかったのだ！　だがもしある母親が私のところに来て、こう言っていたら失敗だっただろう。〝ヒトラーさん、私の息子の死に心が痛まないのですか〟。だが断言するが、母親はひとりもやって来なかったのだ！」

さらに被告人は将来について語る。「われわれが作り上げた軍隊は日増しに増強されている（中略）。今日われわれのハーケンクロイツの旗の周りに集まっている街頭の群衆が、自分たちに銃を向けた者たちと連携するときがやって来るだろう」。そしてヒトラーはそれを歴史の審判と呼んだ。「われわれに何度でも有罪を宣告すればいい。だが歴史の永遠の裁きを司る女神は微笑んで、起訴状と宣告された判決を引きちぎるだろう。なぜなら、その女神はわれわれに無罪を言い渡しているからである」

ヒトラーが言い渡されたのは五年間の禁錮に過ぎなかった。裁判長は、それ以前の釈放も可能であると告げた。通常ならば外国籍の者が出所すると、好ましからざる外国人として国外追放となることが法で定められているが、その件は裁判によって退けられた。「ヒトラーのように自分がドイツ人であると自覚する者、自分の意志で戦争中の四年半の間ドイツ軍の兵士として戦い、その勇敢さによって軍事的栄誉に値し、負傷して健康を損ねた者は……共和国を守るための法によって裁かれるべきではないと本法廷は考える」。ルーデンドルフの方はあっさり無罪となった。それ以外の被告人たち（エルンスト・レームもいた）のほとんどは、未決勾留の期間でほとんど吸収されるように計算された刑期が言い渡された。マックス・アマンは一揆の発案者であるにもかかわらず、罰金刑しか科されず、すぐに釈放された。『ロンドン・タイムズ』紙は冷めたコメントを載せている。「この裁判は、共和国憲法に反する陰謀が、少なくともバイエルン州では重罪とはみなされていないということを証明するものだろう」。

「英雄的愛国者」ヒトラーは今やドイツの著名人となった。一揆の不運な英雄は勝利の月桂冠（！）を授けられ、それを注意深く壁に掛けた。刑務所のオットー・ライボルト所長は国家社会主義の賛同者であり、一揆を起こした者たちの拘留に大いに手心をくわえたので、彼らはいっしょに食事をとり、日中だけでなく、「デア・シェフ」（ボスという意味で、親しみを込めてこう呼ばれた）が「親睦会」で話すときには夜も集まることができた。同様に、所長の厚意によっていくらでも面会が認められただけでなく、小包や新聞や手紙もランツベルク刑務所に続々と届けられ、検閲もまったく行われなかった。数々の手紙のうちの一通は、博士号を授与されたばかりの文学部の学生からだった。とりあえずジャーナリズムの仕事に取り組もうとしていたので、裁判を見守っていたのである。その学生の名はヨーゼフ・ゲッベルスといった。「神々を奪われて崩壊した世界の絶望の中で、あなたは新しい政治信条の教理を表明されました……神はわれわれの苦しみを表現する手段をあなたに与えたのです。あなたはわれわれの苦悩を明確に示すための解放の言葉を見いだしたのです」。ヒューストン・ステュアート・チェンバレンもヒトラーに手紙を書いている。面会者も大勢やってきて、全員を受け入れることができないほどだった。刑務所の中でヒトラーは自分のささやかな願いをかなえるべく奮闘した。面会を許された者たちの中には彼の愛犬もいた。それはもちろんドイツの牧羊犬であった。

バイエルンの伝統衣装を着たヒトラーは、刑務所の狭い庭を散歩していた。こんどは以前より本をよく読み、ランツベルク刑務所はまさに「国費で勉強できる大学だ」とハンス・フランクに書き送っている。ヒトラーは自分のいつもの習慣を守ってたんねんに新聞に目を通し、再建を試みながらいくつかのセクトに分裂した国家社会主義運動の動きを追っていた。「国家社会主義的自由のための運動」という組織が結成された。しかしヒトラーはかかわろうとはしなかった。こうした不和は彼に有利に働くからだった。ヒトラーはNSDAPを体現する人物となっていたので、彼なくして党の復活は不可能だった。ヒトラーは党の情勢を把握しつつ、大々的な復帰をもくろんでいた。ミュンヘンの七月七日付け『フェルキッシュ・クーリア』紙は、「彼は国家社会主義運動の指導を断念し、拘禁期間中はあらゆる政治活動を差し控えている。支持者たちが刑務所に面会に来ることのないよう願っている。執筆中の本だけでもすでに多くの作業をかかえているからだ」と伝えていた。

ヒトラーはいつから本を書くということを考えたのだろう。収監されてから数週間後の一九二三年一二月一〇日には、ヒトラーがある説明（*eine Abrechnung*）の準備をしているという彼の弁護士の発表が地方紙に掲載された。おそらくそれは裁判に備えての趣意書のことだろう。銀行家で国家社会主義運動の支持者だったエミール・ゲオルグ・フォン・シュタウスは、最新型のレミントン製タイプライターを彼に提供した。リヒャルト・ワーグナーの義理の娘ウィニフレート・ヴァーグナーは、一九二三年に出会ったヒトラーを心から崇拝し、彼の依頼に応じて大量の紙とタイプライター用の備品を彼に届けている。[4] これについて彼女は、「彼に文学の趣味があるとは知らなかった」と女友達に話している。[5] しかしヒトラーは文学も、執筆で求められる地道な作業も好きではなく、ましてやタイプライターを使うこともできなかった。ヒトラーが二本の指で苦労して回想録をタイプしていたという描写もときに見られるが、そのころから彼は自分の文章を、当初はエミール・モーリスに、その後ルドルフ・ヘスに口述していたという可能性の方がはるかに高い。[6] それは長広舌をふるい、独り言のように話し、彼が自由にできる唯一の領域である口頭表現にとどまっていられるもうひとつのやり方だった。

話し続けるうちに、この企てはすぐに裁判の範疇を大きく超えて、「嘘と愚かさと臆病との四年半の闘い」というタイトルからも逸脱していく。このタイトルは重々しいうえに、政治的遺言書のような響きがあり、将来に向けてのマニフェストにはふさわしくなかった。とはいえ裁判直後には、党の再興という前途が見えてきた。当初の計画がそうであったように、一揆失敗の責任者と彼がみなす者たちと話をつけることは問題ではなかった。

最初に『わが闘争』というタイトルを考えたのは誰なのか。ヒトラー自身だという説を全面的に否定することはできない。一九二四年四月一〇日にナチ党の地方支部に向けた謝辞でヒトラーは、「われわれの闘争――それは必要であり、確かなものだ――は勝利に終わるだろう」と書いている。いずれにせよ「わが闘争」は彼の野心をよく表している。それはつまり彼の誓い、彼の真実、彼の使命がどういうものかを全ドイツに伝えるということだ。とはいえ、この企てに積極的にくわわっていたマックス・アマンがその考えを耳にするのは、おそらくあとになってからだろう。『フェルキッシャー・ベオバハター』の編集者である彼にはタイトルと大見出しのセンスがあった。「嘘と愚かさと臆病との四年半の闘い」よりも間違いなく『わが闘争』の方が響きがいい。

ヒトラーは口述を続けた。そうした意味で詭弁を弄して、ヒトラーは『わが闘争』を書かなかったといわれることもあった。オットー・シュトラッサーの場合、兄のグレゴアがミュンヘン一揆にくわわってやはりランツベルク刑務所に収監されていたが、彼もまたヒトラー自身が本を書こうとしていたわけではないと語っている。朝から晩まで話を聞くのに疲れた囚人仲間たちが、静かな時間を過ごすために、ヒトラーに話の内容をすべて本にしてはどうかと吹き込んだというのだ。おもしろい解釈だが、オットー・シュトラッサーが、一九三四年六月三〇日の「長いナイフの夜」で兄をナチ党に殺されたあとに回想録を書いていることや、彼自身が対立者として追放されていることを念頭に置くべきである。[7] それはヒトラーから『わが闘争』を奪い取るまた別のやり方である。だがヒトラーは、自分が得たいと望むドイツの救世主たるフューラー（指導者という意味と、文字通りの案内人という意味を含む）の地位は、自分の理念を述べた理論的マニフェストを通じて得られることをよくわかっていた。本が彼の演説に正当性と荘重さを与えるだろう。行動家というだけではじゅうぶんではない。この強制的「休養」は彼に変化する機会を与えたのである。

そして彼は作業に取り組む。脱線が多く首尾一貫しない長広舌をまとめ、考えを整理するのをヘスが手伝ったという記述もしばしば見られる。これほど不確かなことはない。忠実なヘスはフューラーを信奉し尊敬していたので、ほとばしり出てくる言葉を書き留めるだけでじゅうぶんだったはずだ。そもそもヘスが手伝ったとしたら中断や質問や指摘をするということになり、ヒトラーの性格上もっとも望ましくない会話をすることになる。そんなことはあり得ない。それどころか、ヒトラーはますます自分の計画にのめりこんでいったので、取り巻きたちにタイプさせたばかりの原稿を読み上げたにしても、それはけっして批評を聞くためではなかった。看守のヘンムリッヒは、「本のひとつの章を書き終えると、彼は夜の集まりで他の人たちに読み上げていた」と証言している。ランツベルクの囚人たちには消灯は関係なかった。ホテルのように自由に部屋を行き来することができたのである。

ヒトラーと親しい面会者たちは彼を励まし、資料となる書物や記事を差し入れた。仮釈放の見通しが確かなものとなると作業にも熱が入った。実のところライボルト刑務所長は収監者たちに賛辞を惜しまず、一九二四年九月一五日付けの検察官あての報告書に、ヒトラーは「秩序を守り、規律に従う人としてふるまっている（中略）。冷静沈着で分別をわきまえ、まじめで攻撃的なところはまったくない（中略）。虚栄心のない人物である（中略）。独身で自由であっても生活水準への要求は多くないので、自由を奪われると言うことに対して既婚者の仲間たちよりも容易に耐えることができる。女性的なことにひきつけられることはなく、面会の際にここで出会う女性たちにもとても礼儀正しくふるまっている」[8]と書いている。

ライボルト刑務所長は、収監者が多くの時間を費やして作業している本のことにも触れている。「そこには自叙伝および、ブルジョワジー、ユダヤ人、マルクス主義、ドイツ革命とボルシェヴィズム、国家社会主義運動、一九二三年一一月八日の発端にあるものについての考察などが含まれている。彼はこの本がよく売れて、財政投資にあてられるものと期待していた」。ライボルトは、「それまでより静かでものわかりがよくなった」収監者たちが、政府に対して暴力行為を働くことはもうないので、仮釈放が妥当であると結論づけて報告書を締めくくっている。

九月二二日に内務大臣にあてた報告書の中で、ミュンヘン警察署長はその件を容認していない。ヒトラーを危険な過激主義者とみなしていたからだ。「ミュンヘン一揆まで、党員たちが行った数々の暴力行為は、ヒトラーの影響力によるものである。釈放されればすぐに彼はその活力によってあらたな大事件の原動力となり、国家の安全をつねに脅かすことになるだろう」。警察署長は二月にすでにヒトラーのバイエルンからの追放を明言しているが、ふたたび追放を表明した。しかしそのような決定はなされず、仮釈放が延期されただけだった。『わが闘争』の準備は続けられた。

ヒトラーは五年間の禁錮を宣告されたにもかかわらず、一三か月後の一九二四年一二月二〇日に釈放された。彼はかつてないほど強固な信念をもってランツベルク刑務所を出所した。『わが闘争』には、「この期間は、私の中でたんなる直観に過ぎなかったいくつかの考えを深める機会を私に与えてくれた。さらには、私が断固たる信念とオプティミズム、そして今後何があろうと揺らぐことはないという確信を得たのは、拘置されているときだった」とある。

彼の鞄には削除訂正がたくさんある『わが闘争』の三九一枚のタイプ原稿が入っていた。ふたりの支持者がそれを取りに来た。写真家のハインリヒ・ホフマンと、ミュンヘンでの友人のひとりで印刷業者のアドルフ・ミューラーである。つまり彼はすぐに出版に取りかかろうとしていたということである。ヒトラーは大きな出版社に原稿を持ち込んで断られたあと、結局党の出版社（フランツ・エーア出版社）に頼ったのだろうか。そういう説もあるが、あまり真実味がないように思われる。『わが闘争』は彼がすぐにでも再建しようとしていたNSDAPに復帰するための赦免状のようなものだったのではないだろうか。しかも党の出版社はすぐに党員たちの予約申し込みを受けつけていた。

本は一九二五年七月一八日に刊行されるが、第一巻の「総括」（*Abrechnung*）のみであった。内容の大半は自叙伝であるが、しばしば政治的な話へとそれていた。この四〇〇ページにおよぶ第一巻はみごとな装丁だった。赤褐色の厚紙の表紙にはハーケンクロイツの装飾が施され、カバーの著者名の下には、暗い目で対象物をじっと見据える、スーツにネクタイ姿のヒトラーの上半身写真があった。ゴシック文字で「*Mein Kampf*」と書かれた大きな赤い帯がカバーを斜めに横切り、右下には「*1. Band*」(「第一巻」)と書かれていた。本文の冒頭にはゴシック体で、一九二三年一一月九日に「民族の再興を固く信じて」倒れた「殉教者たち」の名が列記されていた。第一巻の最後は、一九二〇年二月二四日に誕生したナチ党の方針で締めくくられている。

ヒトラーはすぐに第二巻の口述に取りかかる。オーバーザルツベルクの山中にあるベルヒテスガーデンに近い小さな別荘での滞在は、しだいに長くなっていった。「国家社会主義運動」のサブタイトルで一九二六年一二月一一日に出版された第二巻は、第一巻の構造を部分的に踏襲しながら、ＮＳＤＡＰの歴史について述べている。とはいえ理論的考察がその大半を占めていた(一五章中六章)。二巻を通じた序言がくわえられ、その最後には「人を説得しうるのは、書かれたことばによるよりも、話されたことばによるものであり、この世の偉大な運動はいずれも、偉大な文筆家にでなく、偉大な演説家にその進展のおかげをこうむっている、ということをわたしは知っている。けれども教説を規則的、統一的に代弁するためには、その原則的なものが、永久に書きとどめられねばならない。それゆえ、この両巻を、わたしが共通の事業に加える礎石たらしめんとするのである」(『わが闘争』上、平野一郎・将積茂訳、角川書店)と書かれている。数年後に一冊にまとめられることになる二巻の統一性を強調するために、ヒトラーは「著者」という署名に「レヒ河畔ランツベルク要塞拘置所にて」とつけくわえた。

第一巻についても第二巻についても出版までの作業は一筋縄では行かなかった。初稿は首尾一貫しないだけでなく間違いや不整合や冗長な繰り返しばかりで、とても出版できるものではなかった。ヒトラーが一刻も早く出版したいと切望していたにもかかわらず、七か月も待たなければならなかったのはそのためだ。第二巻も同様だった。オットー・シュトラッサーは、「未修正の『わが闘争』は常套句、学校教育のかすかな記憶、主観的判断、私的怨恨のまさにカオスである。方向性を誤った政治的解釈が、ルエーガーやシェーネラーの古い論説に入りまじっている（中略）。そこにはヒューストン・チェンバレンの説も見られる（中略）。シュトライヒャーの反ユダヤ主義的憤慨やユダヤ人の性的不節制についての意見、外国政治についてのローゼンベルクによる独創的洞察も見られる。全体は小学六年生の文体でつづられている」と書いている。

マックス・アマンや出所後のルドルフ・ヘスが口述されたものをタイプで打ち、三人以上の校正者がひそかに編集作業に取り組んだ。元ヒエロニムス会修士で反ユダヤ紙の編集者ベルンハルト・ステンプル師、反ユダヤの詩作品がヒトラーに評価された『フェルキッシャー・ベオバハター』紙に属するチェコ出身のヨーゼフ・ツェルニー、そしてそれほど継続的にではないがハンフシュテングルもかかわっていたのである。ハンフシュテングルもヒトラーのお気に入りだったが、それは彼の贈り物やもてなしのためというよりも、好きな曲をピアノで弾いてくれるからだった。

こうしてうわべを取り繕ったにもかかわらず、『わが闘争』は悪文を超えてまったく判読しがたいものだった。元の状態がどんなだったかを想像するのも困難だった。明らかに口述された文章の特徴をとどめていた。おそらく演説家であるヒトラーがそれを望んだのだろう。『わが闘争』に彼はこう書いている。「民衆に対する政治家の演説というものを、わたしは大学教授に与える印象によって計るのでなく、民衆に及ぼす効果によって計るからである」(『わが闘争』、平野一郎・将積茂訳、角川文庫下一三九ページ)。ヒトラーは本の中で何度もそう主張している。「今日、文筆にたずさわる騎士やうぬぼれ屋はみんな、次のことをよく覚えておくがいい。すなわちこの世界における最も偉大な革命は、決してガチョウの羽ペンで導かれたものでないのだ! ということを。そうだ。ペンにはつねに革命を理論的に基礎づけることだけが残されている」(『わが闘争』、前掲書上一四七ページ)。

『わが闘争』は一九三〇年の版から一巻にまとめて出版され、読みやすくするためと知性偏重主義的な印象をぬぐい去るために、ゴシック体の文字がローマン体に置き換えられた。それは演説というよりは、際限のないうんざりするような長広舌であり、そこには強調を示す太字の文章がちりばめられていた。ヒトラーが意に介さなかった文体は気取っているうえに締まりがなく、重苦しく独断的であり、仰々しく誇張されていた。文章は断片的で脱線が多く、月並みな格言や幼稚な言葉、仰々しいご託宣や屁理屈だらけだった。歴史的状況が異なればこっけいに思われるような誤った学識がいたるところに表れていた。「わが民族を政治的に毒するねずみは、広範な大衆の心と思い出のなかにともあれ残ったわずかな知識をかじりとってしまう」。「からみついてくるまむしのはさみをみずから経験したことのない者は、その毒牙を決して知ることがない」。ここには言葉の取り違えがある。[9] こうした例は枚挙にいとまがない。

過去においても現在においても、その点については意見が一致している。一九三九年に『わが闘争——公平な立場での要約 *Mein Kampf : impartialement condensé*』を出版したマルセル・ド・フィルスは、序文にこう書いている。「原書に忠実なこの著作は、理路整然として段落や章がバランス良く配置されている明快・明晰な文章に慣れたフランス人読者には、まったく読むに堪えない支離滅裂な雑文の山である」。歴史学者ジャン＝ジャック・シュヴァリエも、「われわれは今まさに極端な事例に直面している。そのとてつもない歴史的僥倖は、本質的に凡庸な著作に大きな影響力と並はずれた名声をもたらした。それが多くの点で人間精神に反しているにもかかわらず、である」

二〇一二年にドイツのある雑誌が『わが闘争』についての記事に「読むに堪えない本」（*Das unlesbare buch*）というタイトルをつけていた。ファイヤール社の現在の『わが闘争』翻訳者オリヴィエ・マノーニは、語調が急に変化し、首尾一貫性がなく、文章が果てしなく続く「この本の混沌とした性質」についてもっぱら語っている。「翻訳作業をする中で、私が最も強い印象を受けたのは、訳者をなかば錯乱状態にするとてつもなく混乱した言葉のロジックや文章のロジックに取り込まれてしまうということだ。首尾一貫性のなさ、構文の逸脱、数ページにわたって延々と続く粗野な表現や罵倒は言語を絶する」[10]。マノーニは、ヒトラーの言葉がしばしば「まったく訳のわからないものに変わる」とも言っている。

要するに読書の対象として、この本は読むに堪えない。『わが闘争』の饒舌さ、形式の混乱、読むことの不快さから、この本の本質もその形式にならって、イデオロギーという観点では何も一貫性のあることを語っていないのであり、だらだらと続く誹謗を挟んだうぬぼれの強い自叙伝にすぎないと長い間考えられていた。ところが『わが闘争』の読むに堪えないという特徴は、この本の有害さを覆い隠すものだったのである。ヒトラーの理論はつねによけいな不純物の中から取り出さなければならないのは確かだが、それは間違いなく存在する。「異様に神経症的な臭気、わざとらしさ、雑然とした断片のつらなりは、国家社会主義というイデオロギーの重大さを長いあいだ人々に過小評価させる原因となっていた」[11]

オーバーザルツベルクの山々の偉容を臨み、数年後にベルクホーフ公邸となる山荘でヒトラーが言葉をぶちまけていたとき、自分の粗野な言葉遣い、貧弱な文化的素養、知的な厳密さの欠如をほんとうに意識していたのだろうか。曖昧な言葉に包まれて、建設と統率をみずからの使命とする新生ドイツ、第三帝国をすでに夢見ていなかっただろうか。彼にとって『わが闘争』の形式はどうでもいいことなのだ。序言ですでに彼は、自分が演説家であって文筆家ではないと表明し、演説家の方が優位にあると主張する。それならなぜこの著書を書いたのか。それについても序言で語られている。教説を書きとどめるためである。つまり教説が存在するのである。

第三章　『わが闘争』は何を語っているのか

『わが闘争』の望ましくない読み方がふたつある。ひとつは語られていないことを語らせること、そしてもうひとつは反対に、混乱した貧弱な表現法のせいでもあるが、書かれていることを見抜けないことである。一九三〇年にドイツではじめて出版された二巻本は、文字が詰まっているうえに七八二ページもあった。ヒトラーたちに好意的だったランツベルク刑務所で練り上げられた第一巻は、「総括」という副題で一二章からなる。[1] 大部分は一九二〇年のヒトラー誕生からの自叙伝であるが、その正当性と存在理由についてはは検討が必要である。たいていの場合、自叙伝に理論的考察が不自然につなげられて話題がそれている。たとえば第四章（「ミュンヘン」）では、ヒトラーのミュンヘン到着について書かれたページのあとに、三六ページが対外政策に割かれている。第一一章（「民族と人種」）は、自叙伝の文脈とはまったく無関係である。

第二巻は「国家社会主義運動」という副題であるが、一九二〇年の綱領発表から一九二三年一一月のミュンヘン一揆にいたる、NSDAPの歴史と理論的構想は表面的なものにすぎない。第二巻にも理論的考察が入り込んでいて、一五章のうち六章を占めているほどである。[2] ふたつの章は対外政策にあてられ、そのうちのひとつ（第一三章「戦後のドイツ同盟政策」）は、一九二六年一二月一一日の第二巻出版に先駆けて、同年初頭に発表されたものである。

一九三〇年版では、主要語三七三語の索引がつけくわえられた。それはあまり厳密なものではなく、ときには奇妙な下位区分が挿入されている（たとえば索引の「歴史」という項目には「ヒトラーが好んだ科目」とある。「芸術のボルシェヴィズム」という項目もあるが、これはダダイズムにほかならない）。索引に挙げられている用語から、この本について知ることができる。「ヒトラー」にくわえて、ユダヤ主義、国家社会主義、教育、人種（*Rasse*）、民族主義国家（*Völkischer Staat*）などである。[3] とはいえ、索引や章の一覧があるからといって、この本が読みやすくなるわけではない。

『わが闘争』を読み進めていくのはきわめて困難である。ヨアヒム・フェストはこう書いている。「その細部には曖昧模糊としたところがないではないが、時代の思想的ガラクタをあれこれと盛り込んだ、大胆かつ怖るべき構築物であった。ヒトラーの独創性とはまさに、異質的なもの、およそ両立しがたいようなものを無理やりにつなぎ合わせ、自分のイデオロギー的つぎはぎ細工に濃度をもたせ、さまをつけるという能力に現れていた。つまり、彼の頭脳はほとんど思想を生みだしはしなかったが、大きな力を生みだしたと言えるだろう」(『ヒトラー』、赤羽龍夫・関楠生・永井清彦・佐藤昌盛訳、河出書房新社)。実際のところ新しい思想はないが、民族主義、フェルキッシュ、反ユダヤ主義といった当時オーストリアやドイツに広まっていたテーマについて、体系化、過激化、誇張し、ビアホールでのヒトラーの演説と同様に単純化したのである。著名作家ヒューストン・ステュアート・チェンバレンは彼を支持し、大まじめに彼を「単純化する人」と賞賛している。

ニヒリズムかイデオロギーか

この戯画的な方式による「単純化」のせいで、ヒトラーはレーニンやロベスピエールが示したような教説をもっていないとみなされ、『わが闘争』でも一貫した世界観は表明されていないと長いあいだ(今日まで)考えられていた。要するにヒトラーにはイデオロギーはなかったと考えられていたのである。ヒトラーについてはイデオロギーという言葉にしばしば鉤括弧がつけられる(それが非難されるべきイデオロギーであることを、必要に応じて示しているのかもしれないので一概には言えない)。

元ナチ党員でダンツィヒの参事会議長だったが、党体制に反対して一九三六年に亡命したヘルマン・ラウシュニングが、一九三八年に著した『ニヒリズムの革命』（菊盛英夫・三島憲一訳、筑摩書房、一九七二年）は、歴史資料として長きにわたり影響をおよぼした。ラウシュニングは日和見的なニヒリズムというテーマを展開し、ヒトラーと国家社会主義は国内政策であれ対外政策であれ経済であれ、どんな分野でも支配を維持できさえすれば方向転換する用意があったのだとつけくわえている。彼は「教義のない革命」について語っている。「国家社会主義とは、純粋で単純な運動であり、絶対的価値を持つバイタリティーであり、つねに変動している分母である。イデオロギーや教義はもちろんない。国家社会主義は教義によって政治に携わるのではなく、政治に携わるためにイデオロギーを用いる」

ハロルド・ラスキ[5]も一九四二年に同様の分析をしている。「『わが闘争』が明白に示しているように、基本方針がまったくなく、何よりもまず日和見主義の彼にとって、理論は何の意味もない。彼はただ権力のために権力を切望しているだけだ」。さらにジェルジ・ルカーチ[6]は一九五三年に、中身のない闘争手段という説を唱えている。この意味で『わが闘争』は、慎重に考案された「神話」が大衆を一致した行動に導くとしたジョルジュ・ソレルの「社会神話」論的な意味での、神話的レトリックとして定義されるだろう。つまり「機関車のようにつながった総体」であり、精神的な動員の手段である。

エルンスト・ノルテやエバーハード・ヤッケルは、実はその逆であることをみごとに証明した。『わが闘争』からすでに、ヒトラーのイデオロギーはまさに存在するというのである。イアン・カーショーは名著『ヒトラー』(川喜田敦子訳、白水社、二〇一六年)の中で、「第三帝国崩壊後、彼の教義は権力を渇望する扇動者の無意味な言い回しに過ぎず、かつての専制君主たちと同様に真の政治的思想はなかったのだと長いあいだ考えられていた。輪郭のはっきりしていなかった千年王国運動のさまざまな思想がたがいに結びつき、一九二〇年代なかば頃に明確化して制度を作り上げたことは誰もが認めている。それはひどく非合理的で忌むべきものであった」と述べている。

どこか神話のように見える、漠然とした教義であるのは確かだ。それでもヒトラーは『わが闘争』の中で、思想家あるいはそれ以上の存在、つまり思想家であると同時に理論家(プログラマティカー *Programmatiker*)、政治家、思想を実現する行動家(ポリティカー *Politiker*)としてふるまっている。「すべての世界観というものは、それがまったく正しく、人類のためにこの上もなく価値あるものであっても、その根本原則がある闘争運動の旗印にならないときには、民族生活の実際の形成にとっては無意味なものであろう」(『わが闘争』、前掲書下一九ページ)。ヒトラーはたびたびこのテーマを取り上げている。「最高の真実ともいうべき一般の世界観的理想の観念を、一定の限られた厳格な組織をもった、精神的にも意志的にも統一的な政治的信念をもち、闘争しようとする団体に移行させることは（中略）最も重要な仕事なのである」（『わが闘争』、前掲書下二〇ページ）。ただし「綱領立案者と政治家」は「一人の人物の中に両者がほとんど結合しない」（『わが闘争』、前掲書上二七四ページ）。だが彼だけは例外だということである。

個人的なプロパガンダの書

「書くことによってヒトラーは、指導者《フユーラー》以上に自分が指導者《フユーラー》であることに気づいた」[7]。全体が一人称で書かれた『わが闘争』は、何よりもまず彼が自分のためだけに語っている自己宣伝の書である。自分は選ばれた者であるということを権威づけるため、ともかくそう主張するために書かれたものである。ティエリー・フェラルは「ヒトラー物語」と呼んでいるが、彼の自叙伝は意図的に作り上げられたものである。ヒトラーはありのままの自分を示すのではなく、ドイツ国民が期待する通りの自分を示している。それは彼自身ではなく、英雄であり、夢想家であり、新時代を告げにきた預言者である。

すべては国家社会主義への転向者、志願者たちを教化するために組み立てられたストーリーである。彼の生誕地までもが意味をなしている。「今日わたしは、イン河畔のブラウナウが、まさしくわたしの誕生の地となった運命を、幸福なさだめだと考えている。というのは、この小さな町は、二つのドイツ人の国家の境に位置しており、少なくともこの両国家の再合併こそ、われわれ青年が、いかなる手段をもってしても実現しなければならない畢生《ひっせい》の事業と考えられるからだ！　ドイツ・オーストリアは、母国大ドイツに復帰しなければならない。（中略）同一の血は共通の国家に属する。（中略）この小さな国境の町が、大使命のシンボルであるように思える」（『わが闘争』、前掲書上二〇ページ）。

ヒトラーは最初のページからこうした視点に立っているのであり、自叙伝はきわめて典型的なものとして書かれている。彼の物語は偶然のたまものではなく、必要性によって定められたものである。そのため彼は最初から、学問と官吏としての将来を拒んでいたことを示している。「だがもちろん、また他の口論も決着をつけねばならなかった」（『わが闘争』、前掲書上二六ページ）。彼はウィーンでの貧困生活を得意げに語っているが、実際にはそれほど貧しかったわけではない。運命の使者ヒトラー（「わたしもまた『なにもの』かになろうとした」）は逆境の中で道を切りひらき、このときドイツ国民を脅かしていたマルクス主義とユダヤ主義というふたつの脅威を見いだす。それ以前に彼は「熱狂的ドイツ国民」になっていた。

反ユダヤ主義の「啓示」の演出、憎悪と暴力の訓練がここにある。「仕事場での、工場での、集合場での、時には集団示威でのテロは、同程度のテロで対抗しないかぎり、必ず成功に終るものである」(『わが闘争』、前掲書上七〇ページ)「もしも社会民主党に対して、もっと真実さにみちた、しかも同じように残忍な実行力をもった教説が対立するならば、たとえ非常な苦しい闘争のあとであるにせよ、後者が勝つに違いない」(『わが闘争』、前掲書上六九ページ)。議会制度についての批判も忘れてはいない。「選挙によって偉大な人物が『発見』されるまえには、ラクダも針のアナを通っているであろう。実際に大衆の平均水準をこえてひいでているものは、たいてい世界史に個人的に出てくるのが常である」(『わが闘争』、前掲書上一一五ページ)。(『わが闘争』の著者が、『マタイによる福音書』をはじめとするさまざまな出典から着想を得ていることがわかる)。

どの程度まで独学者とみなせるのかは疑問だが、落ちこぼれであるヒトラーは物知りで、いかにも選ばれた優秀な人間らしくあらゆることについて論じている。「わたしは、歴史の意味を理解し、解釈することを学んだ」、「わたしは大衆の心を十分に知っていた」。社会民主主義にゆだねられた労働者階級については、「実際この時代ほど多くのものが、自分を驚かせたことをわたしは知らない。すなわち、そのころのわたしの仲間の経済的なみじめさ、風紀上、道徳上の下品さ、あるいはその精神文化の低劣さ」と書いている。

彼は自分を指導者であると宣言することも、指導者をみずから買って出ることもないが、第二巻でこの言葉に触れている。それは彼にとって、行動家はその分野において理論家より優位にあるということをふたたび取り上げる機会となっている。彼はこう主張する。「偉大な理論家が、偉大な指導者であることはもっとまれである。むしろ扇動者のほうが指導者にむいているだろう。ある問題についてただ学問的にのみ研究している多くのものは、好んで聞こうとしないが、しかしそれは理解しうるのである。ある理念を大衆に伝達する能力を示す扇動者は、しかもかれが単なるデマゴーグにすぎないとしても、つねに心理研究家であらねばならない。そうすればかれは、人間にうとい、世間から遠ざかっている理論家よりも、つねに指導者にもっとよく適するであろう。というのは、指導者であるということは大衆を動かしうるということだからである」(『わが闘争』、前掲書下二六三～二六四ページ)。

「多種族のバビロン」であるウィーンを離れてミュンヘン(「ドイツの都市だ!」)にやって来たとき、ヒトラーはそれが最も苦しい学校であったが最も実り多いものでもあったと語っている。「わたしはこの都市になかば子供のときに、はじめて足を踏みいれた。そして冷静でまじめな人間になってこの都市を去った。わたしはこの都市で大きくは世界観の基礎を、小さくは政治の見かたを得た」(『わが闘争』、前掲書上一七〇ページ)。

ミュンヘンについてはあまり語られてはいないが、たしかに彼がやって来てすぐに戦争が始まっている。彼が不満を抱いているのは戦争ではなく敗北、というより休戦協定である。ドイツは降伏しなかったからだ。一九一八年一一月一一日から昼夜を問わず、彼は「わたしの内にこんな行為の元凶に対する憎悪が増してきた」（『わが闘争』、前掲書上二六七ページ）と書いている。どんな行為の元凶なのか。彼の反ユダヤ主義が築かれたのは、ウィーンというよりも、確かにこのときからだった。そしてヒトラー伍長は野戦病院にいるときに改心する。「わたしはまた自己の運命を自覚するにいたった。（中略）わたしは、政治家になろうと決意した」（『わが闘争』、前掲書上二六七〜二六八ページ）。

ドイツ労働者党（DAP）に入党したてのころについても、NSDAP設立についても、ヒトラーはそれほど雄弁に語ってはいない。彼の身の上話はこのさきの運命の話であり、DAPを支配するためのかけひきの話は出てこない。彼はまわりの人々を意志薄弱で器が小さいと決めつけ、だいぶ前から自分を党の指導者とみなしていた。指導者と認められ、そう呼ばれるようになり、組織の中で独裁的な権力を行使するようになってからは、NSDAPに対してもう自分を演じる必要はなくなった。指導者とすっかり一体になっていたからだ。彼の人生と宿命の物語はミュンヘン一揆のところで終わっている。それについては口が堅く、「今日ではほとんど癒合するとは考えられない傷口を開くこと」（『わが闘争』、前掲書下四〇二ページ）は望まないのだと述べている。

血、人種

第一に（本に書かれている順で）プロパガンダのための自叙伝である『わが闘争』は、ヒトラーの考え、彼のヴェルトアンシャウウング（*Weltansohauung*、構想、世界観）を披露する機会にもなっている。[8] 理論家は行動家なしでは役に立たないが、自分は両者を兼ね備えていると彼は繰り返し言っているので、それは綱領に相当する哲学である。無秩序で混沌とした形ではあるが、ヒトラーのイデオロギーと国家社会主義のイデオロギーがそこにはある。

『わが闘争』はひとことで言えば、「人種主義」という疑似科学の教説である。（「人種主義」はフェルキッシュの訳語でもある）。[9] ヒトラーがこの「人種」と「血」という、彼にとって頭から離れることのない核心の問題に取り組むまで長くはかからなかったとみえる。というのも、『わが闘争』の最初のページの冒頭部分で彼はオーストリアとドイツの合併の必要性を説いているが、そこに太字で「同一の血は共通の国家に属する」とあるからだ。血、人種……。このような言葉が『わが闘争』の全体を通して強迫観念のように「行間に隠れていて」[10] 繰り返し出てくる。「共同体、純粋さ、血の高尚さ」、「ドイツ民族の血」、「血液の中にだけ、人間の力も弱さもその基礎をもっている」（『わが闘争』、前掲書上四四〇ページ）、「人種は言語の中にあるのではなく、もっぱら血の中にある」（『わが闘争』、前掲書上四〇六ページ）、「人種の価値、人種の慣習や道徳、人種の原理」、「民族と人種の意義」等々。

しかし「血と人種に対する罪とは、この世での原罪であり、その罪に服した人間どもの破滅を示すものである」（『わが闘争』、前掲書上三一三ページ）。「動物はどれも同じ種の仲間とだけつがいになる。しじゅうからはしじゅうからのところにゆく、雀科は雀科に、雄のこうのとりは雌のこうのとりに（後略）」（『わが闘争』、前掲書上三六九ページ）。異常な事態が生じてこの原理に反すると、自然はあらゆる手段を講じてそれに抵抗する。「堕落した種」である子孫の生殖能力を制限し、病気や敵の攻撃に対する抵抗力を奪うのである。自然の目的は、価値の異なるものの結合によってではなく、もっとも高等なものの完全で決定的な勝利によってのみ果たされる。より強いものの役割は支配することであり、自分のすぐれた点を犠牲にしてより弱いものと結合することではない。

より強いものの法則はヒトラーにとって基本前提というより自明の理であり、まったく思い上がった言い方でコロンブスの卵にたとえている（ちょっと考えればわかることにすぎないということである）。ふたたび種の動物園へのまわり道をして（「きつねは相変わらずきつねである。がちょうはがちょう、とらはとら等々であり」）、「がちょうに対して人間的とでもいえるような気まぐれをその根性の奥底にもつかもしれぬような、そんなきつねなどはけっして見当らないだろう」（『わが闘争』、前掲書上三七一ページ）と言い、毎日のパンのための闘争が「すべて弱いもの、病弱であり、より決断力に乏しいものを敗北させる」としたあとで、「闘争は種の健全さと抵抗力を促進する手段」(『わが闘争』、前掲書上三七一ページ)でありつづけると結論づけ、高等な人種と劣等な人種という考えにいたる。高等な人種は、アーリア人種である。[11] それについては多くを語っていないが、それもそのはずである。典型的な神話的人種であるアーリア人種について何を語れるというのか。しかし、人類の進歩に「すばらしい構成素材」(『わが闘争』、前掲書上三七七ページ)と設計図を提供したのはアーリア人種だと書かれている。いずれにせよ、アーリア人種は「その輝く額からは、いかなる時代にもつねに天才の神的なひらめきがとび出」す、「人類のプロメテウスである」(『わが闘争』、前掲書上三七七ページ)。

ヒトラーはさらに続ける。残念ながら、「歴史的経験は(中略)びっくりするほどの明瞭さでもって、アーリア人種がより劣等な民族と混血した場合、その結果としてかならず文化のにない手であることを止めてしまったということを示している」(『わが闘争』、前掲書上三七二ページ)。そこに原罪がある。服従させた劣った民族と混血することによって、「アーリア人種はかれらの血の純粋性を放棄し、それとともに自分自身のために創造した楽園の居所を失った。かれらは人種の混血によって没落し、徐々に、ますます自分の文化能力を失い、ついには、精神的なだけでなく肉体的にも、自分の先祖たちに似るよりも、むしろ被征服者や原住民に、より似はじめたのである」(『わが闘争』、前掲書上三八四ページ)。

堕落させられたアーリア人種についての漠然とした数ページのあとに、堕落させる者、ユダヤ民族、ユダヤ人が登場する。

ユダヤ人

しかし遠い昔の漠然とした起源にこだわるなど論外である。ヒトラーの闘いは現在にある。現在のアーリア人種はすなわちゲルマン人種であり、ユダヤ人とはまったく正反対の北欧人である。「ユダヤ人種」は高等なアーリア人種より劣っているというだけではない。対極にあるものであり、「反人種」である。アーリア人にとってユダヤ人は、「神にとっての悪魔」である。「ユダヤ人はアーリア人とは明らかな対照をなしている――この人種はこの時代まで生き延びてきた」。ヒトラーは、ときには「人種」、ときには「民族」（「国民」のときもある）を、明確に区別することなく用いている。いずれにしても「宗教」を切り離して考えている（たとえば彼は、ウィーンのキリスト教社会党が宗教的理由にもとづく「外見的反ユダヤ主義」を実践していると非難している）。ユダヤ人たちは真の宗教共同体を築くすべを知らなかった。なぜなら「事実上モーゼの宗教は、ユダヤ人種保存の教説にほかならないからである」（『わが闘争』、前掲書上二〇二ページ）。さらに、ユダヤ人にとって宗教は「自民族に属するものに向けられている不愉快な注意をまぎらわせ」、疑いをそらして「より無害にする」手段だったと書かれている。

「ユダヤ人種」そのものは、その本来の意味ではなく、悪い人種、そしてとくに「別の人種、敵性人種」の二重の意味をもつものとして理解されるべきである。それは実際、ルーツも領土もない人種である。「ユダヤ民族は、（中略）真の文化、とくに自身の文化をもっていない。なぜならば、ユダヤ人が今日見せかけの文化においてもっているものは、他の民族のものであったのがかれらの手によってほとんどもうだめにされてしまった文化財なのである」（『わが闘争』、前掲書上三九三ページ）。このような意味でのユダヤ人はつねに他の国家の他の民族の中で「寄生虫」として生きてきた。ユダヤ国家はないが、「国際的な世界ユダヤ主義」がある。「ユダヤ人」（そしてユダヤ主義）という言葉は、『わが闘争』の中で、四六六回（そして人種という言葉は三二二回）ともっとも多く出てくる。一九三〇年版の索引では、ユダヤ人（*Judentum*）は八四回出ているが、アーリア人（*Arier*）はわずか七回である。反ユダヤ主義はどこにでも顔を出し、強迫的であり、ヒトラーがこのような憎悪をいつどのようにしてつのらせたのか確信を持って明らかにすることはできない。彼の言葉を信じるなら、いわば「啓示」のようなものを受けたのはウィーンとされているが、一部の歴史家はもっと前のリンツだと言い、現在の歴史書はもっとあとと考える傾向にある。つまり第一次世界大戦直後とそのすぐあとの数年間ということである。しかしなぜ突然（あえて言うなら）宗教にかかわる必要性があったのか。ふつうなら、次々と厚く堅く積み重なっていく地層のようなものが思い浮かぶ。しかしヒトラーはウィーンで反ユダヤ主義に転向した日をはっきりと示している。

文字通り、彼は「啓示」を演出しているのである。それまで彼はユダヤ人を見ていなかった。「あるときわたしが市の中心部を歩きまわっていると、突然長いカフタンを着た、黒いちぢれ毛の人間に出くわした。これもまたユダヤ人だろうか？（中略）だがこの見知らぬ顔を長く見つめれば見つめるほど、そしてその特色をさぐるように調べれば調べるほど、ますますわたしの頭の中で最初の疑問が他の表現に変わった。これもまたドイツ人だろうか？」（『わが闘争』、前掲書上八五ページ）。そのあとに彼はこう述べている。「わたしの目に映ったのは、ユダヤ人がもっている重荷であった」（『わが闘争』、前掲書上八八ページ）。演劇、映画、絵画、文学、社会民主主義の新聞、世界的新聞、社会民主主義の出版、淫売業、社会民主党、労働者……そうしたものすべてがユダヤ人の手に握られていた。「わたしはいまや、わが民族の誘惑者を完全に知った。（中略）わたしは次第にかれらを憎みはじめた。（中略）わたしは弱々しい世界市民から、熱狂的な反ユダヤ主義者になった」（『わが闘争』、前掲書上九三〜九六ページ）。

容赦ない言葉づかいには驚かされる。ユダヤ人は次々に、民族の血を吸うクモ、ネズミ、腐っていく死体の中のウジ、ヒル、民族の吸血鬼、このうえもなく悪質な寄生虫などにたとえられている。ヒトラーはその演説と同様に、知性にではなく感情や直感に訴えかけている。それでもそこから「ユダヤ問題」という結論を引き出していることに変わりはない。「人種問題、したがってユダヤ人問題をきわめて明白に認識するのでなければ、ドイツ国民の再興はもはや行なわれないだろう」(『わが闘争』、前掲書上四四〇ページ)。これはまさにディートリヒ・エッカート(一九二三年没)が、民族《フォルク》の再生とユダヤ人の脅威の排除と緊密に結びつけながら主張し続けていたことである。エッカートにとって、ユダヤ人は「人類からその感受性豊かな魂を奪うことによって、冷たく物質主義的なユダヤの毒素を、人体に注入することによって、そして非ユダヤ教徒世界に対する権力奪取の陰謀を企むことによって」[13](『フェルキッシュ革命――ドイツ民族主義から反ユダヤ主義へ』)、人類の支配を達成するのである。

エッカートによって、『わが闘争』の著者に反ユダヤ主義を吹き込んだ確かな根拠を少なくともひとつはつかむことができた。この点で彼が見習うことのできたその他の理論家については、ほとんど挙げられていない[14]。DAPに出会う前に親交を結んだ可能性のある多くのフェルキッシュ・グループには触れられていない。そうすることでヒトラーは、自分がこの思想の父であるということと、自分は理論や机上の仕事はしないということを同時に示そうとしているのである。その代わり、エッカートは特別な位置を占めている。著書を締めくくっているのが彼の名だからである。著作の第一巻がミュンヘン一揆の一六人の英雄にささげられていると述べたあとで、ヒトラーは「そしてわたしは、かれらの死者の中に、最上の人物の一人として、自分の、そしてわれらの民族を目ざますため、詩作や、思索や、そして最後には行為によって、自分の生命をささげた人」（『わが闘争』、前掲書下四〇三ページ）としてディートリヒ・エッカートの名を挙げている（その名は末尾の離れたところに置かれ、行の真ん中に太字で書かれている）。

『わが闘争』の中で展開されるユダヤ人非難のテーマには、数え切れないほどのバリエーションがある。繰り返し主張されるのは、かれらが世界征服を企んでいるというテーマである。『シオンの賢人の議定書』が真実であるかのように提示されている（「それは偽作であるに違いない、とくり返し『フランクフルター・ツァイトゥング』は世界に向かってうめいているが、これこそそれがほんものであるということのもっともよい証明である」）（『わが闘争』、前掲書上四〇〇ページ）。「計画的に、かれらは二つの方面で革命化を目指して努力する、つまり経済的および政治的方面である」（『わが闘争』、前掲書上四二四ページ）。彼らはあるときは民主主義によって、またあるときはボルシェビキのマルクス主義によって人々を戦争に駆り立てる（ヒトラーの理想主義に反するふたつの物質主義である）。「したがって、ユダヤ人は今日ドイツの徹底的破壊を狙う大扇動者である。われわれがこの世界でドイツに対して書かれた攻撃を読む場合には、その製造業者はつねにユダヤ人である。まったく平和時代であろうと戦時であろうと変ることなく、ユダヤ人の金融新聞およびマルクス主義新聞は、（中略）ドイツに対する憎悪を計画的にあおったのである」（『わが闘争』、前掲書下三一五ページ）。国内政治でユダヤ人は、民主主義と議会制度によって国家を浸食した。しかし「民主主義的ユダヤ人」の陰から「血にうえたユダヤ人、民族の暴君」が現れるという。

このテーマのバリエーションは数多い。なぜならユダヤ人たちは、目的を達成するためにじつにさまざまな手段を用いて、財政を支配し、宗教や道徳や良俗を嘲笑するとされているからである。しかも、平和主義によって国民の自己保存衝動を麻痺させていると非難されているフリーメーソンは、「完全にかれら（ユダヤ人）の所有に帰してしまった」（『わが闘争』、前掲書上四〇九ページ）。「文化的には、かれらは芸術、文学、演劇を悪風に感染させ、自然の感受性を馬鹿にし、美と崇高、高尚と善に関するあらゆる概念を瓦解させ、そのかわりに人間をかれら独自の低劣な気質の影響下に引きずり入れる」（『わが闘争』、前掲書上四二五ページ）。「かれらは感染させる……」。世界的陰謀というテーマとならぶ非難の大きなテーマは、感染である。そこには比喩的な意味だけでなく、生理的、微生物的な意味もある。ユダヤ人たちは「伝染病の伝播者」、「生命の破壊の象徴」とされている。かれらは「人種の結核」をもたらすものであり、民族と人種の「分解酵素」であり、人類文化を解体するというのだ。ユダヤ人はペストや梅毒のバクテリアとも同一視されているが、それらの細菌は『わが闘争』が出版された当時、脅迫観念的に西欧世界で恐れられていたものである。そのころ梅毒の一種である先天性梅毒が退化の要因であるとする説が広まっていて、科学界や医学界でも認められていたのである。[15]

ヒトラーはこのテーマを取り入れずにはいられなかったのだ。ユダヤ人たちは淫売業（さらに「少女売買」）および、映画や演劇における性的扇動の「支配人」とされ、梅毒感染とユダヤ主義がひとつに結びつけられている。そして梅毒にかぎらず、性的堕落は身近にある。「黒い髪のユダヤ青年は顔に悪魔のような喜びを見せながらなんの疑念ももたない娘を長い時間待ち伏せして、かれらの血で彼女を汚し、それによってその娘の属する民族から彼女を盗むのである。あらゆる手段を使って、かれらは征服しようとしている民族の人種的基礎を腐敗させようとする。かれら自身は計画的に婦人や娘を堕落させるとともに、より広い範囲にわたって他民族に対して血液的境界線を取り除くことにさえも躊躇しない。黒人をライン地方[16]にもたらしたのはユダヤ人であったし、いまでもそうであるが、その場合いつも同様の下心と明瞭な目標がかれらにある。つまり、ユダヤ人は、そのことによって不可避的に生じる混血化を通じて自分の憎む白色人種を破滅させ、また高度なその文化的、政治的位置から堕落させて、自分がかれらの支配者の地位に上ろうと企てるのである」（『わが闘争』、前掲書上四二三〜四二四ページ）。

その後の歴史を知らなければ滑稽であるような、まさに反ユダヤ主義的妄想と言える。もう一度繰り返すが、これらの文章は『わが闘争』のごたまぜの内容から抜き出したものであり、実際に書かれていることである。ユダヤ人はあらゆるものについての敵役となっているので、それ以外のものを探す必要はなかった。

精神医学的なものにはことごとく反対する疑い深い現代においては、歴史家サウル・フリートレンダーが当時(一九七一年に)そうしたように、ヒトラーの反ユダヤ主義が神経症的である理由について考えるのは、軽率であり無意味である。フリートレンダーは、ヒトラーが父アロイスを通してユダヤ人の血を引いているという説に触れずにはいられなかった。彼によれば、真の問題はそれが事実か否か知ることではない。「重要なのは彼が自分の出自について疑問を抱き、ユダヤ人の血統であると信じたかもしれないということだ」。そのことが彼を執拗な反ユダヤ主義者にしたのかもしれない。「彼は自分の中にユダヤ人の要素がある可能性を否定している。彼は自分の中に存在するかもしれないユダヤ人を憎んだ。しかしその憎しみを自分自身に向ける代わりに、外にぶつけた」。多くの歴史家によって繰り返されてきた説であるが、しかしこれは推測でしかない。なぜならヒトラーがこのような問題に直面したという証拠は全くないからである。

近親結婚や父への憎悪(さらに「去勢コンプレックス」)がユダヤ人への憎悪へと向けられたという説は、それほど取り上げられてきてはいないが、逆にありきたりである。ちょっとした身体的接触も嫌悪するほどヒトラーに終生つきまとっていた感染恐怖症もまた、「ユダヤ人に」転移されたと考えられる。ここで「ヒトラーの狂気」という不確かな岸辺に近づくことになる。たしかに彼の人格構造の中にはパラノイア的[17]傾向があるのは明白である。[18]だがそれはノイローゼなのか、それとも妄想なのか。結局のところそれは問題ではない。というのも、これほどの憎悪は病的としか言いようがないので、病名を決める必要はないのである。

広大な宇宙闘争

『わが闘争』の反ユダヤ主義は、闘争の反ユダヤ主義である。「この世界はたしかに偉大な変革に向かって進んでいる。そしてただそれがアーリア人種の幸福になるか、永遠なるユダヤ人の利用する結果になるか、という問題だけがありうるのだ」（『わが闘争』、前掲書下七九ページ）。ヒトラーはこのイデオロギーを具体的な問題にして民衆運動につなげるため、きわめて理論的なフェルキッシュ思想と縁を切る。「すべての世界観というものは、それがまったく正しく、人類のためにこの上もなく価値あるものであっても、その根本原則がある闘争運動の旗印にならないときには、民族生活の実際の形成にとっては無意味なものであろう」（『わが闘争』、前掲書下一九ページ）。ここには理論家と重なり合う行動家が見られる。

この闘争は人類全体のものである。「『わが闘争』のすべての命題、すべての敵対意識を支配しているのは、宇宙的な一大闘争という観念である。そして、同書の命題がいかにばかばかしく思えようと、いかに空想じみて見えようと、それらこそがヒトラーの言葉に形而上学的な厳粛さを帯びさせ、暗鬱かつ荘重な道具立てを提供していることは事実なのである」[19]（『ヒトラー』、前掲書）。ヒトラーは星々、惑星、「宇宙エーテル」、何百万年、宇宙、天の王国などについて語ることもいとわない。『わが闘争』は黙示録的なイメージの中で巨人たちの戦いを示し、予言している。

この世界的闘争にふさわしいチャンピオンは、まったくひとつのものであるユダヤ人とボルシェビズムに最も露骨に脅かされているドイツである。「わが民族および国家が、この血と貨幣に飢えているユダヤ人の民族暴虐者の犠牲に供せられれば、全地球はこのクラゲどもに籠絡されてしまうだろう。ドイツがこのからみつきから解放されるならば、この最大の民族危難は（中略）破壊されたと見なすことができる」（『わが闘争』、前掲書下三一六ページ）。

この苛烈な闘争では、強者が弱者に打ち勝つだろう。それが「自然の鉄則」である。正義は力の中にある。「そうであれば問題はなおさらのこと、どの民族が自分でこのやっかいものの最初にしてしかも唯一の支配者となりうるだろうか、そして、どの国民がそれによって滅亡するか、といったことである。（中略）この問題はまた、人種の価値の試金石にほかならない――この吟味に耐えられない人種はまさしく死滅し、より健全な、もっと頑強で、抵抗力のある人種にとってかわられるだろう」（『わが闘争』、前掲書上三二三ページ）。暴力は正当防衛にすぎない。

英雄的な指導者

このような世界的闘争は、「理念」の擁護者であり未来を予見できるリーダー、民衆を動かすことのできる偉大な指導者なしには考えられない。「指導者」という言葉が繰り返し出てくるが、ヒトラーが自分のことを指しているのかどうかははっきりしない。だが一九二一年に党の「全責任」を託されたと語るときとまったく同様である。重要な決定をするたびに「いわゆる委員会の多数」と訣別して、つまり彼の運動が立ち向かおうとしている「議会主義的妄想」から解放されて、唯一のリーダー像を押しつけている。

「すべてあらゆるところで、多数者が支配している時代において、みずから主義として、指導者思想の原理と、それによって条件づけられる責任負担の原理をねらいとする運動は、他日数理的確信でもって、いままでの状態を克服し勝利者として登場するであろう」（『わが闘争』、前掲書下二七四ページ）。

フランツ・カフカはすでに「熟慮にもとづくのではなく、彼自身の人格にもとづく道理をふりかざす圧制者がもつこの謎めいたなにか」と語っている。ヒトラーは自分以外のところに崇高な真実を探し求めようとはしていない。ある人物が現れるにちがいない、ある個人、ある天才が……「この利益は、考える能力もなく、有能でもなく、いささかも天賦の才のない大衆の支配によっては満たされず、また役にも立たない。自然からそのために特別の才能を与えられた有能なものの指導によってのみ可能なのだ」(『わが闘争』、前掲書下一〇一ページ)。

このようなリーダーたちは「政治的やみ商人」(『わが闘争』、前掲書上一一五ページ)ではなく、不可能なことを実現するために現れる者たちである。「政治家の大部分は、(中略)ほんとうにむずかしい将来の計画からはいっさいはなれている。その場合こうした政治家の成功や意義は、もっぱら現代にあって、後世のためには存在しないのである。小さい人間はいつもこれにいささかも気がねしないものだ。かれらはそれで満足しているのだ。綱領立案者のばあい、事情は異なる。[20]かれの意義はほとんどつねに未来のみにある。というのは綱領立案者は、往々にして人々が『世間ばなれ』ということばで特徴づけることがまれでないからである。なぜなら、もし政治家の技術が、実際にできうることのコツとして通用するならば、そのばあい綱領立案者が不可能なものを求め欲するならば、ただ神のみのお気に召すのだからである。かれは現代の承認を得ることをほとんどつねにあきらめねばならない。しかしそのかわりに、かれの思想が不滅である場合には、後世の栄誉をうるのである」(『わが闘争』、前掲書上二七四〜二七五ページ)。

『わが闘争』でヒトラーは「神の摂理」、「全能の神」、「創造主」、「永遠の審判者」といった言葉を臆面もなく引き合いに出している。だからといって彼が宗教、あるいは少なくともロベスピエールが至高の存在にたいして抱いたような信仰心をもっていたといえるだろうか。そうではない。彼を導いていたのはむしろ運命（彼にとっては天啓と同義である）だったのだろう。ヒトラーは一九三六年三月一四日に確信をこめてこう書いている。「私は天啓によって示された道を夢遊病者のような確信をもって進んでいる」。彼は政治家ではなく予言者、救世主ということだ。ノーマン・コーンはこう書いている。「こうした預言者は革命的なイデオロギーを打ち立てるだけでは満足せず、自分たちが最後の審判の日に神によって選ばれる指導者たちだと自任していた。（中略）全員が共通点を持っていた。前もって定められた歴史を完成に導く比類のない使命をになっていると、各人が自負していたのである[21]」

現代のわれわれにはきわめて奇想天外に思われるが、『わが闘争』が出版されたころのドイツではそうではなかった。ドイツ世論は、右派民族主義政党をはじめとしてその他の勢力も英雄的な指導者、第二のビスマルク、第二のフリードリヒ大王を待ち望んでいた。「鉄と血」（ビスマルク）によってようやく統一されたドイツでは、政治的・社会的な対立を超越する偉大な人物、あがない主が現れて、安定した強いドイツを取りもどしてくれるのではないかという期待があった。「ドイツの指導者」、力強くて父親のような人物への期待は『わが闘争』よりずっと前からあり、こうしたテーマが本の中で利用されている。フェルキッシュの伝統と結びついた英雄的指導者の神話は、一九世紀はじめにまでさかのぼるが、ヴィルヘルム二世の時代にあらたな活力を得た。宰相ビスマルクを罷免したあとのヴィルヘルム二世の政治に失望した右派ポピュリストは、「人民の皇帝」の到来を願っていた。

第一次世界大戦直後「指導者を欠いた民主主義」はヴァイマル共和国とは反対に、人民と塹壕の中からやってくる指導者という理想像を発展させた。「妥協を許さず冷酷で毅然としていて、一徹で急進的なその人物は、特権と階級に従う古い社会を壊すことだろう。あらたな門出を可能にし、人々を、民族的に純粋で社会的に調和した「国家共同体」に統合するだろう」[22]。『わが闘争』の指導者はこのようなものとしてみずからを主張する。

人種主義国家

『わが闘争』による国家は当然のことながら反リベラル、反議会主義、反マルクス主義、反ブルジョワ、反平等主義、反多党制である。とはいえ、すべてが国家のもとにあったムッソリーニのファシズムとは似て非なるものだ（フランスの哲学者ジャン＝ジャック・シュヴァリエは「国家崇拝」と述べている）。逆にヒトラーにとって民族主義的国家（フェルキッシャー・

シュタート *der Völkischer Staat*）は、それ自体が目的ではなく、人種の存続を確実にするための手段である。「そこで根本的な認識は次のようである。国家は目的でなく、手段である。国家は、もちろん、より高い人類文化を形成するための前提ではあるがその原因ではない。その原因はむしろ文化を形成する能力のある人種の存在にのみあるのである。地球上に幾百の模範となるような国家がありうるとしても、文化を担っているアーリア人種が死滅したならば、今日の最も優秀な民族の知的な高さにふさわしい文化というものは、存在しえないだろう」（『わが闘争』、前掲書下三四ページ）。国家はヒトラーの関心をそそらない。それはフォルク[23]の容器、行政機関にすぎない。その使命はふたつある。国内では人種を保護し発展させ、国外では生存に必要な土地を征服してこの人種を拡大させるということだ。

「遺憾ながら、わがドイツ民族はもはや統一的な人種的中核を基礎としていない」とヒトラーは語る。「血統上の単一な民族がなかったという事実が、われわれを名状しがたい苦難におとしいれたのだ」（『わが闘争』、前掲書下三九〜四〇ページ）。幸い、アーリア人種の一部は無傷のままである。人種主義国家はかれらを保護し、徐々に支配的な地位に引き上げなければならない。そのために国家は「これ以上の混血化が根本的に停止されるように配慮」しなければならない。「今日のドイツの周知のような弱虫の世代人たちは、もちろん、ただちにこれらに反対してわめき、この最も神聖な人種の侵害について嘆き、ぶつぶついうだろう。そうだ。最も神聖な人権はただ一つあるだけである。そして、この権利は同時に最も神聖な義務である。すなわち、それは最もすぐれた人類を保持することによって、人類のより尊い発展の可能性を与えるために、血を純粋に保つように配慮することである」(『わが闘争』、前掲書下四七〜四八ページ)。

「絶え間ない人種汚辱の水準」に陥っている結婚は、新たな国家のおかげで「人間とさるとの間の生まれぞこないでなく、神の似姿を生むことを任務としている結婚」(『わが闘争』、前掲書下四八ページ)という神聖さを取りもどすだろう。さらにヒトラーは、今日の国家においては健全な人々の出産がさまたげられているのに、「梅毒患者、結核患者、遺伝的悪質者、身体障害者や精神遅滞者の断種」は犯罪であるとして反対されていると述べている。

そしてヒトラーは、そんなことはとてもできないと天を仰ぐ、「あわれむべきおおぜいの俗物ども」をふたたびあざ笑うのである。彼の闘いはまさに、不可能と思われることを可能にする闘いである。「われわれはなによりもまず、力強いおおぜいのわがドイツ青年に呼びかける」(『わが闘争』、前掲書下五二〜五三ページ)。人種主義国家は若者の教育をしっかり行わなければならない。知識は重視されず要点だけにとどめられ(とくに外国語と歴史教育は削減される)、人格形成や身体教育が優先されることになる。つまるところ、「男児たると女児たるとを問わず、血の単一性の必要と本質について究極的な認識を得ないで学校を出してはならない」(『わが闘争』、前掲書下七九ページ）のである。

このような教育で「一人の完全なドイツ人」となる。「そのうえ、人種の観点のもとにあるこの教育も、その最後の仕上げを軍隊ですべきである。なぜなら一般に兵役時代が、一般のドイツ人の普通の教育の終結とみなされねばならないからである」（『わが闘争』、前掲書下八〇ページ）。

人々は国家市民としてではなく単なる「国籍所有者」として生まれる。市民権は授与されるものである。国家市民証書の授与は、人種主義的教育のあとに兵役義務を終了してはじめてなされる。少女たちは、結婚によってはじめて市民となる。（国家について論じているふたつの章より前からすでに、ヒトラーはこう言って若者問題に取り組んでいる。「ドイツ少年よ、なんじはドイツ人たることを忘れるな」、「少女よ、なんじはドイツの母となるべきことを思え」）（『わが闘争』、前掲書上三〇ページ）。

憲法の概略、国家がとるであろう体制を探ろうとしてもむだである。それは著者にとって重要なことではないからだ。『わが闘争』は選挙公約ではない。それは「方法よりも目標に関係する」ものである。政治経済学にもあまり触れられておらず、土と血を組み合わせた時代錯誤の空想的「農本主義」にすぎないものになっている。

逆に国家の宣伝の問題は長々と論じられ、何度も繰り返されている。宣伝は、事実や人間への配慮を気にかけるべきではないのである。「この地上でもっとも巨大な革命の原動力は、どんな時代でも、大衆を支配している科学的認識にあるというよりは、むしろかれらを鼓舞している熱狂、また往々かれらをかり立てるヒステリーの中にあった」（『わが闘争』、前掲書上四三九ページ）。大衆を感動させるためには、毎日の熱心な宣伝が低い水準にあることを恐れてはならない。宣伝は「耽美主義者や学問的経験のある者」に向けられているのではない。宣伝は理性ではなく感情に訴えるものである。「こうした宣伝によって働きかけられ、攻勢をかけられた大衆が国民化され、フォルクという意味での民族主義民族となるだけではじゅうぶんではない。民族主義国家は個人に深く働きかけようとする」のである。

剣

国内政治は国外政治に向けられた世界観に役立つものでなければならない（このような場合にはあまりにも古典的で外交的すぎる表現である）。「ドイツ民族に対して相応の領土をこの地上で確保することを固執すべきである」（『わが闘争』、前掲書下三五四ページ）。この使命は剣によってしか果たされない。『わが闘争』の最初のページですでにヒトラーは、オーストリアのドイツへの併合にかんしてそのように語っている。「ドイツ国の領域が、ドイツ人の最後のひとりにいたるまでも収容し、かれらの食糧をもはや確保しえなくなったときにはじめて、自国民の困窮という理由から、国外領土を獲得する道徳的権利が生ずるのである。そのときに鋤が剣になり、戦いの涙から後世のために日々のパンが生育してくる」(『わが闘争』、前掲書上二〇ページ)。

国外領土……。ヒトラーの世界観は、最初からヴェルサイユ条約の見直しにとどまらず、新たな領土の征服を思い描いている。ランツベルク刑務所で書かれた第一巻で、ヒトラーは戦前のドイツの政策がどうあるべきだったかを手短に説明している。「人々がヨーロッパで土地と領土を欲するならば、そのさいは大体においてロシアの犠牲でのみ行なわれえた。(中略)かかる政策のためには、もちろんヨーロッパにはただ一つの同盟国があった。すなわちイギリスである」。そうするには、「植民地と海上勢力を断念し、そしてイギリス工業に対して競争をさしひかえるべきだった」(『わが闘争』、前掲書上一八八〜一八九ページ)。

とはいえ『わが闘争』は過去にではなく、将来に目を向けていた。第二巻では最後の章までこのテーマが延々と繰り返され、展開される。「われわれ国家社会主義者は、わが国戦前の外交政策については終止符を打っておくことにする。(中略)われわれはヨーロッパの南方および西方に向かう永遠のゲルマン人の移動をストップして、東方の土地に視線を向ける。われわれはついに戦前の海外植民地政策および貿易政策を清算し、将来の領土政策へ移行する」(『わが闘争』、前掲書下三五八ページ)。国境政策は領土政策に置き換えなければならない。「一九一四年の国境を回復しようという要求は（中略）政治的ナンセンスである」。なぜなら「ドイツ国民の将来にとってなんの意味もない」からだ（『わが闘争』、前掲書下三五一～三五三ページ）。

はっきりと示されている大きなプロジェクトはつまりロシアであるが、西欧との協力がなければその目標は考えられない。オーストリア＝ハンガリー帝国やトルコのような「腐敗している国家のしかばね」（『わが闘争』、前掲書下三七三ページ）とは異なるふたつの同盟国が必要である。つまりファシストのイタリア（「はつらつとした国家主義国家」）と、イギリス（「地上で最大の世界強国」）である。『わが闘争』はイギリスを褒めちぎっている。ヒトラーは「イギリスの戦時宣伝のみごとな心理学」や、「一度開始された戦いは時間と犠牲を無視し、あらゆる手段を用いて最後の勝利まで貫き通そうと決心しているあの野蛮さと粘り強さ」（『わが闘争』、前掲書上四三三ページ）に感心している。一九一八年一一月にはすでに、ドイツの戦艦を壊滅させ、植民地を奪い、産業と商業に大損害を与えて目的を達していた。このうえ何を期待するというのか。イギリスがつねにとり続けている大陸とのバランス政策で、現在目を向けているらしいのはむしろフランスである。「フランスの軍事的な優越は大英帝国の心を重く圧するのだ」（『わが闘争』、前掲書下三一二ページ）。ヒトラーは、フランスとベルギーのルール地方占領をイギリスが非難したまさにそのときにこれを書いている。

実のところ途中には「フランスという多頭蛇」がおり、ヒトラーはそのヘゲモニーを痛烈に非難している。[24]「わが民族の仇敵であるフランスはわれわれを無慈悲にも窒息させており、力を奪っているのであるから、結果としてヨーロッパでのヘゲモニーをねらうフランスの努力の絶滅を促進するに役立つとしたら、われわれはどんな犠牲もひき受けなければならない。われわれと同様に大陸でのフランスの野心を我慢できぬと感じている国々は、すべて今日ではわれわれの当然の同盟国である。もし究極的な結果として、わが国にきわめて残忍な憎悪を抱く国を圧倒する可能性だけでも提供するものであれば、そのような同盟国に接近する道はわれわれにとって苛酷過ぎることなどありえないし、断念するなど口に出せるものとは思えないのである」（『わが闘争』、前掲書下三七四ページ）。

ヒトラーは、さらに「ユダヤ化した」とみなしているフランスを忌み嫌い、罵詈雑言を並べ立てる。「フランスはつねにきわめて恐るべき敵なのである。この自己の中でますます黒人化しつつある民族[25]は、ユダヤ人の世界支配の目標と結びつくことによって、ヨーロッパの白色人種の存続にとっては身に迫る危険を意味するものである。なにしろ、ヨーロッパの心臓部であるライン地方の黒人の血によるペスト化は、このショーヴィニズムにとりつかれたわが民族の永遠の敵国がもつサディスト的、倒錯的な報復情熱に対応するものであると同様、（中略）ユダヤ人の氷のように冷たい熟慮にも応ずるものである」（『わが闘争』、前掲書下三一七ページ）

この歴史的敵国との応酬は、一九一八年への仕返しであると同時に、ドイツに以前から根強く存在していた概念である、「生存圏（レーベンスラウム）」獲得のための「東方への衝動（ドランク・ナーハ・オーステン）」計画を自由に行えるようにするためのものであった。「生存圏」とは、フリードリヒ・ラッツェルが[26]一九世紀末に唱えた概念である。ラッツェルによれば、「健康な種」は必然的に、隣接する（あるいは隣接しない）土地に侵攻する、つまり植民地化する性質をもっているとされる。この概念には汎ゲルマン主義の傾向が色濃く見られる。二〇世紀はじめ、フリードリッヒ・フォン・ベルンハルディ[27]は、東ヨーロッパを植民地空間とみなした。一九二〇年代はじめに世界的に知られた地政学の権威、カール・ハウスホーファー（一八六九～一九四六、ルドルフ・ヘスは彼の教え子である）は、一九世紀が海洋帝国の世紀であったように、二〇世紀は領土帝国の世紀であると考えた。領土、つまり厳密な意味での土地である。地図上のドイツ国土には六〇〇〇万人の住民（フランスより三割多い）が、ヴェルサイユ条約によって強いられた国境の中に押し込められている。[28]

ヒトラーは一時代前の理論を自分のものとした。彼は独創的な思想家ではなく、さまざまな概念を取り上げて先鋭化させた。いちど彼の世界観に取り込まれると、それらの概念はもうそこから抜け出せなくなった。そもそも『わが闘争』は自分の考えを「決定する」機会であった。シュテファン・ツヴァイクはこう書いている。[29]「この『生存圏』という概念は彼の赤裸々な攻撃欲に哲学的な小さなマントを与えていた。定義のあいまいさによって無害なように見える大げさな言葉のひとつが彼に与えられたのである。成功した場合には、どんな併合も、きわめて不当な併合でさえも、倫理的・民族的必然として正当化することができたのである」

たしかにそうではあるがしかし「ドランク・ナーハ・オーステン」[30]については、ヒトラーが引き合いに出している「生存圏」というより「ユダヤ＝ボルシェビズム」に対する十字軍である。ユダヤ人とボルシェビズムを等しいものとする考えは一九一九年にエッカートによって示された。『わが闘争』はその考えをエスカレートさせている。国家としてのロシアの弱さがボルシェビズムの革命を許し、国家の上流階層にいた「ゲルマン民族的中核」を消滅させた。ユダヤ人が、この「国家を形成し支えている人種の人種的中核」に取って代わったが、ユダヤ人は組織の構成要素ではなく、分解の酵素である。「東方の巨大な国は崩壊寸前である。ロシアでのユダヤ人支配の終結は、国家としてのロシアの終結でもあるだろう。われわれは、運命によって民族主義的人種理論の正当さをきわめて強力に裏書きするに違いない一大破局の目撃者となるよう選ばれている」（『わが闘争』、前掲書下三五八～三五九ページ）。

ボルシェビズムのユダヤ人に対するこの十字軍が、生存圏獲得であることに変わりはない。「われわれの課題、国家社会主義運動の使命は、わが民族の将来の目標が新しいアレキサンダー遠征といった心を酔わせる感銘で実現されたと見なされてはならず、剣によってのみ大地が与えられうるとしても、むしろドイツの鋤による勤勉な労働にこそ将来の目標があるのだ、という政治的洞察をわれわれ自身の民族が持つようにさせることにある」（『わが闘争』、前掲書下三五九ページ）とヒトラーは述べている。

「理想主義的な帝国」

行動家にして理論家……。それはヒトラーが『わが闘争』の中で思想をあらわす手段として用いる人物像ではない。われわれはまさに世界観と向き合っている。それは綱領に相当するものであり、つまるところ神秘的な国家、ひと言で言えばナチズムの理想郷[31]が描かれている。「ついには最も優秀な人類がこの地上を獲得し、地球上、地球外の諸領域で自由に活躍する道が開かれるからである。われわれはみんな、遠い未来に人類には問題が生ずるだろうが、それを克服するために最高の人種だけが支配民族として、全地球上のあらゆる手段と可能性に支持されて、招かれるのだ、という予感をもっているのである」（『わが闘争』、前掲書下二二三〜二二四ページ）。あなたがたは神のようになる、と創世記の蛇はアダムに約束した……。

たしかに、『わが闘争』にすでにあらわれているようなナチの理想郷は、人類と道徳の最低限の原則を公然と打ち破っているディストピア（逆ユートピア）である。しかし、ユートピアといわれるものも、善意でしきつめられた地獄のように疑わしいものではないだろうか。言葉の由来となったトマス・モアの著作『ユートピア』[32]でさえあきれるほど不平等であり、著者は皮肉をこめてこの本を書いたのではないかと思われるほどだ。歴史上のユートピアについては、平等主義であれ共産主義であれ、りっぱなイデオロギーの主張や完璧な世界の約束がどのような結果にいたったか今ではよく知られている。ディストピアであれユートピアであれ、いずれも結局は全体主義に行きつく。理想都市の壁の向こうから、「恐怖の世界の靄がたちこめてくる[33]」のをいつも目にするのである。

『わが闘争』にその輪郭が見えるナチのユートピアは、その世界を偽ろうとはしていない（みずからを欺いてもいない）。そこには全体主義、暴力、人種主義が掲げられている。ソヴィエトの共産主義とも、「新しい人間」がユートピア論の中心にあったムッソリーニのファシズムとも異なり、ナチズムの「堅い中核」（ルヴィロワ）は人種主義である。アーリア人、北欧人、ゲルマン人の決定的勝利には、内外の敵の根絶にくわえて、劣等人種（まずはスラヴ人）を隷属させ、不純分子（寄食者、精神異常者）を排除することが必要となる。ヒトラーがユダヤ人に与えた身分はまったく異なっていた。たしかに、アーリア人の他の敵たちの排除と同様に、ユダヤ人の排除も理想都市の実現の手段ではあったが、同時に目的でもあった。ユダヤ人は「受動的」であるだけでなく能動的で、いかなるときも隠れて近づいてくる脅威であり、人類を服従させるために陰謀をたくらみ行動している。ユダヤ人は絶対的な敵対人種であって、アーリア・北欧人種とは正反対である。「ユダヤ人がドイツから追い払われれば、ドイツ人は『典型的な人種であるアーリア・北欧人種』となるだろう。それは『真の国家共同体』を形成することのできる唯一の人種である。『人類の中の人類』となるのだ[34]」

これをユートピアと呼ばなければならないのだが、それは「母親とはぐれた子ども[35]」ではなく、恒常性をもつものである。「ゲルマン的ユートピア」はフェルキッシュ運動の一端であり、「新ロマン主義と人種主義のイデオロギーを具体化する試みとして[36]」定義されうる。典型的な例を挙げるなら、雑誌『オスタラ』(すでに述べたようにヒトラーがウィーンで愛読していた)は、優れたアーリア人種の出現についてたえまなく論じていた。雑誌名である『オスタラ』も、ゲルマンの春の女神、「夜明けの貴婦人」の名である。フランソワ・ペルーは疑似宗教について語っている。つまりドイツ人は「聖人たちの教団ではなく、英雄たちの結集[37]」を漠然と願っていたというのである。この疑似宗教には聖典が必要である。『わが闘争』がその役割を果たすことになる。

著者がユートピアについて語ることを否定しているように思われるときもあるが(「われわれも、いつかは欠点のない時代を招来することができうると信ずるほどにはお人よしではない」)、その数行あとには訂正している。「それゆえにこそ、今日の現実主義的な共和国の算術教師に、理想主義的な帝国への信念を対置させることが、まさしく必要なのである」(『わが闘争』、前掲書下九一ページ)。もう少し前のところでは、「今日では金が生活の唯一の支配者になっているかもしれない。けれどもいつか人間はもう一度より高い神々の前にひざまずくであろう。(中略)各人は、かれがその生活に必要とするものを与えられる時代(中略)が、くることを今日から知らせておくことも、われわれの運動の課題である。(中略)これは理想の状態であり、そんなことがこの世界では実際にできないし、事実上決して達成されない、といってはならない」(『わが闘争』、前掲書下九〇～九一ページ)。ヒトラーが不可能な政策を実現するカリスマ的指導者について言及しているのも、同様の精神からである。

ドイツ青年たちは新たな国家の創造者となるだろう。それは、最初に均等の機会を各人に与える階級のない社会であるが、平等ではない。「教育制度において、現在の知識層が下層からの新鮮な血の導入によってたえず更新するよう配慮することは、民族主義国家の課題である。国家は民族同胞の全員の中から非常に注意深く、厳密に、生まれつきはっきりと能力ある人材を抜擢し、一般社会に役立てるようにする義務がある」(『わが闘争』、前掲書下八五ページ)。

ヒトラーはドイツ国民に失われた楽園をふたたび与えるつもりはない(「アーリア人種はかれらの血の純粋性を放棄し、それとともに自分自身のために創造した楽園の居所を失った」)(『わが闘争』、前掲書上三八四ページ)が、「世界をより高度の文化のために役だたせようとする支配民族」(『わが闘争』、前掲書下四〇ページ)をつくりあげることを提案している。

ルヴィロワによれば、ユートピア的構想は「その内容は言うにおよばず、一貫性や力強さや奥深さによって輝くのではない。それはほとんどのユートピアについて言えることであり、また現実を明るく照らして根本的に変えようとする幻想についても同様である。ただ単純でおおざっぱな神話だけが大衆を心から熱狂させ、革命的高揚感をかきたてるのである」

ヒトラー、ヒトラー主義、ナチズム

おおよそこのようなことが、『わが闘争』の胸の悪くなるような読解から、なんとかかろうじて明らかになった。寄せ集めの本の中には、こうした繰り返し出てくるテーマの他にも多くのテーマが混じっていて、ついでのように手短に触れられている。たとえばマルクス主義、工業と商業、官吏(ヒトラーがとくに嫌っていた)、家庭と女性(なんと受け身の役割だろう)[38]、学校、スポーツ、宗教、アメリカなどのテーマがある。ドイツ国家の強さは繰り返し強調されているが(やがては「世界の新しい支配者[39]」に)、ヒトラーは経済的にも政治的にもイギリスと肩を並べる国家を求めている。宗教については、不確かなものであると見られているヒトラーの宗教ではなく、国民の宗教についてであるが、ヒトラーは「倫理的基礎」として役立つと考えている。「国民大衆は哲学者の集合ではない。しかも、まさにこの大衆にとっては、しばしば、信仰は倫理的世界観一般の唯一の基礎なのである。さまざまな代用手段も結果においては、それらが今までの宗教的信条にかわる有用な代償と認められえない場合には、あまり有効ではないことが証明されている。（中略）そしてそのような代用物が見たところ欠けている場合に、現在あるものを破壊しうるのはバカか、犯罪者のみである」（『わが闘争』、前掲書上三四八〜三四九ページ）。

『わが闘争』の文体は首尾一貫せず、きわめて不明瞭であるが、それでもナチズムの本質を形成する世界観を見ることができる。ヒトラー主義はヒトラーの頭の中に無から生み出されたものではなかった。ジュリアン・バンダ[40]は、ヒトラーが政権を握った一九三三年に次のように書いている。「ヒトラーがヒトラー主義を生み出したのではない。彼はそれをたたきつけた。過飽和状態になったリキュールの中に落ちたクリスタルガラスのようなそれは、きらめくものとして解釈された。彼はそれをたたきつけた。なぜならこのクリスタルガラスは彼が接触した大衆と同じ性質のものだったからだ」。たしかにそうであるが、ヒトラーはそうした思想を死のレトリックにするほど過激化した。彼が「フェルキッシュの夢遊病者の群れ」をあざけるのは、彼がフェルキッシュ思想を信じていないからではなく、反対にフェルキッシュ思想がヒトラー主義を溶け込ませてしまうからだ。彼が軽蔑しているのは、つねに形而上的考察と夢想の世界に逃げ込んでいた先人たちである。『わが闘争』は夢想するのではなく行動して、テーブルをひっくり返すことをすすめている。

『わが闘争』の運命は一九二六年以降のドイツの歴史と結びついていく。「海が船を運んでいくように、歴史が国家社会主義党とその熱狂的指導者を運んでいったとすれば、憎しみのこもった聖書であり、激烈なコーランである『わが闘争』もいっしょに運んでいっただろう。反対にもし歴史がこの党と指導者を拒んだとしたら、歴史に造詣の深い専門家でもなければ――それでも読むに堪えないと見なすだろう――、将来だれもこんな偏執狂的アジテーターの本など開かなかっただろう」とジャン＝ジャック・シュヴァリエは総括している。

第四章　『わが闘争』は「第三帝国」のこれからの犯罪を予告しているのか

二〇一五年一〇月に火蓋が切られた論争で、ジャン＝リュック・メランションは『わが闘争』が第二次世界大戦とナチ収容所の犠牲者への「死刑宣告行為」であるとする立場をとっていた。だがある歴史家がどのように彼の主張に異議を申し立てたかもよく知られている。[1] それはもったいぶった言い方でジャン＝リュック・メランションに呼びかけるものであった。「歴史家たちが五〇年間熱心に研究を重ねたすえに、第三帝国は未来の独裁者が書いた退屈きわまりない著作の計画を実現させたものではなく、一貫した強迫的な政策にイデオロギー、ロジスティック、経済、軍事などの考慮がいりまじって殺意ある興奮状態に達し、ジェノサイドという結果にいたったのだということを示した。それは貴殿が無意識的に体現している意図主義の立場とは対立する、機能主義の立場として説明できる。『わが闘争』には殺人施設や大量殺戮移動部隊の予兆は示されてはいない。オーストリア人受刑者の取るに足りないパンフレットを読んだだけで、ナチズムやジェノサイドの実体をつかめると考えるのは間違いである」

歴史家であろうとなかろうと、だれも歴史を裁くことはできないとでもいうかのようだ。ジャン＝リュック・メランションは「機能主義」と「意図主義」という歴史家の歴史論争に参加させられていた。[2] そうと知らずに、もはや時代遅れとみなされる意図主義の陣営にくみしていたのである。もちろん『わが闘争』には血なまぐさい独裁や第二次世界大戦やユダヤ人のジェノサイドについてはっきり書かれているわけではない。その徴候が見られるだけだ。だがなんという徴候だろう！

幻想が現実となり、アーリア人の栄光の都市への行進が成し遂げられるために、『わが闘争』に欠けているのは何だろう。規律に従わせること、障害を排除すること、権力の支配、全体主義国家の樹立――いずれも『わが闘争』が語り続けていることだ。達成するための手段には、合法的手段ではなく、武力や暴力が用いられるだろう。「ひとたびこの種が圧迫されたり、それ以上に絶滅されるような危険がある場合には、そのときには合法性の問題はもはや副次的な役割を演ずるだけである。そのときにも支配権力は何回となくいわゆる『合法的』手段をその行動に用いることがあるかも知れない。けれども圧迫されたものの自己保存衝動が、あらゆる武器を持って戦うことは、つねにこのうえもなく高く正当と認められることである」（『わが闘争』、前掲書上一三四ページ）。暴力は手段であり目的でもある。それは人種闘争の原動力としての思想である。そういう意味で、ボルシェビズムやファシズムの暴力をはるかに超越している。『わが闘争』は、ドイツ人の血をはじめとして、血を流すことが存在論的に必要不可欠であるとしている。戦争なくして優越人種の勝利は達成できないとして、たえず戦争を称揚する。「種の保存を確保するためには、個人の存在の献身が必要だということである」（『わが闘争』、前掲書上二〇二ページ）。この「献身」という言葉は何度も出てくる、というよりヒトラーの口癖になっている。もちろんそれが命をささげるという意味なのかはわからない。ヒトラーの平和はすなわち、「平和というものは、めそめそした平和論者のような泣き女のシュロの葉によって維持されるのではなく、世界をより高度の文化のために役だたせようとする支配民族の勝利の剣によって樹立されるものだ」（『わが闘争』、前掲書下四〇ページ）。鋤と剣（土地を守る剣ではなく支配する剣である）はヒトラーのお気に入りのテーマである。

ヒトラーが思い描く外交政策の目標は、フランスへの報復であれ、東方の生存圏獲得であれ、明らかに戦争を意図したものである。「それに対して、われわれ国家社会主義者は不動の態度でわれわれの外交政策目標、つまり、ドイツ民族に対して相応の領土をこの地上で確保することを固執すべきである。そしてこの行為は、神とわがドイツ国の子孫の前で流血を正当化するように思われる唯一の行為である。まずわれわれは、地上の支配者としての自分の地位を、ただ独創力およびこの地位を戦い取り維持しうる勇気だけに依存し、なにものもただで贈与されてはいない生物として、毎日のパンのために永遠の闘争が運命づけられてこの世界に存在させられている。その限り、流血は神の前で正当化されるものである。次にわれわれは国民の一人の血たりとも、その犠牲によって他の千人の生命が救われるということでなければ決して流さなかった。その限り、流血はドイツ国の子孫の前で正当化されるものである。将来いつかドイツ農民階層が力強い息子達を生みうる領土であるなら、その土地は今日の息子達を賭けることの正当な理由となるだろう。そして責任ある政治家というものは、たとえ現代において攻撃されようとも、いつかは血を流した罪過および民族を犠牲にしたことに対して無罪の判決を受けるはずである」(『わが闘争』、前掲書下三五四〜三五五ページ)(『わが闘争』には「血」という言葉が再三あらわれる)。

『わが闘争』の好戦的態度は、ドイツでは例外的なものではなかった。第二巻が出版された一九二六年には、親ナチ作家ハンス・グリムの『土地なき民』(星野慎一訳、鱒書房、一九四〇年)が、文学的価値は高くないものの大成功を収めた。[3] この小説には「生存圏」と「東方への衝動」という強烈なテーマが盛り込まれていた。戦争の原則的受容と、ジョージ・L・モッセが「暴力化」[4]と呼ぶものが、ドイツ社会の主流を占めていた。断固たる平和主義のフランスでは、戦争の恐ろしさを描くことはあっても、仲間意識や英雄的精神、犠牲的行為を賛美する、大戦をテーマとした小説までは書かれなかった。ドイツ平和主義運動の指導者、ルートヴィッヒ・クヴィデは、「非合法の国防軍」を告発する論文を発表したため、一九二四年に大逆罪で逮捕され禁錮刑を宣告された。

　戦争の必要性は必ず反ユダヤ主義と一体となって論じられていた。ヴェルサイユ条約についてもそうだった。「なぜなら、一九一四年の国家の回復でさえも血によってのみ達成されるに違いないことは、ほとんどどんな人間でも疑うようには思えないからだ。子供じみた素朴な頭の持主でなければ、はいつくばったり物請いしたりするやり方でヴェルサイユ条約の修正をもたらすことができる、などという考えにふけることは不可能だろう。（中略）それに加えて、時代というものはヴィーン会議以後変化してしまったのである。つまり、王侯や王侯の側室が国家の境界を掛値販売をしたり、値をつけたりしているのではなく、無慈悲な現世主義者ユダヤ人が諸民族の征服を目指して戦っているのだ。どの民族も剣による以外は自分達ののどからこのこぶしを離れさせることはできない。（中略）そしてこのような事件は、変ることなくつねに血を見なければならない」（『わが闘争』、前掲書下三五三ページ）。

　しかしときおり言われるように、『わが闘争』がユダヤ人の「皆殺し」や「絶滅」について語っていたということはまったくない。フェアニッヒトゥング[5]（*Vernichtung*）というよく知られた言葉が使われているが、それはフランスについてであり、政治的・軍事的意味合いで用いられている。「ヘゲモニーをねらうフランスの努力の絶滅（中略）。このことはもちろん、ドイツはフランスを破滅させる手段によってしか、自民族を他のものに代って発展させてゆく可能性をもちえないということを、ドイツが実際に認識していることが前提された上でのことである」（『わが闘争』、前掲書下三八五ページ）。他の箇所では、ユダヤ人搾取者たちが、非ユダヤ民族（！）の労働と奴隷化による絶滅をもくろんでいると非難されているが、物理的抹殺という意味で使われているのではない。

同様に、「最終的解決」のイメージとして、大戦中に用いられた毒ガスについての文章がしばしば取り上げられる。「戦争開始時に、そして戦争中も、あらゆる階層から出て、あらゆる職業をもったわが最良のドイツ労働者数十万が戦場でこうむらなければならなかったように、これらの一万二千か一万五千のヘブライ人の民族破壊者連中を一度毒ガスの中に放り込んでやったとしたら、前線での数百万の犠牲がむなしいものにはならなかったに違いない」（『わが闘争』、前掲書下三九一～三九二ページ）。戦場での毒ガス兵器と、強制収容所のガス室での冷酷な大量虐殺を関連づけるのは拙速である。

とはいえその後、戦前から最終的解決までの時期に起こったことは、ヒトラーの強迫的な反ユダヤ主義が土台となっている。反ユダヤ主義は『わが闘争』のあらゆるページからほとばしり出ている。それは書物の上の憎悪ではなく、動的な憎悪（フェルキッシュの伝統的な静的憎悪とは異なる)、悪意にみちた憎悪である。[6] ヒトラー主義とナチズムの土台である反ユダヤ主義は、将来のあらゆる政治活動の土台でもあり、ましてやあらゆる戦争の土台にほかならない。国家主義や社会主義のジレンマを超越したヒトラーの反ユダヤ主義は行動家ヒトラーの反ユダヤ革命に行きつくしかなかったはずである。その革命はドイツ革命、ドイツの再生と同一視されている。

ヒトラーの頭の中では防衛的なこの闘争は、生か死かを賭けた闘争である。「ユダヤ人とは契約などはなく、ただきびしい二者択一だけがあるのだ」(『わが闘争』、前掲書上二六八ページ)。そして「ユダヤ人がマルクス主義的信条の助けをかりてこの世界の諸民族に勝つならば、かれらの王冠は人類の死の花冠になるだろう」。神でさえ(ユダヤ人の神ではない!)助けを求められている。「永遠の自然はその命令の違反を、仮借なく罰するであろう。だから、わたしは今日、全能の造物主の精神において行動すべきだと思う。同時にわたしはユダヤ人を防ぎ、主の御業のために戦うのだ」(『わが闘争』、前掲書上九七ページ)。

アルベルト・シュペーアはのちにこう書いている。「ヒトラーがユダヤ人に抱いていた憎悪は、当時の私にはきわめて明らかなことに思われたので、もうそれほど驚かなかった」。ヒトラーが総統地下壕で自殺しようとして政治的遺言書を口述していたときも、あいかわらずユダヤ人を非難していた。「この戦争はもっぱら、ユダヤ出身、あるいはユダヤ人の利益に資する国際的政治家たちによって望まれ、引き起こされた（中略）。何世紀たとうと、われわれの都市や建造物の廃墟から永遠に、この破壊の責任者たちに対する不滅の憎悪がわき出てくるだろう。責任者とはつまり国際ユダヤ人とその同調者たちだ」。『わが闘争』から一九四五年四月三〇日の自殺まで、ヒトラーはある点で「意図主義者」だったが、それがまさにあらわれている。このふたつの境界標の間で、暴力化は戦争も、ナチ党政権誕生も待たずに進行していく。『わが闘争』出版のあと何年も、ＳＡ（突撃隊）は「ユダヤ人に死を！」と叫び、「ユダヤの血がわが刃のもとに流れるとき」を歌って行進していた。

とはいえ、暴力化を実際の行為として表出させたのは戦争である。ヒトラーは『わが闘争』で大戦について、このつながりを明らかにしている。「前線で最も善良なものが倒れているとき、国内では少なくとも害虫を抹殺することぐらいはできた」（『わが闘争』、前掲書上二二四ページ）。一九三九年一月三〇日、開戦が確実となったとき、ヒトラーは国会での公式演説でこのような考えをふたたび持ち出している。「今日、私はふたたび預言者となるだろう。ヨーロッパ内外のユダヤ国際金融がふたたび人々を世界戦争にいたらせることになるだろう。だが、その結果は世界のボルシェビキ化、つまりユダヤ人の勝利ではない。反対に、ヨーロッパのユダヤ民族が絶滅することになるだろう」。そしてこの約束は、ヒトラーと『わが闘争』が紛争状態のときに約束を果たしたのと同様に、果たされることになる。ドイツ国家のアーリア人の若者を犠牲にする戦争の労苦は、生物学的代償として「寄生虫を絶滅させる」ことになる。「ユダヤ人大量虐殺は完璧な都市を築く手段のひとつであるだけでなく、アーリア人の決定的な勝利によってナチのユートピアを完成させることにもなる」[7]。厳密に言えば『わが闘争』はユダヤ人大量虐殺について述べてはいないが、大虐殺につながる鎖の最初の環であることに変わりはない。ハンス・モムゼンは「累積していく過激化」の過程について語っている。「一段ごとに度合いを増していく段階的拡大（中略）。もっぱら、秩序の乱れと狂信的イデオロギーの曲解が、ユダヤ人の根絶という非現実的目標を計画から具体的な現実へと変え、みずから活動を展開させたのである」[8]。フレデリック・ルヴィロワは、「ことの成り行き」について述べたサン＝ジュストを引き合いに出している。「大量虐殺は明確に予定されていたわけではなかったが、萌芽として、あるいは潜在的に、国家社会主義の漠とした非現実的なイデオロギーの中に含まれていたように思われる。完璧な社会、再建された天国の実現を想定していたという事実だけでも、妨害する者を迷わず排除することも含め、実現のためならどんなことでもするつもりであることがうかがわれる」

『わが闘争』に示されているもうひとつの手段は、優生学的な人種衛生から、断種、ひいては「生きるに値しない命」の抹殺という手段である。これについてはどのように書かれているだろうか。「不治の病人に、絶えず他の健康な人々に感染する可能性を許しているのは中途半端である。

これは、一人に苦痛を与えないために、百の他人を破滅させるような人道主義と一致する。欠陥のある人間が、他の同じように欠陥のある子孫を生殖することを不可能にしてしまおうという要求は、もっとも明晰な理性の要求であり、その要求が計画的に遂行されるならば、それこそ、人類のもっとも人間的な行為を意味する」（『わが闘争』、前掲書上三三二ページ）。この「欠陥のある人間」の中に、ヒトラーは梅毒患者を含めている（「肉体の病気は、この場合ただ倫理的、社会的、人種的本能の病気の結果にすぎないからである」）。

つまり、「必要ならば、不治の病人を無慈悲にも隔離しなければならぬに違いないからである——不幸にもそれにかかったものに対する野蛮な処置も、しかし、同時代および後世の人々にとっては祝福である。百年の一時的な苦痛は数千年を苦悩から救いうるし、救うだろう」（『わが闘争』、前掲書上三三二ページ）。すぐあとに「野蛮な処置」と形容されている「隔離」が何を意味するかはやがて明らかになる。ヒトラーにとって、優生学（ただし当然のことながら彼が賞賛している優生学）や断種や安楽死は、段階的に「人種衛生」を進めるものだ。『わが闘争』には、民族の健康に有害な人間を殺す権利が明記されているが、それは大量虐殺の心理の土台となるものである。

ヒトラーは、アルフレート・プレッツ[9]がドイツで提唱した「人種衛生」理論をエスカレートさせ、極限までおしすすめる。プレッツは「民族衛生学協会」を創立し、健康な人間の選択と、退化した人間の反選択が提起されている。プレッツによれば、「医学の支援なくして生きることも、子を産むこともできない人間が生きて子を産むことができるよう」治療するのは望ましくないことである。[10] こうした優生学的ユートピアは、その後も多くの著者によって受け継がれている。たとえばフェルキッシュ作家のヴィリバルト・ヘンチェルは、一九〇四年に、全面的に人種衛生の原則にのっとって考案された共同体、「ミットガルト（人間の庭）」というユートピアの物語を書いている。優生学の理論家で一九二九年にナチ党に入党したヘンチェルは、子犬の買い手がその血統を気にかけるのに、妻をめとって家庭を築こうとするときには感情のままに動くということに抗議したのである。

こうした優生学的幻想のすべてがドイツだけに限られていたわけではない。それは西洋世界全体に広まっていて、しかも理論やユートピア小説にとどまらなかった。アメリカでは一九二〇年頃、二五の州で「遺伝的に劣っているとみなされる犯罪者などの強制断種」が法律で認められた。[11] プレッツの後継者であるドイツ人医師フリッツ・レンツは、この例を引き合いに出してヴァイマル共和国憲法がこれを禁じていることを残念がった。

強制断種から安楽死まではほんの一歩である。一九二〇年には法学者カール・ビンディングと精神医学者アルフレート・ホッヘというふたりのドイツの大学教授が、『生きるに値しない命を終わらせる行為の解禁』（邦訳『「生きるに値しない命」とは誰のことか』、森下直貴・佐野誠訳著、窓社、二〇〇一年）という「科学的な」宣言をしている。それは重度知的障害者を医学的に殺害するということであった。ホッヘは重度知的障害者を「人間の顔をもつ空の容器」、さらには「お荷物」と呼んだ。ホッヘはこうつけくわえる。「このような人間への死の宣告は他のタイプの殺人と同一視されるべきではなく（中略）正当で有益な行為なのである」。そしてこう結論づける。「これからやってくる時代では、尊大な道徳性によって、人間性の概念を過大評価したり、生命それ自体を過大評価したりすることの結果として生じる要求に悩まされることはもうないだろう」

このような理論は実践されるのを待つばかりであった。そして一九三九年に、「不治とみなされた患者は、『わが闘争』にある慈悲の死（安楽死）を施される」としたフューラーの個人的な決定がなされた。戦争がはじまると、重度知的障害者を殺害するT４計画は、あらたに強制収容所での「特別治療」へとつながっていく（14 f 13作戦）。心理歴史学者のロバート・J・リフトンはこれを「医療殺人と強制収容所での医療的殺人を直接結びつけることのできる鍵、つまりナチの安楽死観とジェノサイドを結びつけることのできる鍵」だと考えている。[12] つねに「注射器をもつのは医師たち」である。[13]

ヒトラーは口にしたことをおこない、おこなうことを口にした。『わが闘争』ではっきりと言葉にあらわし、「普及させた」死についての考えはけっして放棄することはない。そして権力の座についたあとは、けっして後ずさりすることはないだろう。一九四三年、ロシア出身のフランス人哲学者で歴史家でもあるアレクサンドル・コイレ[14]は、ヒトラーの本を「白日のもとにある陰謀[15]」と定義した。つまり、あまりにも堂々と宣言されたので、ついには誰にも気づかれなくなってしまったのだという。「まさに本当のことを言いながら、彼は敵を欺き、籠絡する自信があった」。同時にコイレは、民主主義・自由主義の人類学とは異なる、全体主義の人類学という考えを発展させた。それは思想や理性や判断によってではなく、本能や情熱、「感情や怨念」によって定義されるものである。ヒトラーはエリート層にではなく大衆に言葉をかけ、かれらの情熱、憎悪、不安をかきたてる。「つまり本当らしさの境界のこちら側にとどまろうとするのは無意味である。逆に、おおざっぱで強烈で大きな嘘であればあるほど、人は信じてついていくだろう。（中略）（大衆を）だましていることを隠すのは無意味でさえある。嘘だとはけっして気づかないだろう」（これはヒトラーが抜け抜けと述べていることである）。

たしかに『わが闘争』に、書かれていること以上の意味をもたせるべきではない。しかし、「方法よりも目標に関係するのである。だがこのばあい、ある理念の原理的正当性を決めるのであって、その実施の困難さを決するのではない」（『わが闘争』前掲書上二七三ページ）。ナチの聖典となるこのマニフェストに残された空白を埋めるのは、さまざまな階級のナチ指導者たちの役目となる。それが「総統《フューラー》に向かって仕事をする[16]」ということであり、ウィーンでの若者時代にあまり勤勉ではなかったヒトラーが、みずから決定するにはおよばないのである。だがここで意図主義の歴史家と、機能主義の歴史家の論争にまた戻ってしまう(ハンス・モムゼンは「弱い独裁者」とまで言っているが、理解は得られなかった)。『わが闘争』にはすべてが書かれているわけではない。だがすべてが語られているのである。

第五章　『わが闘争』はヒトラーの唯一の著書か

一九五一年に「ヒトラーの秘密の本」が存在するという噂が流れた。いわば『わが闘争』の続編だが、第三巻ではなく未刊の別の本で、アメリカに草稿があるという。ミュンヘン現代史研究所が調査をはじめたものの、成果はなかった。ミュンヘンでジャーナリスト会議が開かれたとき、イギリス人歴史学者で数年前に『ヒトラーのテーブル・トーク』[1]なる本を発表していたヒュー・トレヴァー＝ローパーは、草稿はたしかに存在していたが永久に失われてしまったと述べた。しかしミュンヘン現代史研究所は、『わが闘争』の版元であるフランツ・エーア出版社に問い合わせて調査を続けた。一九五八年、まさに警察の捜査を経て、ついに草稿が見つかった。それはアメリカ軍の大尉がベルクホーフ荘から回収したもので、ほんとうにアメリカの国立公文書館にあったのである。タイプで打たれた三二四ページの文書は本物であると公式に認定され、一九六一年に『ヒトラー第二の書 *Hitlers Zweites Buch*』というタイトルでドイツから出版された。フランスでも同年、『第三帝国の拡大 *Expansion du* Ⅲ*ᵉ* *Reich*』という翻訳版が出版された。[2]

フランス語版のタイトルは思いつきのように思われるかもしれないが、結局は典拠の不確かなこの文書の内容が反映されたものなのである。ヒトラーは序文でみずからそれを説明している。一九二六年にはすでに、『わが闘争』の外交政策について論じた章が別冊として出版されていた。南ティロール問題[3]はドイツを動揺させ、反イタリア感情をかきたてていた。ヒトラーは国家社会主義運動の名において、「このドイツ外交政策の拠点」を移動させ、この対立を障害にすることなくイタリアと同盟を結ぶよう強く勧めて、「支配的な親仏勢力」に反対の立場をとろうとしている。その他にも、『第二の書』はヒトラーが考えた外交政策のあらゆるテーマをふたたび取り上げて発展させているので、『わが闘争』の続編とみなすことができる。

一九二七年から一九二八年にかけておもにベルクホーフで口述されたこの草稿は、なぜ出版されなかったのだろうか。そもそも草稿は未完成で、多くの計算データが空白のままになっている（ヒトラーは相変わらずあまり勤勉ではなかった）。さまざまな言い分が示されるが、多くはあまり説得力がない。ランツベルク刑務所から釈放されたあとの数年間は、ヒトラーにとっても、ナチ党にとっても困難な時期だった。一見すると、どちらも民主主義の野党の立場にもどっていた。一九二五年二月二七日、バイエルン首相は、過激な活動をしないことを条件にナチ党と『フェルキッシャー・ベオバハター』の活動禁止を解いたあと、「野獣は飼い慣らされた」と司法大臣に明言した。ヒトラーの公衆の面前での演説禁止は一九二七年三月五日に解除され、その四日後にはミュンヘンのクローネサーカスで二時間半の長い演説を行った。権力の座へと彼を導く最初の演説であった。同じく一九二七年にジャーナリストのカール・チュピクは、それ以降続けられていくヒトラーの演説をこのように分析している。「レトリックに乏しく、思考力がない。説得力をもつ要因として極端な感情を具体的に示す能力だけはある（中略）。ヒトラーはおそらく自分が言っていることを信じているのだろう。いずれにせよ彼に成功をもたらしているのは熱狂的な確信をこめたその口調である。それはもっとも原始的な形の雄弁術であり、幼稚園レベルまで落ちた政治である」[4]。一九三三年にドイツから逃れたトーマス・マンは、ヒトラーの大衆への影響力は、ひどい欠点があるにもかかわらず生じていたのではなく、ひどい欠点があるからこそ生じていたのだと一九三八年に書いている。

社会民主党が政権についていた一九二七年に、たとえ多くのドイツ人がヒトラーの言動を本気で受け止めてはいなかったとしても、ヒトラーは自分の運命を確信していた。『わが闘争』の出版がその確信を裏づけていた。ナチ党への入党者は一九二七年には七万二〇〇〇人、一九二八年には一〇万八〇〇〇人と着実に増えている。一九二八年五月二〇日の選挙でナチ党は八一万票（有権者三一〇〇万人中）を獲得し、国会に一二議席（四九一議席のうち）を得た。

ナチ党がこれから信用のおける党として選挙戦を戦っていくうえで、それは少なくともあり、多くもあった。

ヒトラーが、『わが闘争』で言葉が過ぎたことに突然気づいたのは、あらたな選挙に向けての展望からだろうか。フランスで『第三帝国の拡大』が出版されることについて、ジャーナリストのイヴ・フロレンヌが考えたのもそのことだった。[5]「近隣諸国にとってきわめて憂慮すべき領土『拡大』の目標と手段を前もって公にするのは危険なことに思われたかもしれない」。同様に選挙という観点で見ると、ナチ党の中にあった対立（左寄りか右寄りかの方向性、個人間の対立や駆け引き）を深めないためだったともいわれている。もっと月並みな理由としては、第一巻の売れ行きがあまりよくないのを見た党の編集者マックス・アマンが、印刷を押しとどめたのかもしれない。新たな『わが闘争』は重複になる恐れもあった。それにヒトラーはすでにすべてを語っていたのではないだろうか。

外交政策に焦点を絞って簡潔に述べた『第二の書』は、『わが闘争』ほど読みにくい書ではない。といっても最初の数章は論旨が一貫していないので、読みやすいとは言えない。ヒトラーの口語的表現も相変わらずだった。まず、人々が生きるための闘いや領土について長々と饒舌に語っているが、その考え方も依然として時代遅れのものである。「ある民族が生存していくのに必要とするパンは、その民族が自由に使うことができる生存圏の大きさによって決められてしまう」(『続・わが闘争』三四ページ、平野一郎訳、角川文庫)。力についての主張も見られる。「武力はもともと農耕への道を切り開く開拓者であったし、人権を語るうえで戦争はこの最高の権利に貢献した唯一のケースなのだ」(『続・わが闘争』、前掲書三七ページ)。土地は誰にも与えられない。それを奪う人のものである。そしてヒトラーは、カール・フォン・クラウゼヴィッツの「別の手段による政治の継続」という有名な言葉を引き合いに出して、「霧のような経済的・平和的お題目」が消え去ったあとに戦争が勃発することになると述べている。

経済(ヒトラーは明らかに経済がまったくわかっていない)、「生きるに値しない命」、優生学、ヒトラーにとっては忘れることのできないユダヤ人などについての回り道もあるが、ここでは国際的で資本主義的である。「ユダヤ人は、どのような形でも他民族の中に入りこんでいけるのだ。このインターナショナルな害毒と退廃の師は、その対象となった民族を徹底的に根絶やしにし、腐敗させるまで留まることを知らない」(『続・わが闘争』、前掲書六一ページ)。口調の乱暴さに変わりはなく、「インターナショナルなユダヤ民族というウジをわかせる。そして(中略)あの膿にまみれた温床が出現してくるのである」(『続・わが闘争』、前掲書五一〜五二ページ)とまで述べられている。

そして相も変わらず人種、闘争、力である。「真の武装解除とは、わが国の平和主義的民主主義の毒である」。ヒトラーは「大衆の民主主義への妄想」とまで言っている。そのためドイツとその外交政策は「破滅に向かう」のだと言う。ヴェルサイユ条約はドイツ国民を武装解除させた。それでは国家社会主義ドイツ労働者党が勧める政策はどのようなものであるべきか。それが第五章のタイトルであるが、それでもヒトラーは「私は」で語り出す。「私はドイツ国家主義者である。すなわち私はわが民族性を信奉する者である。私が考えること、行動することはすべて、この民族性の一部なのである」(『続・わが闘争』、前掲書八七ページ)。

ヒトラーはたえず、征服するべき生存圏について述べているが、それはロシアにしか使われていない。一九一四年時点の国境が目標なのではない——「国家の名誉を代表する連中が至るところで催すビアパーティーでの声高な意見表明はこれに尽きる」(『続・わが闘争』、前掲書一五五ページ)とヒトラーは言っている。それ以上に、イギリスの海洋での覇権とドイツの大陸での覇権を同時に考えるべきである。もちろんそうするためにはドイツ軍を再建して、まずは、銃後の裏切りによって第一次世界大戦を敗北に導いたとされる「一一月犯罪の代表者たち」と闘わなければならない。そして「ユダヤ人を保護官とし、ユダヤのエンジンをつけ」て実現される「ヨーロッパ諸民族の合併」ではなく、「人種的に見てそれ自身として同価値または近親的位置にある民族」(『続・わが闘争』、前掲書一七九ページ)の間での継続的な民族の合併が考えられる。ヒトラーが「アメリカ連合」と呼ぶアメリカ合衆国が例として挙げられている。ヒトラーのロジックではアメリカに住む五二〇万人のユダヤ人が忘れられ、アメリカが北方系とゲルマン系を優先する移民政策の模範とされている。「ラテン系とスラヴ系はわずか」であるとしている。

中立政策はあり得ない。「地球上の偉大な国のいずれを見ても、中立を政治行動原理として今までに隆盛した国はない。（中略）民族の永遠の価値は世界史という鍛冶屋のハンマーの下でのみ、歴史を作るあの鋼や鉄となる。（中略）ドイツ民族はその前代未聞の偉大なる数年間を経た後、その凡庸なる運営によって今日のこの混乱に突き落とされたわけであるから、同じようにドイツ民族はその鉄の拳をもって再び興隆し得る。そのときは、ドイツの内的価値は全世界にはっきりと目に見える形で現れ、そのようなドイツが存在しているという現実が、その事実への配慮と評価とをひきおこすに違いない」（『続・わが闘争』、前掲書一九三、一九四、二〇七ページ）。

ドイツの開かれたままの国境は、潜在的に三つの強国に取り囲まれている。つまりイギリス、ロシア、フランスである。「ユダヤ民族にすっかり支配されている」ロシアとの同盟はあり得ない。フランスはもっとも危険な敵であり続けている。フランスは国境をはさんで直接的にドイツを脅かしている。そしてずっと敵であり続けるだろう。このテーマについては長々と論じられている。アルザス＝ロレーヌ地方の再保有は、ドイツを細分化し、ライン地方を獲得しようとするこの強国の永遠の計画をカムフラージュするものでしかない。しかも、地政学的にもっとも脅威となるのがフランスである。「それゆえに、この民族への決定的にして基本的な懲罰が加えられない限り、フランスは長期間にわたって世界の平和妨害者であり続けるだろう。フランスの虚栄心を述べるに際して、アルトゥア・ショーペンハウアーの寸言に勝るものはない、すなわち『アフリカにはサルがいて、ヨーロッパにはフランス人がいる』[6]。虚栄心と誇大妄想とが混ざり合って、フランスの外交政策はいつもその内的エネルギーを保持してきた。フランスの全般的な黒色人種化によってフランスは理性的で明晰な思考からますます遠のいているというのに、いつかはフランスの反ドイツ的志操と意図が変化すると期待したり、また希望したりするドイツ人がいるだろうか」（『続・わが闘争』、前掲書二一八ページ）。

イギリスについては、ヨーロッパでの全面的覇権を求めようとしているという筋違いな見解が広まっているが、イギリスの海上支配と植民地支配が妨げられない限りそのようなことはないとヒトラーは述べている。「イギリスが永続的にドイツと対立する根拠は存在しない」。イギリスで「世界ユダヤ人」が影響力を及ぼしているにもかかわらずである。ここまで反ユダヤの誹謗中傷をあまりしていなかったヒトラーは、結局ユダヤ人問題について「特に論ずるつもりである」ことを予告している。

最後に、イタリアに最も長い章が割り当てられている。しかし「フランスは、イタリアが地中海における覇権を握るのを指をくわえて見てはいないだろう」（『続・わが闘争』、前掲書二六三ページ)。フランスとの関係悪化は、ドイツとの同盟を運命づける。「束桿斧がイタリアの国標となった日に、イタリア民族の将来に向けての第三のローマの戦い[7]がその歴史的宣言を発した」(『続・わが闘争』、前掲書二七九ページ)のである。『第二の書』の著者は、南ティロールが厄介な問題ではないことを証明するために骨を折っている。南ティロールは、イタリアのファシスト党と同盟を結ぶという大きな利益に比べればささいな問題に過ぎない。ドイツでは南ティロールに同情が寄せられているが、アルザス＝ロレーヌやチェコスロヴァキアでの「非ゲルマン化」については言うにおよばず、ヨーロッパのそれ以外の地域にいる少数派ドイツ人の運命についても何も言われていないではないか、とヒトラーは主張する。「彼らは南ティロールでのドイツ人迫害を嘆く。その同じ人間がドイツでは、国民的であるとは自分の民族をユダヤ人と黒色人種による梅毒化に無防備に引き渡すのとは違うのだと理解している人間を極めて冷酷に攻撃している」(『続・わが闘争』、前掲書二九六〜二九七ページ)。

つまり、「イタリアとの友情は犠牲を払っても保持する価値がある」(『続・わが闘争』、前掲書三一〇ページ)のだ。その代わり、イタリアはドイツのオーストリア併合[8]への願望を支持すべきである。ヒトラーはファシズム政権のイタリア(ベニート・ムッソリーニは《天才政治家》と呼ばれている)との同盟が最重要課題だという結論にいたる。「ヨーロッパ内でファシズムが理念として孤立してるのは、ファシズムにとっても好ましくはない」(『続・わが闘争』、前掲書三二四ページ)。このような同盟関係はドイツにとって「戦争と直結しているわけではない。われわれにはすぐに戦争をする軍備はない」(『続・わが闘争』、前掲書三二二ページ)。ヴェルサイユ条約によって強いられた武装解除は、「今までの戦勝国連合がこの問題で分裂でもするような事態がおこった場合」(『続・わが闘争』、前掲書三二六ページ)のみ、終わりを迎えるだろう。確かなのは――それは結論としてではなく、本の冒頭で言われているのだが――「生存を望むならドイツはみずから防衛の責任を負うべきである。そして最良の防御は攻撃である」ということだ。

みずから約束したように、ヒトラーは「ここでの私の課題ではない」としつつ、結論の最後の数ページで「ユダヤ人問題」についてふたたび論じている。そこには、ドイツに対する大戦が「国際的世界ユダヤ人」によって引き起こされたという主張から、「他民族の生存内での寄生虫的存在」という主張まで、『わが闘争』ですでに繰り返されてきた反ユダヤ主義のあらゆるテーマが出てくる。「その最終目標は脱国民化であり、他民族との交雑であり、最高民族の人種水準を低下させるところにある。民族的知識階級を根絶し、人種混淆を導き、自分の民族所属者をもってその知識階級の代わりをつとめさせようとするのである」(『続・わが闘争』、前掲書三三二ページ)。「静かで激しい闘い」が全ヨーロッパの諸国内で行われていると彼は言う。「ユダヤ人の勝利をめぐる激しい闘争は現在ドイツで繰り広げられている。人間性へのこの呪わしい犯罪に対する闘争を一人で引き受けているのが国家社会主義運動である」(『続・わが闘争』、前掲書三三五ページ)。

第六章　『わが闘争』はドイツでどれくらい流通したのか

一九二六年九月八日にドイツは国際連盟への加盟が認められた。ヨーロッパに「ジュネーヴ精神」という風が吹いていた。フランス外相アリスティード・ブリアンは、「銃をおこう！　機関銃をひっこめよう！　これからは和解、調停、平和の出番だ！」と加盟を熱烈に歓迎する演説を行った。まだナチズムの時代ではなかった。刑務所から出たあとの数年間、ヒトラーは演説をなかなか聴いてもらえず、『わが闘争』の読者も増えなかった。初版はやたらに高く（一二マルクは通常の本の価格の二倍だった）、少なくとも小説のように読める本ではなかったこともあって、当初の売れ行きはかんばしくなかった。

ジャーナリズムからの批判もあった。スイスの『ノイエ・チュルヒャー・ツァイトゥング』紙は、「不自然なやり方で舞台の前面に押し出され、世界も知らず、冷静な思考がまったくできない扇動者」による「無益な繰り返し」と評した。風刺画で知られる雑誌『シンプリツィシムス』は、ビアホールで満腹になったブルジョワにむなしく自分の本を売ろうとする、ひもじそうなヒトラーを描いている。リベラル紙『フランクフルター・ツァイトゥング』は、このお粗末な本から性急に結論を導き出している。「建設的な政策を支持する者たちは、この本を読んで、自分たちが正しいと思うだろう。時代は変わった。ヒトラーは終わったのだ」[1]。いっぽうでナチ党に入党したばかりのゲッベルスは、『わが闘争』が刊行されるとすぐに読んで感激する。彼は一九二五年一〇月一四日の「日記」にこう書いている。「ヒトラーの本を読み終えた。激しい興奮にとらわれている！　この男は何者なのか。庶民にして神なのか？　まさにキリストか、それとも聖ヨハネか[2]」

当局も『わが闘争』に強い関心を寄せた。プロイセン警察は一九三〇年に、ナチ党の勢力拡大と、その指導者が書いた本の有害性について分厚い報告書を作成している。「ヒトラーは策略的理由により暴力を断念したとはいえ、『わが闘争』には共和国政府を暴力的な陰謀によって倒そうという決意が随所に見てとれる」[3]。ドイツ外務省としても、とくにナチ党がドイツの第一党となり、政権を握ろうとしていることが明らかになった一九三〇年以降、その政策に不安を感じていた。一九二九年の世界恐慌を機に、NSDAPはまさに停滞を脱することになる。経済危機と失業によって閉塞状況にあった一九三〇年九月の国会議員選挙で、ナチ党は一〇七議席を獲得する。一九二八年の選挙で八一万票だった党が、六四〇万九〇〇〇票にまで躍進したのである。

各職種の労働組合からの懸念（公務員組合は自分たちの地位を脅かすと思われる『わが闘争』の一節を心配していた）もあった。その他にも政治学者で社会学者でもあるジークムント・ノイマン[4]は、一九三二年に『ドイツの政党 *Die deutschen Parteien*』というドイツの政治情勢にかんするエッセイを出版している。彼の見解によれば、ＮＳＤＡＰは政権を握ったことがないのでどのような行動をとるかわからないが、『わが闘争』を読むと「生活のあらゆる面へのイデオロギー統制」が予測されるとしている。社会主義のジャーナリストも同様のことを書いている。アウグスト・ジームゼンは一九三一年に刊行されたＳＰＤ（ドイツ社会民主党）のパンフレットに、『わが闘争』の抜粋を載せ、「言わんとすることは明らかで、これといってつけくわえることはない」としている。その翌年には、「ドイツの生命線を侵すヒトラー」という示唆に富んだ表題をつけた別のパンフレットも発行された。ジームゼンは『わが闘争』にはっきりと示されているフランスとロシアに対する戦争計画を憂慮し、次のように結論づけている。「ヒトラー氏はどうもまともとは思えない」。共産主義者たちが一斉に反撃するものと予想されたが、堅い信念をもつ彼らはそんなことはしなかった。「実のところＫＰＤ（ドイツ共産党）は、ＮＳＤＡＰをイデオロギーもポリシーもない政党と見なしていた。なぜなら本質的に、ドイツの反動的ブルジョワジーの仮の姿にすぎないからだ[5]」

当時の有識者たちはナチズムに反対していたが、『わが闘争』の著者も権力を握ればきっと慎重になるだろうと見て警戒をゆるめていた。『ヒトラーの道』を著したドイツ民主党のテオドール・ホイスもそうだった。[6] あまりにも粗野で、非現実的で、常軌を逸した『わが闘争』を、ほとんどの人は真剣に受け止めなかった。多くの人々にとって『わが闘争』は反ユダヤ主義の本のひとつにすぎなかった。「人々はヒトラーが権力を握ったら何をするだろうかとずっと考えていた。『わが闘争』に書いたことを実際におこなうのだろうか、それとも『わが闘争』は一九二〇年代に書かれたプロパガンダの書物にすぎず、権力の座についたらその政策は変わるのだろうか。人々はヒトラーのあふれる想像力をあざけり、彼が書いていることはまったく実現不可能だと言っていた。少数の人々は逆に、これほど過激なことを書いているのだから、きっと過激な政策をおこなうだろうと主張していた[7]」

発売から一九三〇年までの数年間での販売数（異なる見方があり、また発行部数と区別するのは困難である）は、第一巻が二万三〇〇〇部、第二巻が一万三〇〇〇部と見積もられている。積極的な販売活動が行われ、ナチ党員はフューラーの本を購入しなければならなかったことを考えると比較的少ない。一九二五年一二月には『フェルキッシャー・ベオバハター』に、『わが闘争』は国家社会主義者にとって「最高のクリスマスプレゼント」になるだろうという折り込み広告が入れられた。一九三〇年にはナチ党およびヒトラーの支持者が増え、二巻をひとまとめにした『わが闘争』の最初の版が出版された。価格も手頃になっている（七・二〇マルク）。極右新聞に広告を打ったり、ヒトラーの演説会で積極的に販売したりして、売上げが伸びていった。ヒトラーは庶民階級出身のニューフェースであり、「老紳士たち」、つまりみんなに軽蔑されているあの職業政治家たちのアンチテーゼだった。

『わが闘争』は民主主義者や「天敵」である共産主義者に笑われながらも、じわじわと広まりつつあった。ナチ党がこの本を引き立てたのだが、その逆もまた真実だった。「凡庸だが熱情的[8]」な『わが闘争』は重要な役割を果たした。ヒューストン・ステュアート・チェンバレンはヒトラーにこのような手紙を書いている。「カオスの中ではじまり、そして終わる暴力があるが、新しい世界をつくる暴力もある。歴史がいつかあなたを破壊者ではなく、偉大な建国者のひとりにするだろうと信じている。ドイツが苦境にあるときにあなたが現れてくれたのであるから、そのバイタリティーの他に何を望むことがあるだろう。あなたの目には力があるらしい。人々の心をとらえて離さないのだ……[9]」。一九三三年一月三〇日にヒトラーが首相に就任したときには、すでに二八万七〇〇〇部が売れていた。したがって『わが闘争』がそれまで知られていなかったということはできないだろう。

一九三三年三月の国会議員選挙（最後の選挙）が近づくにつれて、『わが闘争』の売上げが跳ね上がった。ヒトラーが権力を握ると本の性格も大きく変化し、まもなくナチ党がはじめるプロパガンダの重要な小道具として用いられることになった。[10] ヒトラーが首相に就任した翌日の『フェルキッシャー・ベオバハター』紙にはこう書かれている。「ヒトラーはいったい何をするつもりだろう。(中略) それを知るにはこの本を読むといい。そうすれば彼が目指すもの、彼が意図するものすべてがわかる。彼の支持者であれ反対者であれ、誰もこの本に無関心ではいられないだろう」。一九三三年だけで九〇万部が売れた。ナチ党にとって幸運だったこの年、『フェルキッシャー・ベオバハター』紙の別の広告にはこう書かれていた。「『わが闘争』を読んだ者だけがアドルフ・ヒトラーとその運動について知ることになるのだ。この本には国家社会主義運動の基本と目標が定められている」。その通りだ。

それは未曾有のプロパガンダのはじまりに過ぎなかった。ヨーゼフ・ゲッベルスはすぐに「国民啓蒙・宣伝省大臣」(演題のような称号である) に任命され、この本をポスターや新聞、ラジオで宣伝するという見事な仕事ぶりを見せた。映画館では、主婦や老人、労働者や農民といったドイツのさまざまな人々のカットを集めたプロモーションビデオが流された。それぞれがこの本を読まされていて、バックには軍楽的な音楽が流れ、「『わが闘争』はドイツ国家建設の要石であり、ドイツ国民の永遠の書です」というナレーションが入っていた。一九三三年三月にはヘッセン州首相 (もっともナチ政権になってからは実体のない役職だった) が、公務員とジャーナリストにあてた通達を出した。そこには「仕事机に『わが闘争』を置いていない者は、国民と職業への義務感を欠いている」とあった。激励の裏にある脅迫……。言うまでもなく、こうした啓蒙活動はナチ党員以外にも行われた。

一九三六年以降は内務省の公式の通達により、市町村庁から新婚家庭に各一冊『わが闘争』が贈られることになった。「市長よりおふたりへのお祝いの気持ちをこめて」と書かれたしおりつきである。「家族のアルバムにはこうして、市役所の階段でカメラマンに向かってぎこちなく微笑む若いカップルのモノクロ写真が見られるのである。新婦は襟に毛皮をあしらった白のロングドレス、新郎はダークスーツで襟のボタンホールに花を挿している。よくある結婚写真だが、ひとつ違うところがある。新郎の手には『わが闘争』があるのだ。といっても彼はナチではない。これと同じようなたくさんの写真が屋根裏部屋に眠っているのである」[11]。予算不足を口実に配布を拒否した市町村庁もいくつかあったが、当然ながら体制への敵対行為として目をつけられた[12]。

定年退職する国鉄職員たちも、この本を一冊贈られた。大手銀行や、クルップ社をはじめとする大企業でも同様だった。ドイツ国軍では、戦争大臣[13]ヴェルナー・フォン・ブロンベルクが、「士官ひとりひとりがヒトラーの考えを知っておかなければならない」と宣言している。当初は兵士ひとりひとりにこの本を読ませるつもりだったが、軍指導部があまり乗り気ではなかったため、軍の全図書館にこの本の購入を義務づけるにとどめた。ブロンベルクは他の多くの将官と同様に、筋金入りのナチ党員というわけではなかったが、身分証明をする必要があったのである。

ヒトラーが『わが闘争』で主張していたように、ドイツ青年にはあらゆる注意が払われなければならない。多少の困難はあったが、この本は学校に取り入れられ、文化や大学の少人数クラスのナチ化に貢献した。『わが闘争』は『デア・ドイチェ・エアツィーアー』（国民教育省の公式機関紙）にあるように、「確かな教育指針」となる。子供向けの挿絵入りバージョンもあった。ナチズムの教義を学ぶのに早すぎるということはけっしてないからだ。挿絵入りの本にはたとえば『野原のキツネとユダヤ人の約束は信じるな』、あるいは『お母さん、アドルフ・ヒトラーのお話をして』などがある。

大学は批評眼を失い、『わが闘争』が「科学的」発表をするための必須文献、さらにはあらゆる「研究」論文に感化を与えるものとなった。「ドイツ民族の人種学」や「遺伝の理論」は、第三帝国時代に現れた「科学的」表題の代表的なふたつの例である。教育状況もたちまち悪化し、自然科学教育は「人種科学」教育になった。一九三七年に刊行された新しい科学雑誌『ドイチェ・マテマティーク』は最初の論説で、数学を非人種的にとらえることができるという考え方には「ドイツ科学の破壊の種がある」と表明していた。『ユダヤ人と科学』という雑誌は、アインシュタインの相対性理論を非難し揶揄する一方で、ベルリン大学のある教授が執筆した「ユダヤ人の物理学は妄想でありドイツ基礎物理学の退化現象である」という論文を載せている。

ドイツの若者たちは、ヒトラーユーゲント（青少年団）やＢＤＭ（ドイツ女子同盟）に強制参加させられ、そこでイデオロギー教育を受けた。森の中や海辺や湖畔のキャンプで対抗意識や仲間意識を養い、スポーツや野外レジャーに興じ、キャンプファイヤーを囲んでともに楽しむ効果は大きかった。そこでは「我々の中で我は消え／大きな機械の歯車に」が歌われる。ＢＤＭの一員だったゲルダが回想する。「〝みなさん！　フューラーはあなたたちを必要としています！〟　私は驚きました。誰かが大きな理想のために私を必要としていたのですから」。『わが闘争』は若者の洗脳に一役買った。夜の集いでは、フューラーの本の一節をともに朗読した。『わが闘争』を学ぶセミナーが、優等生たち、つまり将来の党や軍の幹部たちのために開催された。

「国家社会主義の誕生地」であるランツベルク刑務所には、ヒトラーユーゲントが巡礼に訪れるようになった。幸運な者たちはフューラーの独房を訪れることが許された。[14] 小さなテーブルには、『わが闘争』を生み出したタイプライターが置かれていた。もちろん、若い訪問者にはおごそかに神聖な本が一冊手渡されるのだ。『フューラーへの行進』というプロパガンダ映画が制作されているが、これはドイツ全土からヒトラーユーゲントの縦隊が集まり、夜にたいまつの明かりに照らされて（たしかにナチが好んだものである）ランツベルク刑務所に向かうというものだ。[15] ぴったりとした制服に身を包んだ若者たちは、巡礼の締めくくりとして、『わが闘争』にかけてフューラーへの忠誠を誓うのである。

お気に入りだったラジオ演説でゲッベルスは、芸術家や文学者たちを前に興奮して語った。「孤独なひとりの男が要塞刑務所の独房の小さな机で書いた著書が、今日最も偉大な本として未曾有の成功をおさめたのは、まるで奇跡のように思われます」

『わが闘争』はとりわけ「ドイツ国民のバイブル」となった。一九三四年には教育の指針に次のような表現が見られるようになったのは意味深い。「二〇歳未満の男子と女子は、この国民の新たなバイブルを理解するために必要な正しい見解を獲得しなければならない。指導者によって示された政治方針に彼らを慣れさせることが重要である。彼らがこの本を読むときには、大人たちが彼らの市民意識を純化し堅固にしなければならない。父親はこの本に書かれている考えを子どもたちに教えなければならない」[16]。ゲーリングは少し前に、高さ一メートルの大理石でできた『わが闘争』の前でポーズを取っていた。彼はラジオで「『わが闘争』はわれわれのバイブルだ」と繰り返した。

普及版は聖書に取って代われるように、それらしい濃青色の厚紙上製本だった。『わが闘争』ではキリスト教が徹底的に槍玉に挙げられるということはなく、ヒムラー、ローゼンベルクなど、多くのナチ幹部はキリスト教徒だった。「国家社会主義ドイツ労働者党の知性と哲学教育全体についてのフューラー代理人」であるローゼンベルクは、最終的に勝利したあかつきにはドイツ国立教会をつくるつもりで、戦時中に三〇項目からなる実施計画を作成する。そこには次のようなことが定められている。「ドイツにおいてただちに聖書の出版と普及をやめる」（第一三項）。「国立教会はみずからのために、そしてドイツ国家のために、フューラーの『わが闘争』が最も優れた文献であるのは明らかであったと宣言する。『わが闘争』は現在においても将来においてもわが国が標榜しうる最も純粋かつ最も真実の倫理を規定し、かつ体現するものである」（第一四項）。『わが闘争』以外のいかなるものも祭壇に置いてはならない（ドイツ人にとって、そして神にとって最も神聖な本である）。そして祭壇の左側には剣を置かなければならない」（第一九項）。

ナチ党は飽くことなく積極的販売を続けた。一九三九年二月一三日の通達には、「『わが闘争』をできるだけ広く普及させることが党のあらゆる部門および関連団体全体の最重要義務である。達成すべき目標は、最も貧しい家庭にいたるまでドイツのあらゆる家庭にいつか、フューラーの基盤であるこの本を行き渡らせることである」

『わが闘争』は普及版のほかに、豪華版（一九三九年四月にフューラーの五〇歳誕生日記念で出版された贅沢なつくりのもの）、野戦版（薄紙を使用した携帯サイズのもの）、点字版（全六巻）などが販売されている。一九三八年一〇月には国家出版局長が書籍商に、新品だけを売るよう命じている。「国家社会主義の観点からすると、今の時代にわれらがフューラーの著作が中古で売られているのを見るのはすべてのドイツ人にとって耐えがたいこと」だからだ（そもそも誰が大胆にも中古の『わが闘争』を売るのかが疑問である）。

販売数はこうした促進活動に比例して増えている。一九三六年までの総販売数は二五〇万部だったが、一九三九年までに合計五四五万部となっている。さらに、一九四一年発行という版（ゴシック体に戻っているが聖書を模した濃青色の厚紙製）を信用するなら、その年までで七四五万部、一九四三年までには九八四万部となっている。[17] そして最終的に一九四五年には、一二四五万部となった。[18] 販売は落ち込んだことがないということに気づくだろう。それどころか戦時中には、破局が近づいてますます聖典を求める必要が生じたかのようだ。この数字が出版社によってどれくらい粉飾されているかを知らなければならないという問題が提起されている。それにしてもとてつもない数字だが……。

長らく窮乏状態にあったフランツ・エーア出版社は、マックス・アマンが『わが闘争』をテーマ別小冊子にしてばら売りしたこともあって、大いに潤っていた。たとえば一九三六年に出した『民族と人種』という小冊子は五〇万部も売れた。他にも『わが闘争』からの抜粋がいくつか小冊子になっている。しかしヒトラーはこうした出版のしかたに反対し、最終的には禁止している。抜粋は注釈には適していないため、批判的な解釈につながる恐れがあるためだ。とはいえ『わが闘争』は聖書やコーラン（さらには毛沢東語録）と同じように、信者共同体の全面的崇拝をあらわすもので、解釈するためのものではなかった。

フランツ・エーア社にもたらされた収益をヒトラーは享受したのだろうか。ヒトラーが権力の座につく前の一〇年間の収入源も、一九三三年以降の収入源も正確にはわかっていない。『わが闘争』の最初の版ですでにヒトラーは納税問題をかかえていた。大金の申告をせずに多額の「経費」を一方的に差し引いていたからである。結局、行政上の争いのすえに経費が半分認められた。実は、ヒトラーが申告した収入は『わが闘争』の収入だけで、その他の裏の収入は除かれている。とはいえ税務署に手紙を書いた一九二六年にヒトラーが税金の支払いに窮していたのは事実である。「今のところ、私には税金を支払うことができません。生活費を捻出するために借金をしなくてはならなかったのです」。一九三〇年以降は印税が急激に増えてナチ党の資金もじゅうぶんに満たされたので、ヒトラーはそれに頼ることもできた。

実を言えば、誰かが自分の面倒を見てくれさえすればヒトラーはお金の問題には無頓着だった。それでも、それまで借りていた「ヴァッヘンフェルト・ハウス」と呼ばれる山荘を買い取っている。『わが闘争』の第二巻や『第二の書』を書いた場所である。そのころはまだ質素な住居で、暮らしぶりもそれに見合うものだった。首相になると、幸いなことにマルティン・ボルマンが、官房長になるまで彼の財産管理を引き受けてくれた。[19] ヒトラーの収入がまったく不透明なのは、ボルマンが彼のために「アドルフ・ヒトラードイツ産業基金」を運営していたからである。この基金には産業界からの献金が集まり、数千万マルクから数億マルクという単位で動いていた。ヒトラーは首相の俸給（年間六万マルク）を、もったいをつけて辞退できる立場にあった。おかげでそれ以後は税金の支払いを免れ、印税をすべて残しておくことができた。マックス・アマンが一九四七年のニュルンベルク裁判で語ったところによれば、その総額は一五〇〇万マルク（六七五〇万ユーロ）に上る。[20]

しかし重要なのは、『わが闘争』がナチス・ドイツに及ぼした影響力である。一二〇〇万人以上のドイツ人に、さらにはドイツ家庭で『わが闘争』は読まれたのだろうか。それともドイツ人歴史学者のエバーハード・ヤッケルのように、『わが闘争』は「文学の世界的ベストセラーのうち最も読まれなかった本」とみなすべきだろうか。そのことを裏づける証言にはことかかない。オットー・シュトラッサーは、一九二七年にニュルンベルクで開かれたナチ党大会で報告を担当していたとき、『わが闘争』からいくつかの言葉を引用した。そのことがちょっとしたセンセーションを引き起こした。夜になると党員たちは、ほんとうにこの本を読んだのかと彼にたずねた。「私は、前後関係にかかわりなくいくつかの重要な言葉を抜き出したのだと正直に答えた。皆大笑いして、ここにやってくる者で最初に『わが闘争』を読破したと言った者が他の者たちにおごると決めた。入口でそれを聞かれたグレゴール・シュトラッサーは、よく響く声で〝読んでいない〟と答えた。ゲッベルスはうなだれて首を振った。ゲーリングは大笑いした。レーヴェントロウ伯爵[21]は時間がなかったのでと弁解した。もし『わが闘争』を読んだと言ったらみんなにおごることになるということは、誰も知らなかったのである。誰も指導者の本を読んだことがなかったので、それぞれが自分の分を支払わなければならなかった」

ヒムラーは、第一巻と第二巻が出版されたときに苦労して読破したが、ゲッベルスとは違ってそれほど感激してはいなかった。「若い頃について書かれた最初の数章にはいくらか弱点がある」と彼は第一巻について自分の「手帳」に書いている。[22] 一九二七年一二月には、「さまざまな人種の異なる価値」についての考察に賛同しながら、第二巻をすぐに読破している。大戦中に「これらの一万二千か一万五千のヘブライ人の民族破壊者連中をガスの中に」放り込まなかったことをヒトラーが悔やむ一節を強調してもいる。いずれにせよ、未来のSS（親衛隊）全国指導者は褐色のバイブルを読んだことでナチズムに転向したわけではない。

アメリカ人ジャーナリスト、ウィリアム・L・シャイラーは大戦前にベルリンに駐在していた。[23]『わが闘争』についてはこのように記している。「これはむずかしい本だとナチ党員がこぼすのを聞いたが、何人かは難解なページを最後まで読み通すことはできなかったと私に（そっと）打ち明けた」。このような証言はもっと集められるだろう。ホロコーストに関与し、逃亡のすえイスラエルに連行されたアドルフ・アイヒマンは、エルサレムで裁判に賭けられたとき、

『わが闘争』は読んだことがないと明言している。では、「なぜかまったくわからずに」[24]ナチ党員になったというのだろうか。プロパガンダによっていつでもどこでも伝えられ、身近にある世界観に感化されるのに、ヒトラーの本を読む必要はまったくなかった。つまり真の問題は、『わが闘争』を購入したドイツ人たちがそれを読んだかどうか（キリスト教徒は聖書をもっているからといってすべて読んだわけではない）、この本がドイツ人の座右の書だったかどうかではなく、この本のイデオロギーを全面的に支持していたかである。

多くのドイツ人はフューラーの個人的経歴に自分の姿を見ていた。彼は、多くの人が軽蔑していた政治のプロフェッショナルではなかった。彼は新生ドイツが待ち望んでいる英雄的指導者となる可能性を秘めていた。彼の反ユダヤ主義は、過激で強迫的ではあったが、ドイツ人の大半がひそかに共有していた感情にもとづくものだった。反ユダヤ主義は、一九三五年九月にドイツ国籍のユダヤ人を排斥する「ニュルンベルク諸法」、一九三八年一一月九日から一〇日にかけての「水晶の夜」と次々に実行に移されていき、これが初期の強制収容所に三万人のユダヤ人が収容される前兆となったのである。一九三八年一一月一〇日の早朝、バーデンバーデンで九〇人のユダヤ人が逮捕され、侮辱され殴られ、市内のシナゴーグまで列をつくって連行された。見せかけの礼拝が行われる中でひとりのユダヤ人がテバ（祭司の説教壇）に連れて行かれ、『わが闘争』の言葉を読まされた。そのあとシナゴーグは火をつけられ、市内のユダヤ人たちはダッハウ強制収容所に送られた。[25]『わが闘争』は現実のものとなっていた。

ヒトラーが権力を握るまではあまりなかった『わが闘争』への批判の声も聞こえてきてはいたが、それはコンラート・ハイデンやヘルマン・ラウシュニングといった政治的亡命者の出版物によってであり、当然のことながら耳を傾ける者も少なかった。ラウシュニングは一九三九年の開戦直後に「破壊の悪魔の声」と記している。「ひとりの男がある時代を不条理なものにした。われわれに差し出された鏡には、ゆがんではいるがなんとか見分けがつく姿が映っている。それがわれわれの姿だ。それはドイツ人だけにかかわるものではない。ヒトラーは汎ゲルマン主義の体現者にほかならないのであり、無分別状態にある世代全体の代表者である。汎ゲルマン主義の衝動にとらわれた、ドン・キホーテの再来のような偏狭な男は、他の人にとっては心の中の誘惑にすぎないことを、文字通りに受け取るのだ。したがってこの男がいつか勝利するようなことがあれば、国境が変わることになるだろう。そして同時に、人間にとって意味のあること、価値のあることすべてが消え去るだろう。だからヒトラーの戦争は例外なくすべての者にかかわっているのだ。それはヨーロッパの政治問題にかかわる戦いではない。今〝けだものが奈落の底から這い上がってきたのだ〟[26]」

一九四二年、学生たちの抵抗運動組織「白ばら」のパンフレットにはこう書かれていた。[27]「読むことのできる著作のうちで最も醜いドイツ語で書かれ、詩人たち、思想家たちといわれる国民がバイブルのように思っている本！」。別のパンフレットには、「終末は恐ろしいが、どんなに恐ろしいものであれ、終わりなき恐怖ほど恐ろしくはない」とある。

併合以前のオーストリアでは『わが闘争』の出版は禁じられていた。ヒトラーの生国は当時、ナチズムに賛同してはいなかった。人権運動家で、一九三三年に「人種的反感と貧困に対する世界運動」を立ち上げたイレーヌ・ハランドは、一九三五年に『彼の闘争——ヒトラーの答え *Sein Kampf. Antwort an Hitler*』を発表した。この本はかなりの数の人々に読まれ、翌年にはフランスやイギリスでも出版された。オーストリア併合後、彼女はアメリカに亡命し、一九三八年にはナチ党によってその首に一〇万マルクの賞金が懸けられた。

オーストリアでもドイツでも、プロテスタントおよびカトリック教会はかかわり合いを避けていた。とはいえ教会はのちに、精神病患者を安楽死させるT４作戦をヒトラーに断念させることになる。[28] しかし一九三四年には、ドイツ福音主義教会のナチ化に抗議する牧師たちの同盟（告白教会）が結成された。福音主義教会が「アーリア化」を口実に、ユダヤ系の牧師や、ユダヤ人と結婚している牧師の追放を決めたからである。告白教会の牧師たちは、「新たなイデオロギー」に抵抗しなかったとしてローマ教会を非難した。のちにローマ教皇ピウス一二世となる（一九三九年就任）パチェッリ猊下は、ドイツで教皇大使をつとめたことがあり、一九三三年七月二〇日には新政権と政教条約（コンコルダート）を結ぶなど、ドイツと親交が深かった。だがドイツ人聖職者への迫害を目の当たりにし、さらには熱心なカトリック教徒であるオーストリア首相が暗殺されるに及んで幻想は打ち砕かれた。ヴァティカンは、一九三七年三月一四日に異教的態度と人種主義を非難する回勅、「ミット・ブレネンダー・ゾルゲ」[29]を発出するが、その前に、まず一九三〇年に出版されたアルフレート・ローゼンベルクの著書、『二〇世紀の神話』を禁書目録に入れた。この難解な本は、人種闘争を称揚している。北方民族のみが文化的・政治的才能をもっているが、生物学的混血とユダヤ＝キリスト教的価値観の広がりによって危機に瀕しているという。まさに『わが闘争』が言っていることだが、『わが闘争』の方は禁書目録に入れられなかったのだ！

パチェッリ猊下の秘書で女子修道院長のシスター・パスカリーナの『回想録』を信頼するなら、ベルリンを離れるとき、ヒトラーにはそれでも何か良いところがなかったのですかと聞いたところ、パチェッリ猊下はこう答えたらしい。「私がたいへんな思い違いをしていたか、あるいはすべてがうまくいくわけではないということだ。あの男は自分自身にとりつかれている。自分に属さないものは役に立たないとして排除するのだ。彼が言うこと、書いていることには彼のエゴイズムが現れている。あれは死体をまたいでいく男であり、自分の行く手をさえぎるものすべてを踏みつけにする男だ。ドイツには優れた人たちもたくさんいるのに、そのことがわかっていない、あるいは彼が書いていることと言っていることから教訓を引き出さないというのは、私には理解できない[30]」

ドイツのたくさんの人たち……。まさにそれこそが『わが闘争』の力だ。ドイツ人に警戒心を起こさせる代わりに、そのことが逆の効果を生んだ。戦時中にポーランド総督になったハンス・フランク（ほかにも証言者がいる）は「日記」の中で、もし将来首相になるとわかっていたらけっして『わが闘争』を書かなかっただろう、とヒトラーが語ったとしている。それはありそうなことであるし、きっとそう言ったに違いない。ヒトラーはよく冗談を言って取り巻きたちの愛想笑いを誘っていたからだ。しかし権力を握ったあとは逆に自分の本心を明かさなくなった。ここで「白日のもとにある陰謀」という概念がよみがえってくる。すべてがあまりにもあけすけに書かれていたので、真に受けることができず、消極的な受け止め方をされることになってしまったのだ。『わが闘争』の露出過度は、ドイツ人たちの理性を明るく照らす代わりに、目をくらませたのである。

言語学者・文献学者で、ユダヤ系ドイツ人哲学者であるヴィクトア・クレンペラー（一八八一～一九六〇）は、ナチ政権でかろうじて生き残り、「ナチズムの言語[31]」によってドイツ人が毒されていったようすをみごとに表現した日記を残した。「ナチズムの言語」は、「少しずつ盛られるヒ素」にたとえられている。ナチズムの語彙や常套句のほとんどは、『わが闘争』にすでに見られる。それは「貧困を誓ったような」言葉で「浅薄なイデオロギーをまくし立てて」いて、すべてが演説であり訓示であり警告である。「第三帝国の言語（ＬＴＩ）は、あらゆる手段を用いて人々から個人の個性を失わせ、人格を麻痺させ、判断力も意志もなく群れをなしてある方向に連れて行かれる家畜に変え、転がる大きな岩のひとかけらにしようとしている。ＬＴＩは群衆の熱狂の言語である。（中略）宗教的欺瞞の書――ＬＴＩは宗教的欺瞞の代わりにプロパガンダという言葉を使う――が、ヒトラーの『わが闘争』ほど恥知らずなあけすけさで書かれたことはなかっただろう。どうしてこの本が世論に受け入れられたのか。国家社会主義のバイブルは権力を握る何年も前から流布していたのに、どうしてヒトラーは権力の座につくことができ、一二年も君臨することができたのか。私にとってそれはずっと第三帝国の最大の謎であり続けるだろう」

第七章　フランスは『わが闘争』を黙殺したのか

『わが闘争』の第二巻が出版された一九二五年と一九二六年から、ヒトラーが権力の座についた一九三三年まで、フランスはいつものように、策謀的政治に陥り、おまけに政治家ブリアンの平和主義に目がくらんでしまっていた。一九二五年一〇月のロカルノ条約（ドイツは東部国境を承認している）[1]は緊張緩和を思わせた。つまりこの数年間はヒトラーの言葉にはほとんど無関心だったということだ。一九三三年以降、フランスの外交部門や情報機関は『わが闘争』を無視するわけにはいかなくなったが、この本を真剣に受け止める者と、あまり深刻に受け止めない者とに分かれた。

前者ははるかに少数であったが、そこに情報機関である第二部局[2]が含まれているのは意外である。当時はまだ中佐だったシャルル・ド・ゴールが著書『剣の刃』（一九三二年）（『ド・ゴール　剣の刃』、小野繁訳、葦書房、一九八四年、新版一九九三年。文藝春秋、二〇一五年）

で「軍隊の憂鬱[3]」について語っているように、そのころフランス軍は「氷河期」にあった。[4]しかしド・ゴールほど有名ではない第二部局の大佐、モーリス＝アンリ・ゴーシェ[5]は、ナチズムの行き着く先についても、『わが闘争』の内容についても、不安をかき立てるような報告書を提出している。誇張されたところを取り除けば、『わが闘争』は信憑性の高い最も重要な文書とみなしていたのである。はっきりとそこに書かれているフランスへの脅迫は、「ゲルマン精神」という言葉をあげてきわめて深刻に受け止められていた。しかしこのような報告書は、平和主義にとりつかれていた上層部には理解してもらえなかった。「情報機関の解釈を認めるのは、戦争の可能性を認めることだったのだ[6]」

『わが闘争』は青臭いパンフレットであり、字義どおりに受け取るべきではないと考える者たちの方が多かった。一九三一年からドイツ駐在のフランス大使をつとめたアンドレ・フランソワ＝ポンセもそのひとりだった。のちにはもっと洞察力をそなえるようになるのだが、一九三三年には次のように書いている。「ヒトラーの動きをいたずらにこわがるのは間違いかもしれない。（中略）彼は自分のなかに分裂と弱さの芽を閉じ込めている」。フランソワ＝ポンセは四月八日にはじめてヒトラーと会って、この新首相は明らかにドイツとフランスの合意を願っているという印象を受ける。『わが闘争』については、世界征服計画というより、一時的な錯乱状態にあったと見るべきだと考えた。フランソワ＝ポンセの回想録[7]の意義が高く評価されたのももっともなことだが、しかし彼が深い洞察力をもって、ヒトラーのイデオロギーや、「悪魔に取りつかれた人、ヒトラー」について書くのは、一九四六年になってからである。当時『わが闘争』や、そこに兆しが現れている戦争についていった詳細な分析についても同様だった。「私はいつもそう言っていた」と主張しているが、一九三三年にはもちろんそれほど明確に把握していなかった。

大使館どうしの内密の交友関係や慎重な意見表明におさまりきらなくなった『わが闘争』は、良識という問題にかんして漠然とした状態を抜け出す。たとえば『ル・クラプイヨ』という雑誌は、一九三三年七月号に「ヒトラー、それは戦争か」という特集を組んでいる。厳密な意味でのジャーナリズムは、ナチの指導者と党が台頭したこの年にドイツで大成功を収めていた本にあまり注意を払わなかった。「リベラルなジャーナリズムの責任者たちが、『わが闘争』に含まれている有害な攻撃を慎重に分析することもなかった」[8]。しかし引用文や注釈の分析に専念したいくつかの小冊子も現れた[9]。もっとも、引用が一番多かったのは一九三三年以前である[10]。

とはいえ『わが闘争』を読み進めるのは困難であり、ヒトラーが自分の人生について書いた物語は真に受けるには魅力的すぎた。注釈は助けにはならなかった。「一般のフランス人」[11]という署名のある匿名の小冊子には、「『わが闘争』はドイツの攻撃・防衛・再興政策の基本としてまったく役に立たない」と書かれていた。つまり「ヒトラーが戦争を望んでいようといまいとかまわない。彼には何もできない」ということである。戦争博物館ドイツ部門の部長であったシャルル・アピュンも、意外な結論を下してわれわれを驚かせる。彼もまたこう考えていた。「政権で経験をつむことでヒトラーは綱領を変え、思いがけない困難に直面して野心は抑えられるだろう」。ヒトラーの本については、紹介者がその言葉の暴力や理念の激しさ、教養不足、節度の完全なる欠如、子どもっぽいとっぴな考え、未開人のがさつさ、幼稚な無邪気さについて延々と述べたあとで、ヒトラーを「大いなる愛にささげられた真の勇気」とたたえている。『わが闘争』について述べた大学教員は数少ないものの、彼らはヒトラーの思想についてまじめに取り上げている。エドモン・ヴェルメイユについてはすでに引用したが、法律家で「知識人による反ファシスト監視委員会」（一九三四年三月創設）のメンバーであるルネ・カピタンの名も挙げておきたい。ヒトラーの今後の政策がすべてここに含まれていると考えたカピタンは、『わが闘争』の分析を主要テーマに据えていた。[12]

そうしたいくつかの分析にくわえて、『わが闘争』の完全な翻訳という問題が生じた。第三帝国の指導者となったヒトラーは、ドイツでは自分の本をまったく否定しなかったが、外国での翻訳となるとそうはいかなかったので、不穏当箇所を削除した版だけが翻訳を認められた。この選択的な出版政策はとくにフランスに対して適用された。『わが闘争』のなかで槍玉にあげられ、脅かされていたからである。まだ実力行使には至っていなかった。ドイツ軍はまだ準備が整っていなかったので、挑発するときではなかった。ドイツ政府はシャルル・アピュンの小冊子がひそかに出版されたことに動揺したが、引用しているだけなので著作権を侵害しているわけではなかった。とはいえドイツ外務大臣フォン・ノイラートは、「フューラーの誤ったイメージを流布した」とフランス政府に抗議した。

『わが闘争』の一部削除版のためのさまざまな動きがすでに進められていたが、一九三三年三月にはフェルナン・ソルロという名の気鋭の出版者があらわれた。プロヴァンス地方のヴォークリューズでつましい家庭に生まれ、パリに「上京した」三〇代のソルロは、マルセル・ビュカール率いるファシズムの小政党、フランシズム党（「ファシズムはイタリアのもの、われわれのフランシズムはフランスのもの」）に入党した。ソルロは一九三二年にみずからの出版社、ヌーヴェル・エディシオン・ラティーヌ（ＮＥＬ）を立ち上げる。なぜこの名前にしたのか。彼はラテン民族がすべて同じ旗印のもとで団結することを切望していたからだ（彼はそのために闘うべく『フロン・ラタン』という雑誌を刊行する）。しかしファシストでありながら反ナチというのはあり得ない。むしろ「反ドイツ」というべきだろう。当時はムッソリーニもそうだったのではないだろうか。ソルロは第一次世界大戦に従軍するには若すぎたが、退役軍人たちと熱心に交流していた。そうしたことから、著作権を無視して『わが闘争』の全訳版を出版しようという考えが浮かんだのである。政治的行動であるだけでなく、小さな出版社にとっては冒険でもあった。

ソルロは速やかに作業を進めたかった。そこでジャン・ゴドフロワ＝ドゥモンビーヌとアンドレ・カルメットというふたりの翻訳者の力を借りた。さらにジャック・ラシェーヴル将軍のつてで、退役軍人省のネットワークにも頼ることができたようだ。理工科学校の卒業生でドイツ語研究者であるアンドレ・カルメットは、この仕事を受けた直後にその理由をこう説明した。「私は目的も理由もなく『わが闘争』を訳すわけではない。八〇〇ページにおよぶこの嫌な仕事を、自分の家族と友人たちのために、善意の男性や女性たち、とくに若い人たちのために喜んで自分に課すのである。（中略）たしかに一九二六年から一九二八年にかけてドイツで出版されたこの本は、戦後のドイツ政界に奇妙な光を投げかけている。それを知らずに、少しずつの情報で簡単に満足している私たちはこっけいで愚かである。（中略）この本は今のドイツを動かしている党の教理であり、強力な多数派の教理であり、全ドイツの明日の教理なのである[13]」

ソルロは予約販売をＬＩＣＡ（反ユダヤ主義に反対する国際連盟――人種差別と反ユダヤ主義に反対する国際連盟ＬＩＣＲＡの前身）に頼ってもいた。彼の思想とは正反対だったが、反ヒトラーで手を組んだのである。こうして五〇〇〇部がひそかに五万フランで販売された。ソルロは最後に、偉大な軍人であるリヨテ元帥に「すべてのフランス人がこの本を読むべきである」という題辞を寄せてもらって、出版に箔をつけた。リヨテ元帥の反動的な考え方を口実にして、この推薦の辞のあいまいさがときとして非難の対象となった。

著作権のない出版という状況で、「刊行者による前書き」には並々ならぬ重さがある。「われわれの行動をご理解いただきたい。われわれは憎しみや敵意に荷担しようとしているのではない。ドイツの指導者の意見に反して、これを知ることが必要不可欠と判断した資料を、フランス国民に提供するものである」。『わが闘争』で示されている考えはヒトラーが権力の座についたことにより失効したという見方に対しては、当時この本がドイツで「ドイツ国民の聖典」という地位を獲得しつつあったことを根拠にあげて反論していた。

とはいえ人種主義理論や全体主義、東方侵攻の脅威に反対していたわけではなく、あえていうならごく平凡に、フランスに対する戦争の脅威に反対していたのである。彼が「小さな実力行使」（それもドイツ流のやり方である）と呼ぶ、承認の得られていないこの翻訳について、ソルロはこうつけくわえている。「あえて著者の承認なしに出版したことに対して非難の矛先が向けられるのは確実である。それについては、通常の商業的契約を超えた例外的事例と思われる。『わが闘争』は、その特殊な意図、ドイツで行われている無料配布に鑑みて、文学作品というより選挙のマニフェストという性格をもつものである。公人の公的な言葉や著作は公共のものである。そして国民の前でこれほどはっきりと脅迫の言葉を投げかけるなら、道義上それを知るのを妨げる権利はもはやないだろう」

ドイツはそのようには見なかった。一九三四年はじめに出版されたオレンジ色の表紙のフランス語版[14]『わが闘争』はすぐにフランツ・エーア出版社によって、セーヌ商業裁判所に告訴された。原告は巧みに著作権の議論だけにとどめた。そのおかげで「文芸家協会」の思いがけない支援を得ることができた。裁判の前からすでに、「文芸家協会」は一九三四年三月の会報に、「ヒトラーの本のフランス語版」という題で立場を表明した。「周知の出版拒否と著作権の欠如にもかかわらずフランス語に翻訳された、アドルフ・ヒトラー氏の『わが闘争』の出版を前にして、フランス文芸家協会の監視委員会は、このようなやり方に対して強硬に抗議する。これはベルヌ条約の侵害である」

公判は一九三四年六月五日に開かれることになった。フランツ・エーア出版社側の弁護士たちは、『わが闘争』の著者は私人であり、それにより文芸作品としての保護をうけることができると主張した。NEL側は「刊行者による前書き」ですでに主張した論拠で反論した。つまり『わが闘争』は政治的綱領であり、文学作品とはみなされないということだ。道義的な論拠もまた主張された。「公共の利益によってすべてのフランス人は、とくに著者が、フランスはドイツの最も卑劣で最も危険な敵であり、打ちのめすべきだと考えていることを知る必要があるのだ[15]」

異例の訴訟に対して一九三四年六月一八日の法廷で言い渡されたのは、奇妙な判決だった。ソルロは「公共の利益を判断する資格をもっていない」（では誰がもっているのか）。「イギリスやイタリアに公式に提供されているような、不穏当な部分を削除したものではない翻訳をフランス人が自由に読めるようにする必要性があるからといって、被告の行為を法的に正当化することはできない。文明国においては、必要性が権利を生み出すわけではないのである」。要するに、ＮＥＬの過ちはヒトラーの考えを伝えたことにあるのではなく、彼の本に修正をくわえることなく逐一訳したことにあるのだ。結局、「『わが闘争』は首相ヒトラーのマニフェストではなく、首相になったアドルフ・ヒトラーの著作である」。したがって、ＮＥＬはこの本の販売と新たな印刷の禁止、および在庫の破棄を宣告された。

もちろん、フランス語版『わが闘争』はひそかに販売され続け、ＬＩＣＡは五〇〇〇部の在庫の配布を継続した。ＬＩＣＡ代表のベルナール・ルカッシュ[16]はこう説明する。「われわれは、大学教授、研究所員、軍幹部、裁判長、あらゆる宗教の聖職者、経営者や労働者の組合、サークル、公使館など、国内各所に四〇〇〇部を発送した。それはいわばフランスのエリートや組織であり、国内津々浦々にまで本を行き渡らせることができたのである。約一〇〇〇部はひそかに販売するために手元に残し、支払った五万フランのうち一万フランほどは回収できるようにした[17]」

とはいえNELへの打撃は大きく、フランスの一般大衆はまさに一部削除版しか手に入れることができなくなり、ヒトラーの平和宣言に異論を唱えるにはいたらなかった。それでもNELへの有罪判決はある程度は世間を騒がせ、その証拠として『わが闘争』がフランスでも少しは知られるようになった。全体的には限られたものであり、新聞の第一面を飾ることはなく、「TSF」(ラジオ放送)ではもっと取り上げられることが少なかったとはいえ、LICAの配布は無益なことではなかったのである。オルヌ県の急進派代議員アドリアン・ダリアックは、下院で『わが闘争』を取り上げ、「ドイツの現指導者およびその行動原理を理解するための最も貴重な資料である」とした。

同じく一九三四年には、『アドルフ・ヒトラーの《わが闘争》、フランス人に禁じられた書 *Mein Kampf, mon combat, par Adolf Hitler, ou le livre interdit aux Français*』という冊子が、CGC(納税者団体同盟)という、CGT(労働総同盟)に対抗する反共主義組織によって発行された。著者のシャルル・クラとエミール・ボキヨンによれば、『わが闘争』のすべてが破棄すべきものというわけではない。「論点の三分の二については彼に賛成であり、その信念の強さは賞賛すべきものであると明言する」。非難されるべき三分の一は、フランスへの憎悪であり、それにくわえて「ヒトラーは人類をドイツに隷属させようとしている」。賞賛に値する三分の二には、マルクス主義との戦いと、ユダヤ人との戦いが含まれている。「ヒトラーはユダヤ人問題を、マルクス主義やボルシェビズムの広がり、フリーメーソンのプロパガンダ、ジャーナリズムの有害な活動と結びつけているが、その主張は正しい」。アントワーヌ・ヴィトキーヌはこの冊子について的確に要約している。「フランスを敵視する『わが闘争』には反感をもちながら、反ユダヤ主義、反民主主義、反共和主義、反共主義の『わが闘争』には共感、理解を示し賛同している。こうした姿勢は多くの愛国者たちの頑迷さを物語るものだ。ナチス・ドイツに直面してフランスの政策が袋小路に陥っていた一九三〇年代を通して、こうした姿勢が中心を占めていた」

一九三〇年代のフランスには、このような攻撃的な反ユダヤ主義が公然と主張されることも珍しくなかった。『シオンの賢人の議定書』はフランスでよく売れていた。人民戦線が選挙に勝利して「ユダヤ人ブルム」が閣僚評議会議長になると、反ユダヤ主義の激しさが頂点に達した。傷痍軍人で一九一九年からアルデシュ県の代議員をつとめ、一九三一年までフランスの右翼団体「クロア・ド・フー」のメンバーだったグザヴィエ・ヴァラトは、一九三六年六月六日にブルムついてこのように述べている。「評議会議長殿、あなたが権力の座についたこの日は、間違いなく歴史的な日である。歳月を経てきたガロ・ロマンのこの国がはじめてユダヤ人に統治されることになるのだ」。左派議員たちは憤慨したが、右派議員たちはこの言葉に賛同する。やがてこのようなスローガンが採用される。「ブルムよりはヒトラー」

すでに名を知られた作家だったマルセル・ジュアンドーは、一九三七年に『ユダヤの脅威 *Le Péril juif*』を発表した。「その人種は最も恐ろしく、かつてないほど不快な人種であり、ジャッカルの心をもったライオンの人種である」(『わが闘争』を読んだと思われる)。ほほえましいヒューマニズム、辛辣なユーモア、詩的な優雅さで評価の高いジャン・ジロドゥも、一九三九年の開戦数か月前に『全権力 *Pleins pouvoirs*』というエッセイのなかで、次のように書いている。「この国は武装戦線によって一時的にしか救われないだろう。フランス民族によってのみ永久に救われるのである。人種主義的政策でなければ優れたものにはならないと主張するヒトラーにまったく賛成である」[18]。それでもジロドゥは一九三九年七月二九日に情報局長に任命されている。ピエール・ヴィダル＝ナケが書いているように、一九三九年時点のジロドゥの人種主義は「驚くほど陳腐」である。ルイ＝フェルディナンド・セリーヌの『評論 虫けらどもをひねりつぶせ』[19](片山正樹訳、国書刊行会、二〇〇三年)は、現代社会の退廃についての人種主義的で荒々しい反ユダヤ主義[20]の風刺文である。人種的・宗教的憎悪の扇動を訴追するために制定された政令に触れる恐れがあるとして、一九三九年五月に店頭から撤去されるまでに、すでに七万五〇〇〇部を売り上げていた(この本はヴィシー政権下で再版され成功をおさめている)。

フランスの多くの読者たちを悩ませていたのは、ナチズムの聖典の反ユダヤ主義ではなかった。つまりソルロとＬＩＣＡがかわした契約は、当時の精神状態について明らかな誤解を招くほど「自然の摂理に反する」ものだった。一九三六年八月、まだ明るみに出ていなかった協定のことを知らないシャルル・モラが『ラクシオン・フランセーズ』誌で、ヒトラーに刃向かったソルロを賞賛した。ＬＩＣＡの会長であるベルナール・ルカッシュは、機関紙『ドロワ・ド・ヴィーヴル』でこう主張せずにはいられなかった。「『わが闘争』について、モラは誰か別の人物を賞賛しているつもりだが、ＬＩＣＡを賞賛せざるを得ないのである」。そして財政的な取引についてすべてを明らかにする。ソルロは激怒し、ルカッシュにこのような手紙を書いた。「あなたは『わが闘争』の全訳を出版することによって私が誰を訴えたかったかについて、考え違いをしていたようです。アドルフ・ヒトラーがユダヤ人たちに対してなぜこれほど激しい闘いを進めていかなければならなかったかを、多くのフランス人が理解しはじめています」

一九三四年の裁判で負けてもソルロは意気消沈することなく、同じ年に『ドイツの戦争[21] *La Guerre allemande*』を出版している。ドイツの地理学者で汎ゲルマン主義の歴史学者でもあるエヴァルト・バンゼの「戦争学」についての著書に、『わが闘争』を「コピー・ペースト」して分析している本だった[22]。この本は何度も再版され、ナチ政権を怒らせた。あまりにもはっきりと戦争を予言していたからである。この本の序言のなかでソルロは、〝彼の〟『わが闘争』が禁じられた判決にふれ、それは政策であって文学ではないのであり、しかもそれはフランス人ひとりひとりにかかわる政策であるとあらためて主張した。そしてさらにこのように続けていた。「ヒトラーが著作権のことを考えるとはあきれるではないか。フランス人作家たちは読むことを禁じられ、公然と著書を焼かれているというのに。外国のいくつもの作品を新たに訳すことだけでなく、ドイツ語で読むことも禁じるのが、ベルヌ条約の精神を守ることだろうか」

一九三四年末に刊行された新たな本、『ヒトラーとその教理 *Hitler et sa doctrine*』はヌーヴェル・エディシオン・ラティーヌに制裁を科した判決にふたたび立ちかえり、『わが闘争』で取り上げられているあらゆるテーマの徹底的な分析を試みている。「国外ではさまざまな事態が進行し、ドイツ首相が『わが闘争』で示した教理に従って政策を行っていることが日々明らかになっているときに、フランス人に無知の状態を強いる責任をいったい誰が負うというのか」[23]

実はフランス指導層にとって最も重要な問題は本を知らないことでも完全版の入手が困難なことでもなく、それをどう解釈するかという問題だった。フランスで『わが闘争』を読む人たちは政治的対立とは別に、この本を文字通りに受け取る人と、相対的に見ようとする人とに依然として分かれていた。相対的に見ようとする人たちは、第三共和政のフランス政治の尺度でヒトラーを評価していた。ド・ゴールが『戦争回顧録』(邦訳『ド・ゴール大戦回顧録』、村上光彦他訳、みすず書房、一九六六年、復刊一九九九年)でルブラン大統領について述べている言葉によれば、それは権力がどこにもなく、首長も国家もない体制だった。第三帝国では反対に指導者がすべての権力を握っていて、その計画がすでにその著書に明記されているということを彼らが理解するのは困難だった。フランスの歴史学者エドゥアール・ユソンは、『わが闘争』を過小評価する人々の立場に賛同して、このように語っている。この本は「フランス的な明晰さからはほど遠いものだった。すべてがあまりにもあけすけでめんくらわせた。あまりにも雑然としていて伝統あるドイツの秩序体系からはみ出していた。常套句が並べたてられていて疑問を感じることもできなかった」[24]。レオン・ブルムも同様で、一九三五年九月付け『ル・ポピュレール』紙に次のように書いている。「そこに見られるのは、古代インドの世界観の影響、原初ゲルマン社会の模倣、見せかけだけのニーチェの倫理観など、いずれも常軌を逸した考えばかりだ[25]」

代議士でフランス共産党員であるマルセル・カシャンの場合は、そうではなかった。彼は一九三四年一一月二〇日付け『ユマニテ』紙の論説に「平和主義者ヒトラー」という見出しをつけて、このように書いている。「ヒトラーは著書『わが闘争』でその平和思想を示した。ドイツの若者たちはみなこの本を教理問答書のように読むことを強いられている。ヒトラー的平和主義はこうして明確に意識されるようになる。それは、〝われわれの第一の目標はフランスを倒すことだ。まずはわれわれを憎んでいるフランス国民に対して全精力を結集させなければならない。フランスを壊滅させることによって、ドイツは領土を拡大する方策を得ることができるのだ〟という平和主義である」

ドイツ新首相の平和宣言に裏があることは、レフ・トロツキーによっても見抜かれていた。トロツキーは一九二九年にソヴィエト連邦から追放され、一九三三年七月からフランスで暮らしていた。一九三三年一二月八日、彼は機関紙『ラ・ヴェリテ』に「平和を前にしたヒトラー」というタイトルの皮肉を込めた記事を書いている。[26] 長文の記事のなかでトロツキーは、『わが闘争』をその当時のヒトラーと重ね合わせている。「多くの人が、たとえばヒトラーの自伝をどう考えるべきだろうと思っている。あの本はフランスとドイツの利益は相いれないものだという考えで埋め尽くされているからだ。安心させるような説明がもうなされている。つまりこの自伝は刑務所のなかで書かれたものであり、そのころの著者は神経がまいっていた。そんな厄介な本が今まで国民教育の基盤として使われているのは宣伝大臣の明らかな怠慢によるものだ、という説明だ」。トロツキーはさらにこのようなことも述べている。ヒトラーはさしあたっては安心させようとしていて、本の題名も『わが平和』にしようとしている。だがいずれは『わが戦争』と呼ぶことになるだろう。この本でヒトラー自身が、将来の国際政治の機密に通じる鍵を——正確に言うならマスターキーを——人類にゆだねているのだ。彼は戦争への道をたどり続けている。彼の平和主義はその場しのぎのものでしかない。彼の目的は『なんとしても敵側からの予防戦を避けたい』ということだけだ」

ジャック・バンヴィルは一九三六年二月九日に亡くなる一年前、『独裁者たち *Les Dictateurs*』を発表している。そこにはもちろん「ヨーロッパ最後の独裁者」ヒトラーが登場する。『わが闘争』を詳細かつ明快に分析したうえで、彼もまた、フューラーとドイツを密接に結びつけ、すでに有効期限の切れた若気のいたりの本などではないとみなしている。「とっぴな論法、大胆な断言、常軌を逸した作り事をわれわれは一笑に付してしまいがちだ。だがそれはヒトラーを最高権力者の座に押し上げたものでもある。おそらくそこには何か重要なものがあるのだろう。それがドイツ人の頭のなかで醸成されつつあった不可解なものだからだ」

ヒトラーが権力を握ったあとの数年間に『わが闘争』について書かれたもののうち、最も見事な文章で書かれ、決定的な役割を果たしたのは、詩人であり、随筆家、劇作家、風刺文書作成者でもあるアンドレ・シュアレスの記事である。彼はジイド、ヴァレリー、クローデルと並ぶ『NRF（エヌエルエフ　新フランス評論）』誌の四人の推進者のひとりでもあった。そのころ六六歳だったシュアレスは、『NRF』誌の一九三四年一二月一日号に『わが闘争』と題する記事を掲載した。ほぼ全文を引用するだけの価値がある。

「たとえそれが思想書のなかで最も鼻をつくものであろうと、なんらかの蜜を得たいと思う者は、自分を抑えて『わが闘争』を最後まで読み通さなければならない[27]。読み続けるには勇気だけではじゅうぶんではない。愚かさの嵐、瘴気の噴出は、倦怠と嫌悪をもたらす。愚かさと悪意のなかにある傲慢さ、自己に陶酔し他者をおとしめる厚顔さ、まったく根拠のない殺人の肯定、他者のすべてを否定するためなら手段を選ばず、爪と牙をふりかざして議論する野蛮人の妄想、熱狂的なたわごとの繰り返しに、読者は吐き気をもよおし続ける。七〇〇ページの嘔吐物、二万九〇〇〇行の憎悪、ののしりと口角泡、途方もない欺瞞と獣性、そして独自性のない思想。すべてはいたるところからの盗用であり、ゴビノー、ドリュモン、ヴァシェ・ド・ラプージュ、ショーペンハウアー、『バイロイト通信』、『黒百人組』の誹謗文書などが使われている。中傷や虚偽の掃きだめのなかにある、大量殺戮への渇望、加虐的なあざけりと俗悪な言葉への嗜好は、おぞましいけもののような本能をかきたてるかもしれない。この本が書かれたのはまさにそのためなのだ。彼は同じ言葉を何度も繰り返す。同じ話の繰り返しは偏執のしるしである。一〇分の一に縮めたとしても、『わが闘争』はまったくの虚言、まったくの支離滅裂でしかない。あふれんばかりの激しい憎悪は狂気である。狂人はいつも同じ叫び声をあげる。しかしベルリンには拘束衣がない。彼は緩衝物で覆われた独居房に閉じ込められているわけではない。国民全体が彼の独居房だ。彼は六〇〇〇万人の人々を牛耳っている。鎖につながれるどころか、人々の自由を左右する絶対的指導者となっている。彼の憎悪は信仰となり、彼の本は醜悪な聖典となっている」

『NRF』誌の何人もの読者たちから「好戦的[28]」、さらには「ヒステリー」と非難されることになるのだが、シュアレスはこう結論づけている。「ドイツ国外で、ヒトラーに悪意があるとは思われておらず、弁解がまだ通用しているというのは、ほとんど信じがたいことだ。『わが闘争』の著者と、今ドイツを支配している人物とは違うのだと信じるふりがなされている。つまり一〇年で彼は変わったはずで、もうそれほど野蛮ではないというのだ。不見識にもほどがある！　この本のなかにはヒトラーが今犯しているあらゆる罪、これから犯すであろうすべての罪が書かれている。そこに示されているのだ。ヒトラーはそれを予告している。打ち明けるというより、自慢してさえいるのだ」。のちの記事でシュアレスは「『わが闘争』という名で呼ばれる、ゴリラたちの聖典」とも言っている。

ある人物がフランスでの『わが闘争』の認識を攪乱することにつとめ、成果をあげていた。それがオットー・アベッツである。一九〇三年にハイデルベルク近郊で生まれ、美術教師だったアベッツは、青少年活動の指導員となり、一九三〇年には独仏青少年会議を主催して成功をおさめた。一九三二年に友人ジャン・リュシェールの秘書だったフランス人女性と結婚する。リュシェールは一九二七年に『ノートル・タン』紙の発起人となった人物で、仏独和睦のために積極的な宣伝活動を行っていた。アベッツは当時、どちらかといえば社会民主主義にくみしていたが、ヒトラーが権力を握ると鞍替えしたのである。ドイツ人の多くがそうだったように、ナチズムにくわわり、一九三四年からはヒトラーユーゲントでフランスにかかわる問題を担当した。その後ヨアヒム・フォン・リッベントロップの同僚として外交部門の仕事に携わった。[29]
アベッツは一九三三年一一月、友人フェルナン・ド・ブリノンに、『ル・マタン』紙でのヒトラーとのインタビューを取りはからった。ブリノンはヒトラーによる領土要求、とりわけドイツ人少数派のドイツへの帰還に賛同していた。一一月二三日に掲載された記事はまさに、平和主義者ヒトラーへの賛歌だった。ジャーナリストのピエール・ベルニュが『ジュルナル・デ・デバ』紙で皮肉っているように、ブリノンにとって平和の敵はヒトラーではなく、ヒトラーを信じようとしないフランス人たちだった。ヒトラーは、アルザス＝ロレーヌは「解決ずみの問題だ」とし、『わが闘争』は「刑務所にいたときに、迫害された布教者の憤激にとらわれて書いた呪詛の言葉に満ちた本だ」と答えた。ヒトラーの魅力にとりつかれているブリノンが、『わが闘争』に書かれていることとフランスとの「実際の平和」への希望との矛盾について、遠回しにふれると、ヒトラーはその言葉をさえぎった。「政治家はその言葉によってではなく、その行動、行為によって自己を正当化するのです。私にとってフランスに対して悪意がないことを証明する最良の方法は、仏独協調のために全力を投じることです」
それは『わが闘争』の脅威をやわらげようとする壮大な宣伝作戦のはじまりに過ぎなかった。アベッツはブリノン（のちに「ブリノントロップ」と呼ばれることになる）の熱心な協力を得て、一九三五年にフランスとドイツの退役軍人たちを集めた仏独委員会を創設する。戦争で失明したフランス軍人たちは、みずからも一九一八年の戦いで一時失明状態にあったのだと感動的に語るヒトラーのもてなしを受けた。フランス世論と指導者層の無邪気さは、ナチの愚劣な誘惑の企てに翻弄されていた。

一九三六年二月、またもオットー・アベッツの主導によりヒトラーの独占インタビューという茶番が繰り返された。司会役はジャーナリストで作家のベルトラン・ド・ジュヴネルである。ジュヴネルは、フランス大使や大臣をつとめたアンリ・ド・ジュヴネルの息子で、仏独関係の修復を望んでいた。一九三〇年には『ヨーロッパ合衆国に向けて *Vers les États-Unis d'Europe*』を発表している。この新たなインタビューで、ジュヴネルは「ブリノントロップ」以上にくいさがった。「私たちフランス人はあなたの平和宣言に満足しているのですが、それでもあまり楽観視できない徴候もあり不安はぬぐえていません。たとえばあなたは『わが闘争』という回想録のなかで、フランスについて悪口雑言の限りを尽くしています。しかもこの本はドイツ中でいわば政治のバイブルとみなされています。そしてフランスについて語られている部分にまったく修正を入れることなく再版が繰り返されて流布しています」。ジュヴネルは、一九三六年二月二六日付けの『パリ＝ミディ』紙に記事を載せたが、そこにはこのようなことが語られていた。ヒトラーはジュヴネルの上方に目をやり、むっとしたような顔になった。そしてふいに、不安を感じているジュヴネルの腕に手を添えて、こう言った。「あの本を書いたとき、私は刑務所にいたのです。フランス軍がルール地方を占領しているときでした。両国関係はきわめて厳しい緊張状態にありました。そう、私たちは敵同士でした！　私はもちろん自分の国に味方し、あなたの国と敵対していました。私は自分の国に味方してあなたの国と敵対し、なんと四年半のあいだ塹壕のなかにいたのです！　戦争がおこったときに何よりもまずドイツにつくのでなければ、私は自分を軽蔑するでしょう。しかし今、もう戦争の原因になるようなことはありません。あなたは、作家が再版のときにするように、私が本に修正を入れるのをお望みのようだ。しかし私は作家ではなく政治家です。修正なら、私は毎日外交関係を修正しています。フランスとの緊張しきった関係が友好関係に変わるようにですよ！」。例によって話すうちに声が高くなって、身振り手振りもまじるようになった。「私が願っている仏独関係の修復がかなうなら、それこそが私にふさわしい修正となるでしょう。私の修正は歴史という本のなかに書き記すつもりです」

この甘言から二週間もたっていない三月七日の朝、ヒトラーは、ヴェルサイユ条約によって定められ、ロカルノ条約で確認されたラインラント非武装地帯に、誕生したばかりの国防軍を進駐させた。『カナール・アンシェネ』紙がこれを、「ドイツがドイツを再占領」という見出しで皮肉ったのはまったく見当違いだった。この実力行使はフランスに最悪の結果をもたらしたからである。こうしてヴェルサイユ条約はとどめを刺され、ラインラントの戦略的要衝が失われた。ドイツ軍はその後の西方侵攻に不可欠な足がかりを確保することになったのである。[30]駐独大使フランソワ＝ポンセは幻想を捨て、ラインラントの再武装の可能性を急いでフランス政府に知らせていた。しかし陸軍大臣は、ヒトラーの無謀な賭けを食い止めるには動員が必要になると言い訳をして動かなかった。[31]実際には現行軍だけでこと足りたのである。もうそれを食い止める機会は訪れないだろう。一九三六年末には力関係が第三帝国に有利に傾いていく。

ラインラント進駐によって、『わが闘争』について論じる出版がふたたび相次いだ。『ヒトラーの本当の戦闘 *Le Vrai combat de Hitler*』、『フランスの使命あるいは責任放棄――ヒトラーへの答え *Mission ou démission de la France. Réponce à Hitler*』、『警戒せよ！ 平和か、戦争か？ ヒトラーは何を望んでいるのか？ *Alerte! : la paix? la guerre? que veut Hitler?*』などといったものだ。この最後の小冊子には「ドイツの国家元首が一九二六年に『わが闘争』で予告していたことと一九三六年に果たしたこと」という副題がつけられ、「ル・フラン・ゴロワ（ガリアのフランク族）」というペンネームの署名があった。そこにはこう書かれていた。「思いがけないできごとによって『わが闘争』を読み直す必要が生じた。ヒトラーは一九二六年に自分の考えと目標をこの本に書き留めていた。われわれはおそらくそこに書かれた言葉を忘れてしまったのだろう。ドイツの指導者はそんなことは忘れたか断念したと思われていたのかもしれない。職業上の謎を読み解こうと欲する、あるいは読み解こうと試みるジャーナリストは、最初に取った調書、最初に確認した事実をけっして見失ってはならないのだと私は改めて悟った」

同じ一九三六年、フランスでは四月から五月にかけての選挙で人民戦線が勝利し、フランス人たちの関心がすっかりそちらに向けられてラインラント進駐がすでに忘れられかけたころ、『アドルフ・ヒトラー――わが闘争』という題名の新たな出版物が刊行される。その序文を書いたのは、大戦で重傷を負い、あらゆる職業を経験したのちに『パリ＝ミディ』紙のジャーナリストになったジョルジュ・サン＝ボネ[32]であった。そのなかで彼は、あるペテン師によって支配された戒厳令下のドイツという表現を用いている。ペテン師は「ドイツ人の魂を画一化し、恐ろしい呪術師のように邪悪な魔術で君臨している」。「すべては一九二四年にランツベルク刑務所のなかで書かれた本からはじまったのだ。『わが闘争』という名のその本がすべての原因である。なぜなら、これまで書かれたなかで最もモラルに反する調教マニュアルであると同時に、国民が自分の姿を見いだして見つめるために差し出されたこのうえなく完璧な鏡だからである。そこに映っているのは虚栄心と傲慢さでわれを忘れ、熱狂と狂信にとりつかれている姿である」

サン＝ボネはさらにこう続ける。ヒトラーはドイツ人が聞きたかったことを言ったのだ。「あなたたちは最も美しく、最も偉大で、最も強く、最も優れている」と。ヒトラーはかつて『わが闘争』を書いて、今のドイツを作り上げた。「夢中になって自分の姿に見入っている国民は、常識を忘れるほどに自分たちが主役の美徳と偉大さの見世物を楽しんでいる。ライン川の向こう側でファナティシズムが生まれている。自分の姿に見とれるというファナティシズムである。だがそこには、いつの日か悲劇に変わってしまいそうな滑稽さがある」

サン＝ボネは『わが闘争』を端的に表す多くの引用箇所を選択しているが、最後に結論として、ヒトラーはおそらく当初はドイツ国民に対して、いつか地上の支配者になると約束する扇動を行っていただけだったのだと述べている。しかし今はどうだろう。魔術師のような未知なる力を解き放ってたじろぐこともない。「そこには、彼の一部である狂気があり、それが悪循環によってまた彼のところに戻ってくるのである。問題はもはや、ドイツが戦争を望んでいるか否かではない。本書の引用箇所を読めば納得するだろう。彼の恐ろしい眩惑に逆らうにはどうすればよいかを知ることこそが重要なのだ」

ラインラントの再武装は偏った考えをただすにはいたらないどころか、その逆でさえあった。一九三六年四月にはピエール・ボワヴァンが、『建設的革命 *Révolution constructive*』のなかで平和主義の決まり文句を繰り返している。「『わが闘争』に示されたヒトラーの愚論に重要な意味はない。政権を握った政治家がかつての約束を果たすのを見たことがあるだろうか。低俗で内部攻撃的な本を第三帝国の憲章と見なすことはできない[33]」

作家でアカデミー会員でもあるルイ・ベルトランは、一九三六年にファイヤール社から出版された『ヒトラー』のなかで同様のことを語っている。彼が描いたヒトラーの肖像はあまりに美化されていて、しかもヒトラーの人種主義をそのまま取り入れていたため、激しい議論を引き起こした。『わが闘争』についてベルトランは、「ずいぶん前に書かれ、ヒトラー自身が撤回している言葉を彼に投げつけるのは悪意がある。しかもその言葉は、われわれの過ちによってふたたび現れるのでないかぎり、今ではもう真実ではあり得ないのである」。皮肉なことに、このような意見が広まっていたことに変わりはなかった。一九三〇年代に反戦的風潮に包まれていたフランスは、暗黙のうちに戦争という考えを認めることになる意見には耳を傾けようとしなかった。眠っている虎を起こしてはならないのだ。第三帝国は攻撃力を備えつつあるのだろうか。備えていないならなおさらである。フランスはもし攻撃されればいつでも防戦できるのだから。

ヒトラーを「ヨーロッパの妖怪」にしてはならないと考え、そう語る人々はまだ多かった（そして最後に戦争にいたるまでそうだった）。たとえば「新秩序」（ヨーロッパ規模の極右連合である「新ヨーロッパ秩序」とはまったく無関係である）[34]と呼ばれる知識人グループおよび同名の機関紙は、『わが闘争』を時事的な本とみなし、明白な事実に反して次のように主張していた。『わが闘争』ではフランスについてほとんど語られておらず、フランスに対する憎悪もない。フランスに対する戦争はロシアに対する戦争とは違って「国家社会主義にとっての必要事でもなければ目的でもない」のであり、「一時的な」問題である。[35]「ヨーロッパ連帯の目下の気がかり」は、ヒトラーに東部戦線に目を向けさせればこと足りるとされていた。[36]

一九三六年にはまだ、ヒトラーが戦争をしようとしているという確信をもっていたフランス人は少数だった。首相レオン・ブルムも、六月二三日に上院で外交政策を発表するときにラインラントのことを忘れていたのである。「ドイツ元首ヒトラーはフランスと協定を結ぶ意思を繰り返し言明している。われわれは、四年も塹壕で苦労した退役軍人の言葉を疑うつもりはない」。一九三六年七月一四日、人民戦線は「平和を！」、「戦争をするな！」と叫んで行進した。それから一年もたたないうちに、ブルム政権はストライキと財政危機によって退陣を余儀なくされた。フランスでは一九一九年から一九四〇年までのあいだに四四を下らない政権が誕生している（一九三二年六月一六日から一九四〇年三月までで一六政権）。その間、第三帝国は積極的に戦争への準備を整えていた。一九三七年一一月五日、ヒトラーはおもな協力者たちを集めて、ドイツの軍事上の遅れが取りもどされた今（そう言えるのは一部のみである）、さらに前進してヴェルサイユ条約で失った領土を奪回するべきときである、と告げた。その第一歩はオーストリアであり、一九三八年三月一二日のオーストリア併合は銃撃すらなしに行われた。まもなくヒトラーはズデーテン地方の併合を要求する。[37]フランスは依然として政府の危機的状況から抜け出せず、抗議声明を出しただけだった。

リッベントロップとアベッツにとって、今こそフランス世論にふたたび煙幕を張るときだった。結局、ヒトラーのフランスでの戦いは本による戦いだった。アベッツはフランツ・エーア出版社の承認を得て、一九三八年春にファイヤール社から『わが闘争』の改変版を出版する。ファイヤール社は一九二四年から、反共産主義、反議会主義、反共和主義で、反ユダヤ主義でもある週刊紙『カンディド』を発行していた。しかも『カンディド』は、一九三四年二月六日夜の極右勢力による暴動以来、過激化していた。改変版『わが闘争』の発行部数は、一九三八年に三五万部を超えた。この『わが闘争』作戦には、ジョルジュ・ブロンとアンリ・レーブル（ペンネームは「フランソワ・ドテュール」）も協力者としてくわえられた。ジョルジュ・ブロンは一九五〇年代に作家として成功をおさめることになるが、このころはファシズムに共鳴していた。アンリ・レーブルは、共産党から転向した政治家ジャック・ドリオが結成した、反共産主義でファッショ的なフランス人民党（ＰＰＦ）で活動していた。ふたりとも、ナチズムに共鳴する右翼系週刊紙『ジュ・スュイ・パルトゥ』に定期的に寄稿していた。

この関係者たち[38]はみな、強硬な反共和主義者で反議会主義者の作家シャルル・モーラスが主宰する政治団体「アクション・フランセーズ」の支持者だった。モーラスはムッソリーニやフランコやサラザールのファシスト政権には近い考えをもっていたが、ナチズムは嫌っていた（とくに人種主義を告発していた）。しかしこうして動き出した出版事業はそんなことはなく、『わが闘争』ならぬ『わが教義 *Ma doctrine*』という穏やかなタイトルをつけて出版された。すべてはヒトラーの教義を覆い隠すためのものであり、前書きには厚顔にも「絶対的公平」という言葉が用いられていた。「ヒトラーはフランスではほとんど知られておらず、彼の基盤の書である『わが闘争』はフランスでは販売されていない。ドイツ元首に対してどのような心情的立場を取るにせよ、著者が公式に出版を認めた、絶対的公平をつらぬく本によって、その考えを明確に知ることが重要である。われわれは大きな欠落を埋めることがわれわれの義務[39]、そして出版者の、フランス人の義務だと考えている」

この小冊子（一四〇ページ）はいわば偽の『わが闘争』であり、引用文は表現を和らげられたり、ヒトラーが首相になったあとの、本物あるいは偽造された穏やかな演説に置き換えられたりしていた。しかも著者たちはこのような編集を行ったことを隠していない。「『わが闘争』は一九二四年から一九二六年にかけて書かれたものである。このころから、ドイツ首相ヒトラーはさまざまな演説や宣言のなかで、世界の経済や政治の活力を考慮に入れて、国家社会主義の教義にさまざまな要素を取り入れ、『わが闘争』の言葉を補ったり修正したりしている。あるいは語調を弱めたり言い換えたりもしている。こうした新たな要素はすべてこの本に含まれている」。もちろん、語調を弱められているのは、有害な反ユダヤ主義でも、東方生活圏の理論でもなく、フランスに対する威嚇である。たとえば、ドイツの不倶戴天の敵フランスについての引用のあとには、「同等の権利をもつフランス国民とドイツ国民はもはや先祖伝来の敵とはみなさず、おたがいに尊敬し合わなければならない」とある。

この「スーパー・ライト」版『わが闘争』からはもう憎悪や暴力は感じられず、穏やかさとコンセンサスを得ようとする意思が感じられた。この本ではヒトラーはフランス人に向けて違う声で話している。「三年前に私が権力を握ったとき、ドイツ国民はヨーロッパで敵に囲まれていた。その当時は憎しみと疑いと恐れと自尊心に動かされるままになっていた。私はドイツと世界各国との関係に良識がもたらされるよう努めた。そのような関係はいつでも荒削りなものとされていたが、私は人類の連帯という原則にもとづいて築かれるよう努めた。（中略）私はドイツ国民に質問する。ドイツ国民よ、君たちはわれわれとフランスとがついに闘いのための斧を放棄して、平和と協調をうち立てることを望むか？ そう望むなら、〝はい〟と言いたまえ！ 逆にフランス国民に同じ質問をするが、彼らもまた和解を望んでいることを私は疑わない。次に私はドイツ国民にたずねるだろう。〝君たちはわれわれがフランス国民を抑圧したり、より小さな権利を与えられた状況におくことを望むか？〟と。彼らは〝いいえ、そんなことは望んでいません〟と答えるだろう」

このような発行者による卑劣な行為への反発はごくわずかだった。「共和制フランス防衛委員会」という極秘機関がすぐに、小冊子『アドルフ・ヒトラー《わが闘争》、総統の友人たちが出版したフランス版に書かれていないこと *Adolf Hitler: Mein Kampf. Ce qui ne figure pas dans les éditions françaises publiées par les amis du Führer*』で応じた。『わが闘争』のフランスに敵対する箇所を引用したのである。

戦争が近づくと『わが闘争』の要約版の発行が増加し、一九三八年に一二版ほど、一九三九年にもさらに一二版ほど出ている。一九三九年三月一五日にドイツ国防軍がプラハに侵攻し、その前にチェコスロヴァキア独立を認めたミュンヘン協定が無力だっただけでなく裏切られたことが明らかになってからは、急速に関心が高まった。平和は保たれなかった。もはや『わが闘争』を改変するときではないと思われた。それなのに、である。プラハ侵攻から一か月後、『アドルフ・ヒトラーの《わが闘争》の解明――世界の様相を変える本 *Eclaircissements sur Mein Kampf d'Adolf Hitler. Le livre qui a changé la face du monde*』が出版された。著者は国際関係専門のジャーナリストで、仏独和解派のジャック・ブノワ＝メシャンである。その信条からオットー・アベッツと親しくなり、仏独委員会の創立にくわわった。一九三六年にはフランス人民党に入党し、ヒトラーへの賛意を隠さなかった。

一九三八年のファイヤール版ほど異様ではないが、やり方の汚さに変わりはなかった。「この奇妙で衝撃的な本は危険で激烈なものであり、逐語訳の出版が禁じられているので、本書はできるだけ正確にわかりやすく原書本来の姿を伝えるように努めた」。こう述べているにもかかわらず、『わが闘争』の内容が偏って伝えられていることに変わりはなかった。結論として「いくつかの部分を切り離して引用したので、意味が曲解されることになってしまった」と書かれていたにしてもである。フランスに対して最も脅迫的な部分は避けられていたばかりか、明らかな粉飾が行われていた。たとえば「われわれとフランスとの間の永遠的でそれ自体はまったく不毛の格闘が終結させられうるようになる（中略）このことはもちろん、ドイツはフランスを破滅させる手段によってしか、自民族を他のものに代って発展させてゆく可能性をもちえないということを、ドイツが実際に認識していることが前提された上でのことである」（『わが闘争』、前掲書下三八五ページ）という一節は次のように変えられていた。「フランスとドイツの戦争は、新しい価値を生み出さないので無益である。したがってドイツ国民が自分たちに不可欠な拡大の可能性をどうしても他の場所に見いだすことができないときの手段としてのみ宣戦布告となる」。つまり「彼（ヒトラー）から見れば、フランスとドイツの戦いは――たとえば反ユダヤ主義と同じく――不可侵、不変の教理としての意味をもっていない」ということである。もちろん、フランスの「ユダヤ化」にかんする部分は残されていた。少なくともひとつの点については異論はない。それは結論に書かれた次のような言葉である。「『わが闘争』の重要性は時間とともに小さくなるどころか、ヒトラーがヨーロッパで果たす役割が大きくなるにつれてますます大きくなっている」

ブノワ＝メシャン[40]は別にして、一九三九年に出版された『わが闘争』の関連書籍は、いずれもヒトラーとその本とを結びつけるものだった。[41]ヒトラーがチェコスロヴァキアを食い物にし、ポーランドについて語っているときに、ぐずぐずしてはいられなかった。勇ましいコメントも次々に出された。「雄鳥の鳴き声はやまない」（モルヴィリエ）、「剣を用いる者は剣によって滅びる」（ドゥイエ）などといったものだ。チェコスロヴァキア進駐直後に書かれた、M・L・ミシェルの本だけを引用しておく。「こうして実力行使で既成事実を作る政策によって、ヒトラーは『わが闘争』を実現し続ける。フランスの包囲も続けられている。あと数週間、あるいは数か月で、『わが闘争』の最後の一節が現実になるだろう。フランスを破滅させる計画、準備は整うだろう。国家社会主義のバイブルは、今起こっていることがあらかじめ予定されていたことを抜粋によってわれわれに示していたが、これからはいくつかの強制条約を経てヨーロッパのバイブルとなり、いずれは世界の《聖書》となるだろう」。著者はさらに続ける。「『わが闘争』はもはや「建築画家によって書かれた本ではなく、八五〇〇万人の国民の《聖書》である。これは帝国総統の綱領である。（中略）ヒトラーがドイツ的になったのではなく、ドイツがヒトラー主義になったのである」

最後になったが重要なものとして、開戦前の最後の数か月に『わが闘争』の新たな全訳版が出版されている。「フランスの防衛」という名でひそかに出された非合法の『アドルフ・ヒトラー――《わが闘争》*Adolf Hitler - Mein Kampf*（*Mon combat*）』である。またもやソルロの仕業かと思われたが、類似点は多いものの翻訳は異なっていた。いずれにしても攻撃的な本だった。「征服しようとする国々にまで、フランスにまで援助を求めるとは、この男はいったい誰の下男なのだろう。（中略）人々はこの本を読むだろう。『わが闘争』はひとつずつ実現されているのだから、これが文学書や哲学書だなどと言うことはできない。フランス人はみなヒトラー氏の素顔を知る権利があり、そして知る義務があるのだ」

戦争、というより、独仏両軍がにらみ合う「奇妙な戦争」がはじまった。その状態は八か月と七日続き、その間フランス軍は「精神的敗北」（デュロセル）を喫し、一九四〇年五～六月に破局を迎えた。この戦争に動員された歴史学者マルク・ブロックは『奇妙な敗北』でそのときのことを見事な筆致で伝えている。[42] 彼は参謀部将校として観察することができた幹部たちについてとくに批判している。「参謀部が情報部門をうまく組織できていなかったとしても、どうして驚くことがあるだろう。彼らは、情報を得る意欲をしだいに失わせるような環境のなかにいた。『わが闘争』に目を通すことができてもナチズムの真の意図がまだ信じられず、〝現実主義《レアリスム》〟という適切な言葉があるのに知らない風をよそおい、いまだに疑いをもっているようだ」

ド・ゴールは『わが闘争』を読んでいたのではないかと思われる。フランスの政治家モーリス・シューマンはこう語っている。「私がはじめてロンドンに着いたとき、ド・ゴールが私に最初に尋ねたのは『わが闘争』は読んだかということだった」。私が「いえ、まだです」と答えるとこのような言葉が返ってきた。「それなら読みなさい。ドイツ国家社会主義者がどんなものかわかるだろう[43]」

占領下のフランスでは、皮肉なことにフランス版『わが闘争』は、「オットー・リスト[44]」、つまり出版社が販売を取りやめた本、あるいはドイツ当局から禁書とされた本のリストに載っていた。こうしてナチズムのバイブルは、ドイツに敵対する本や、ユダヤ人や共産主義者の本と並ぶものとなったのである。といってもそれは、一九三九年に刊行された二度目の『わが闘争』である（もちろん『わが闘争』を攻撃的に紹介した小冊子も含まれていた）。ヌーヴェル・エディシオン・ラティーヌ社の『わが闘争』はすでにフランスの法廷で禁じられていたので、リストに載せられてはいなかった。もっとも、フェルナン・ソルロは非合法な出版を継続していたので、ドイツ当局からつけ狙われる恐れもあったが、実際にはそうではなかった。カルマン＝レヴィのようなユダヤ人出版者たちは監禁されたが、ＮＥＬは権利の五〇パーセントをドイツの出版社に譲渡することで生き残ることができたのである。ソルロがフィリップ・ペタンを支持して彼の演説を出版したり、ヴィシー政権や対独協力に好意的な本を数多く出版したのは事実である。一九四三年には、レオン・ブリュサの『ユダヤ人問題総論 *Synthèse de la question juive*』も出版し、『ドイツ研究所ノート *Cahiers de l'Institut allemand*』のようなドイツのプロパガンダの書の発行も受け入れている。一九三四年の裁判での愛国的な宣言とは大違いである。だがソルロは同時に、ありとあらゆる手を尽くして『わが闘争』をひそかに売り続けていた。

ＮＥＬの『わが闘争』は、アルジェで組織されていたフランス国民解放委員会（ＣＦＬＮ）の保護のもとで一九四三年末に再版された。その序文にはこう書かれている。「戦争において戦いに勝つためには敵を知らなければならない。だからこそ、ＣＦＬＮ情報部はあまりにも有名なこの本の再版を行わなければならないと考えたのである。この本はある種の守秘義務によって忘れ去られ、主要部分を削除されてきた（中略）。今日、北アフリカの自由な環境の中で、フランス国民にヒトラーの計画を示したこの本の全文を紹介するのはきわめて重要なことである[45]」

ドイツ以外で、一度ならず二度までも『わが闘争』の全訳版が出版されたのは、フランスだけだった。さらに一九三三年から一九四〇年まで、『わが闘争』の抜粋や解説が四五種類発行されている。解釈は対照的なものもあったが、いずれもフランスに影響のある脅威だけを問題として取り上げ、狂信的な反ユダヤ主義は無視するか、あるいは同調していた（人種主義、全体主義についてもたいていそうだった）。イギリス海峡の向こうや大西洋の向こうにある連合国をはじめとして、ヒトラーの本にこれほど大きな関心が払われた国はどこにもなかった。イギリスやアメリカは地政学的にはまさに「向こう」の国であり、これはフランスに「敗戦国の国境」(フォッシュ)を与えたヴェルサイユ条約の不適切な決定からはじまったことであった。いっぽうイギリスは、イギリス海峡と呼ばれる対戦車壕をもっていた(アメリカにはさらに乗り越えることのむずかしい大西洋という壕があった)。ブリアン首相時代の極端な平和主義や、国際連盟の見かけ倒しの安全保障にもかかわらず、フランスはつねに自国の脆弱性を不安に感じていた。こうした観点から、フランスに敵対する『わが闘争』の明確な予兆は見過ごしにはできないものだったのである。

第八章　『わが闘争』の各国での出版と反響はどのようなものだったのか

フランスほどの関心が向けられることはなかったが、『わが闘争』は一九三三年から大戦の時期まで多くの国で出版された。やり手のマックス・アマンのもとで好調に発展していたフランツ・エーア出版は、ドイツ国内での『わが闘争』の天文学的な売上げで満足することもできたが、翻訳の依頼も殺到していた。結局一四か国以上が翻訳権を獲得したが、つねに、あるいはほとんどドイツ出版局によって検閲された一部削除版だった。こうした国際的な関心はナチのプロパガンダにも、ドイツ国内での本の宣伝にも役立った。一九三六年、フランツ・エーア出版は新聞雑誌に広告を載せる。そこには『わが闘争』のいくつかの外国版の表紙とともに、「世界中で読まれている本」という宣伝文句が躍っていた。

最初に出版されたのはどう考えても、『わが闘争』で（『第二の書』では、よりはっきりと）

同盟国として称賛されているファシスト党のイタリアだったと思われる。とはいえ、ヒトラーが権力を掌握し、それと同時にオーストリア首相ドルフースが暗殺されると、ムッソリーニの反感を買うことになる。そもそもムッソリーニは、『わが闘争』の人種主義を非常識だと考えていた。しかしそれも最初のころだけで、国際舞台でのヒトラーの権力とドイツの影響力が大きくなるにつれて、ムッソリーニ統領の態度は変化していく。

ナチから見れば、『わが闘争』のファシスト・イタリア語版はなくてはならないものだった。そのために、マックス・アマンとルドルフ・ヘスは一九三三年二月にローマに赴き、ファシスト党出版局と直接交渉した。翻訳権は二万ドルという高値で買い取られた。[1] 要するにこれは外交活動である。といってもドイツの新元首に対してファシスト・イタリアの好意を示すための非公式なものであった。ヒトラーに対して軽蔑とまでは言わないまでも不信感を抱いていたムッソリーニには似つかわしくなかったが、その場その場で態度を変えるのが彼のやり方だった。それに『わが闘争』はある意味で、ファシズムの普遍的役割を示すものではないだろうか。一九三二年一〇月二五日にムッソリーニはこう予言した。「一〇年後、ヨーロッパはファシストになるかファッショ化するだろう!」

出版のための活動にみずから乗り出したムッソリーニはまず、モンダドーリ出版に打診した。だが、モンダドーリ出版は「もっぱらドイツ国内の関心をひくもの」としてこれを断った。そこでイタリア出版局は、ヴァレンティーノ・ボンピアーニが立ち上げた新進気鋭の出版会社に依頼することにした。翻訳権はすでに獲得済みだったので、ボンピアーニは条件のいいこの申し出を大歓迎するだろうと考えたのである。ドイツとの関係がまだ不透明だったため（一九三六年まで）、契約は口約束だけで行われた。こうして一九三四年三月に、『ラ・ミア・バッターリア *La mia battaglia*』がイタリアで出版された。これは実は『わが闘争』第二巻を要約して訳したもので、三四ページにわたるヒトラー伝がつけくわえられていた。さらに第一巻の「民族と人種」の章も組み込まれている。裏表紙にはこう書かれていた。「ヒトラーが新たな国家、第三帝国をつくりあげるための理念を明かす。人種と国民の理論、将来のドイツ民族国家の構想が示され、宗教、資本主義、民主主義、国家、組合、少数民族についての考えも述べられている」

ボンピアーニは、『わが闘争』の翻訳権を得るにあたり、刊行者も翻訳者もユダヤ人であってはならないと定められていることを知らなかった。翻訳者のアンジェロ・トレヴェスはたまたまユダヤ人だった。そこでボンピアーニは急いで彼の名を版から消した。そしてヒトラーは、まったく異例のことではあったが、ファシスト・イタリアとの友好関係を示すために序文を寄せることを承諾した。「同じ世界観をもつファシズムと国家社会主義は、実りある国際協調への新たな道を見いださなければならない。それを深く理解することが世界平和と人々の幸福のために活動することにつながるのだ」

ヒトラーのこうした後ろ盾により、ソルロがフランスで行ったような、世論を喚起しようとする「批判」活動のための出版はイタリアでは皆無だった。しかしそのことが戦後、ボンピアーニに信用を与えることになる。ボンピアーニは一九四九年にマラパルトに手紙を書いている。「刊行者として私はイタリア人がこの本を読まなかったことを残念に思っています。もし読んでいたら事態は違う方向に動いていたかもしれないし、多くの災厄を防げていたかもしれないからです」[2]。一九七一年に発表した『回想録』でボンピアーニは、『わが闘争』の出版のいきさつについて説明しようとしている。それによれば出版しようと考えたのは彼の翻訳者だというのだ(!)。一九八四年の『ラ・レプッブリカ』紙のインタビューでも、この常軌を逸した版に固執している。「この本の翻訳はあるユダヤ人教授から提案されたものです。私はユダヤ人である彼が、当時ナチのバイブルだったこの本を出版しようと提案したことに驚きました」[3]

鉤十字の燃えるような赤い旗の表紙がついた『ラ・ミア・バッターリア』はたちまち成功を収めた。一九三四年だけで二度増刷され、一九四〇年までに一二版を重ねることになる。だがイタリア語版『わが闘争』は読者たち、というより購入者たちに影響をあたえたのだろうか。むしろ好奇心から購入されたというべきだろうか。いずれにせよ、この本そのものの信念の力とは何かという問いにふたたび戻ることになる。そして統領ムッソリーニはどうだったのか。ジョルジオ・ファーブルによれば、ムッソリーニは長いあいだ人種主義に厳しい判断をくだしていたが、その後『わが闘争』の人種主義論に影響を受けたようだ。[4]

ムッソリーニの反ユダヤ主義への転向はまた別の話である。[5]『わが闘争』を熱心に読んだのは事実であるが、それによって考えが変わったというわけではない。「ムッソリーニは、ナチス・ドイツと歩調を合わせてファシズム体制をより強固にすることを考えたというだけでなく、イタリアにとってそれほど拘束力のない問題でヒトラーに貸しをつくろうとしたのかもしれないが、第三帝国の元首にとっては根本的問題だった」[6]。ムッソリーニもイタリア人種至上主義（アーリア・ゲルマン人種の完全な模倣である）政策を決定し、同時に反ユダヤ主義へと傾いていった。一九三四年からはファシズム機構からユダヤ人が排除されていった。反ユダヤ主義の記事が書かれたり、『人種の防衛』のような人種差別的な雑誌が発行されたりするようになり、一九三八年一一月には人種法が制定された。ナチス・ドイツを手本とした法律ではあるが「イタリア的」なものであり、実際には行きすぎた行為がおこなわれることはなかった。

戦争が勃発してファシスト・イタリアが第三帝国に追随するようになるまで、ムッソリーニはヒトラーと対等であり、思想やプロパガンダではひけをとらないと考えられていた。ヒトラーが『わが闘争』で自叙伝を書いたことに触発され、ムッソリーニの宣伝活動が絶頂期にあった一九二八年に、当時の愛人だった文筆家マルゲリータ・サルファッティ（ユダヤ人）に自分の伝記を書かせている。ヒトラーが一九三八年五月三日から八日までイタリアを訪問したときに、『わが闘争』の第一巻がイタリアで『ラ・ミア・ヴィータ』という題で出版されている（一九四一年までに一〇版を数えることになる）。これはムッソリーニの伝記と同じ題名だったので、ボンピアーニはそれに乗じてドイツ語で「*Willkommen*（ようこそ）」と書いた歓迎ビラを作成した。ヒトラーとムッソリーニが並んでいる写真の下には、こんな広告文があった。「『ラ・ミア・ヴィータ』を読んでください[7]」

英語版には別の観点からの問題があった。たしかに、『わが闘争』のなかでイギリスは丁重なあつかい（「ユダヤ化」以外は）をされているが、イタリアのようにドイツの本来の同盟国ではなかった。アメリカについては、大戦に介入して勝敗を決定づけたことを、ヒトラーは忘れることができないだろう。一九三三年七月には、ロンドンの主要日刊紙『タイムズ』が大規模なキャンペーンを張って、『わが闘争』を「人類の暗黒の書」と呼んで非難しただけに、なおさらフランツ・エーア出版は英語版を承認することにした。引用を使って、ヒトラーの戦争への意志が強調されていたからである。

それでもイギリスの外交的な用心深さは、フランスを上回っていた。そのため駐独イギリス大使ホレス・ランボルドは、ヒトラーが首相になるとすぐに、危惧の念を伝える報告書を送った。危惧する理由はドイツ人の誰もが手にする『わが闘争』の内容だった。「ヒトラーは、人間は生き残るために戦う動物であり、獣的な力のみが選ばれた人種、つまりドイツ人を勝利に導くという原則にのっとっている。（中略）彼は平和主義を、誤りどころか罪悪とみなし、平和条約をくだらないものだと考えている」。大使はこの報告を一九三三年四月二六日にイギリス首相に送り、今後の国際関係について不吉な警告を発している。「袋小路に入り込んだドイツ政府が正気を取りもどすと考えるのはまちがいだ。新首相は自分の計画の要となるものを断念することはないだろう。（中略）ヒトラー政権の指導者たちはまともではないというのが私の印象である」。しかしこのような報告書はイギリスの宥和政策に反するものであった。しかもランボルドは年齢を理由に引退してしまう。

一九三三年秋、ロンドンのハースト・アンド・ブラケット社と、ニューヨークのホートン・ミフリン社がそれぞれ英語版の『マイ・ストラグル *My Struggle*』と『マイ・バトル *My Battle*』を出版する。どちらも内容は同じで、フランツ・エーア出版によって不都合な箇所を削除されたものだった。一九三一年からはじまった翻訳作業は、シオニズム運動家でナチに反対の立場をとるエドガー・ダグデールが無報酬で引き受けていた。

『マイ・ストラグル』は当初、五〇〇〇部しか発行されなかった。最初の版が否定的な評価を受けたにもかかわらず、一九三五年に新版が一万四〇〇〇部発行されている。どれも外交政策の不穏な箇所を隠蔽するための検閲削除を受けたものである。イギリスの『オブザーバー』紙は一九三三年一〇月一五日、この本が「『わが闘争』のカリカチュア」だとする論説を掲載した。「過去および将来の外交関係についてのヒトラーの思惑を、どう受け止めるべきかとまどっている、あるいは知らずにいるイギリスの読者に忠実に示していたら、もっと役立っただろう」。一九三三年一〇月一三日にはイギリスの新聞『ヨークシャー・ポスト』が、「オーストリアの独立、反ユダヤ主義、若者の軍事訓練や徴兵前訓練などの重要な問題について」大きく取り上げていたのだった。

ウィンストン・チャーチルは『マイ・ストラグル』が出版されるずっと前から、『わが闘争』の重要性を認識し危惧していた。そのころは政権から離れていたが仕事熱心なチャーチルは、この本を読んですぐに深刻に受け止めていた。一九三二年夏にドイツを訪れたときに、このような懸念を抱いている。「祖国のために献身するという願望につき動かされた青年グループはみな武器をとろうとしている。武器をもてば(中略)私が言及している国々すべてを、そして私が言及しなかった他の諸国家までも、根底まで揺るがす――さらには壊滅させる――だろう」[8]

ヒトラーが権力を掌握するとチャーチルの懸念は現実のものとなり、新首相と『わが闘争』の関係性は明らかだと彼には思われた。「ヒトラーが権力の座についた以上、連合国の指導者や政治家や軍人はこの本を注意深く研究するべきである。すべてはそこに書かれていたのだ」。

チャーチルはこの本から戦争への予兆だけでなく、全体主義や人種差別主義も読み取っていた。実は、こうした言葉は終戦後に出版された『回顧録』に書かれていたのだが、イギリスの老獅子なら当時すでにこうした考えをもっていただろうと誰もが思ったのである。完全な情報を入手していた(とくにランボルド大使の報告書を通じて)チャーチルは、「ヒトラーの政策の支柱」とみていた『わが闘争』を無視することも、過小評価することもできなかった。

一九三七年五月二八日に首相に就任したネヴィル・チェンバレンも『わが闘争』を読んで注釈をつけているが、一九三八年三月にドイツ国防軍がプラハに進駐するまで、ヒトラーを「つきあいやすい相手」と考えていた。[9] 戦争が勃発すると、もうナチの出版社に気をつかう必要はなくなった。一九三九年春にはジェームス・マーフィーが翻訳した完訳版が出版されている。[10] この本は第二次世界大戦がはじまったころ、部隊の啓蒙のために前線に配られた。イギリスの新聞などから世論が一転したことがうかがえるが、フランスでもそうだったように、時期すでに遅しであった。一九三九年三月二三日の『デイリー・テレグラフ』紙はこう伝えている。「完訳版は恐ろしい本である。わかりづらくてうんざりさせる誇張的表現が大部分を占めているので、読者は読み進めるのにひどく苦労するだろう」。その二日後の『タイムズ』紙はこのような記事を載せた。「この版は検閲版に比べてはるかに優れている。ユダヤ人やフランスに向けられた辛辣な文章が今や明らかになった。読者はこの憎悪と怒りに満ちた文体をもとにして判断することができる。文体のムラや全体の構成は、ヒトラーの思考がいかに衝動的であるかを示している」

ジョージ・オーウェルは、一九四〇年三月に『ニュー・イングリッシュ・ウィークリー』誌でこの完訳版について解説している。彼はヒトラーの人格について分析し、「脳をもたない恐るべき帝国」のための永遠の戦いを思い描いているのだと結論づける。オーウェルはさらにこうつけくわえている。「資本主義や共産主義は人々に『幸福を提供する』と説くが、ヒトラーは『闘争と危機と死を提供する』と説く」

アメリカでは『マイ・バトル』に出版当初から困難が待ち受けていた。『わが闘争』を批判することになるのか、それとも出版によって利することになるのかという、オーソドックスな論争が起こったのである。ニューヨークの教育委員会では、この本は「低劣なギャングのためのプロパガンダに荷担している」という理由で販売禁止にするよう求める意見も出ていた。議論を重ねた結果、教育委員会は、「人類のために最も役に立つのは、『わが闘争』を白日のもとにさらして、この本が無知と愚かさとばかげた言動を凝縮したものであることを、各人に自分自身で気づいてもらうことだ」という逆の決定をくだした。[11]

アメリカのユダヤ人コミュニティーの大半は、このような出版に異議を唱えた。ホートン・ミフリン社のロジャー・スケイフは、ルーズヴェルト大統領への献呈本に添えた手紙で、ややくだけた文体でこの問題にふれている。「正直に申しますと、当社はこの本によって際限のない問題を抱えております。ユダヤ人からの抗議が殺到し、なかには見過ごしにできないものもあります。とはいえ多くのユダヤ系知識人からは出版への賛辞の手紙もあり、うれしく思っている次第です[12]」

イギリスと同様、この『わが闘争』はナチス・ドイツによる検閲版であったことから、ヒトラーの理論を告発することにはならなかった。一九三八年、ペンシルベニア州の小さな出版社スタックポール・サンズが、版権をとらずに『わが闘争』の完全版を出版することを決断する。フランツ・エーア出版は抗議し、いっぽう『マイ・バトル』のホートン・ミフリン社は告訴した。同時に、スタックポール・サンズ社に対抗する完全版の出版を急ぎ、ニューヨークのレイナル・アンド・ヒッチコック社に出版を託した[13]。この版にはアメリカ人読者のための注釈がつけられ、翻訳は反ナチの大学教授グループ[14]が担当したが、そこには亡命してきたユダヤ系ドイツ人も含まれていた。本の扉には一九三九年一月時点のヨーロッパ地図が描かれ、その真ん中にはドイツが、大きな黒いしみとなって不気味な姿をあらわしていた。

出版上の対立は続いていたが、売上げはうなぎ登りだった（レイナル・アンド・ヒッチコック社版は出版から一か月で三万部）。一九三九年六月、法廷はホートン・ミフリン社に有利な判決をくだした。スタックポール社側は、著者であるヒトラーがドイツ国籍をもたず、したがってフランツ・エーア出版の著作権を要求することはできないと反論していた。戦争によってこの混迷状態にもけりがつき、あらたな翻訳書もあらわれた。[15] 一九四三年には、ホートン・ミフリン社が出版した版が五万三〇〇〇部売れたと『ニューヨーク・タイムズ』が伝えている。

大戦中のアメリカで、『わが闘争』は驚くべきエピソードを経験している。一九四三年には、アメリカの黒人に入隊をすすめる宣伝映画がさかんに上映されていた（『*The Negro Soldier*』）。教会のミサでは、黒人牧師が説教壇にのぼり、ドイツの『わが闘争』（ヒトラーの肖像がある版）を見せた。彼の前にいたのは中産階級の黒人信者たちと、すでに入隊した者たちだった。「すべてを読むつもりはありませんが、この本のいくつかの内容はあなたたちの興味をひくことでしょう。引用します。『時々グラフ誌で、あちらこちらではじめて黒人が弁護士、教師、そのうえ牧師やそればかりでなくりっぱなテナー歌手やそういったものになったなどと出ている。堕落したアメリカでは、ここではほんとうにすべての理性に反する罪であり、生まれつきなかばサルのようなものを長い間調教して、弁護士にしあげたと信ずることが、犯罪者的荒唐無稽なことだとは思われていない』（『わが闘争』、前掲書下八二ページ）」。だがそのアメリカ黒人が兵士になると、兵站業務をもっぱらおこなう人種隔離部隊[16]（*segregated corps*）に編入された。黒人に武器を取らせることなど考えられなかったからだ（戦争末期にはまれに武器を取ることもあったが、いぜんとして人種差別されていた）。前線での人種差別は輸血にまでおよび、黒人の血と白人の血は慎重に区別されていた。

『わが闘争』は、ソヴィエト連邦では一九三三年に翻訳されたが、スターリンと党幹部用に数十部しか印刷されなかった。翻訳者はほかならぬレーニンの側近、グリゴリー・ジノヴィエフである。コミンテルン議長をつとめたが、その当時はトロツキーに協力したという理由でカザフスタンに追放されていた。彼はおそらくこの翻訳によって復権を期待していたのかもしれないが、訴追を免れることはなく、一九三六年に処刑された。

側近たちがヴォイド（言葉の本来の意味は指導者）と呼ぶスターリンがドイツの政策変更を知るのに、『わが闘争』は不要だった。ヒトラーと違ってとてつもなく勤勉だった彼が、手紙や報告書や書類に青と赤の色鉛筆で隅々まで書き込みをしていたことはよく知られている（死刑執行を定められた者たちのリストには「ザ」（賛成）と書かれた）[17]。書架の数多くの本にも書き込みがあった。伝記作家ドミトリー・ヴォルコゴーノフは、一九九〇年代にスターリンの蔵書を調べているが、そのなかには『わが闘争』の翻訳書もあり、ソヴィエト連邦に関連する箇所にはすべて下線が引かれていた。たとえば次のような箇所である。「われわれはヨーロッパの南方および西方に向かう永遠のゲルマン人の移動をストップして、東方の土地に視線を向ける。（中略）だが、われわれが今日ヨーロッパで新しい領土について語る場合、第一にただロシアとそれに従属する周辺国家が思いつかれるに過ぎない」[18]（『わが闘争』、前掲書下三五八ページ）。

「赤い皇帝」の書架には『わが闘争』と並んで、一九三二年に出版されたコンラート・ハイデンの著書『国家社会主義の歴史――思想の軌跡 *Geschichte des Nationalsozialismus. Die Karriere einer Idee*』があった。[19] スターリンは一九二二年、つまり『わが闘争』以前に発せられたヒトラーの演説の言葉に下線を引いていた。「ユダヤ人は人類特有のあらゆる欠陥を示して庶民をいらだたせる。ユダヤ人は金とシニシズムを崇拝し、憐憫の情を知らず、ひどいスノビズムに冒されている。ユダヤ人はじょじょに上流家庭にくわわり、それにつれて彼らの国の指導層はその国民にとってまさによそ者たちばかりとなる」。しかしスターリンが関心をもたずにはいられなかったのはヒトラーが反ユダヤ主義だったからではなかった。スターリン自身も反ユダヤ主義者だったからだ。

ソヴィエト時代を通して『わが闘争』は、反ソヴィエト的とみなされた聖書（一九三一年から）と同じように、[20] 禁書となっていた。ソヴィエト連邦にはすでにその代わりとなるものがあった。つまり『スターリン全集』であり、一三巻もの本は数億冊販売され、『わが闘争』の売上げをはるかに上回っている。

その他にも多くの国で一九三〇年代に『わが闘争』が出版された。スペインでは『ミ・ルーチャ *Mi lucha*』と題され（一九三五年）、またハンガリー（一九三五年）、チェコスロヴァキア（一九三六年、フランツ・エーア出版未承認）、ブルガリア、デンマーク、スウェーデンでも出版された。ヨーロッパを越えてブラジルでは、リオデジャネイロ士官学校のドイツ語教授によって翻訳された。この『ミニャ・ルータ *Minha Luta*』は大成功をおさめ、第三版まで出版されている。中国語版は一九三六年に国家の翻訳機関の主導で刊行されている。日本ではある大学教員が一九三一年から、一九三八年に出版予定で翻訳作業を進めていた。だが一九三八年一一月に『タイムズ』紙が、「公式検閲官たちがこれに反対している」ことを発表した。ヒトラーの意図が誤って解釈されかねないから（！）というのがその理由である。

アラブ世界での『わが闘争』の翻訳は、例外的なケースとなっている。一九二九年の嘆きの壁での暴動事件以降パレスティナ問題が激化し、ユダヤ人とアラブ人のコミュニティーが敵対していたからである。イギリス委任統治領パレスティナのヘブロンでは、ユダヤ人たちが虐殺された。一九三〇年代はじめには、『わが闘争』から反ユダヤ主義の部分を抜き出した抄訳が、イラクの新聞『アル＝アリム・アル＝アラビ』（『アラブ世界』）に連載された。これを主導したのは、エルサレムの大ムフティーであるアミーン・フサイニーで、一九三六年から一九三九年にかけてパレスティナで巻き起こった「アラブの大蜂起」の指導者でもあった。そしてこの新聞社を運営していたのはドイツの駐バグダッド大使、フリッツ・グロッバにほかならなかった。グロッバは完訳版を発行する計画を積極的に支持したが、ベルリンはここでも他の国と同様に最小限の翻訳を希望し、結局は「フューラーの著書」を変更することになる翻案をいっさい拒否した。アラブ世界の感情を考慮すると、反ユダヤ主義はともかく、アーリア人至上主義については表現を和らげるべきだっただろう。ヒトラーは本の中でアラブについてもイスラムについても語っていないとはいえ、さまざまな計画は暗礁に乗り上げて頓挫することになる(とはいえ今日にいたるまで、『わが闘争』とイスラム世界とのいわゆる特権的関係についての記述がなされていないというわけではない)[21]。

一九三七年にカイロで出版された訳本など、その他の翻訳書は出版を拒否されているが、ナチのプロパガンダが受け継がれていることに変わりはない。とはいえ、何人ものアラブ知識人たちが『わが闘争』に引き込まれることなく、はっきりとした例を挙げているわけではないが、「アーリア人」優位の主張がアラブ民族と入れ替わることはほぼあり得ないと結論づけていることは注目に値する。ある批評家は、ヒトラーの本は排外主義(!)だとしている。

『わが闘争』の出版は戦時中は少なくなった(一九四一年はじめにフィンランド、一九四四年に日本の同盟国タイで出版されている)。『わが闘争』で予言されていることが戦争によって現実のものとなっているので、もう読まなくてもわかるからである。

第九章　『わが闘争』はニュルンベルク裁判で言及されたのか

第二次世界大戦が終わったが、第三帝国と日本に対する勝利はけっして明るいものではなかった。中国での死者数[1]を含めると総死者数はおそらく六三〇〇万人にのぼり、戦争史上はじめて軍人より民間人の死者数が上回り、人類史上最大の集団移住[2]、数え切れないほどの破壊、原子爆弾、「第二次世界大戦史の細部」[3]と呼ぶことのできないガス室があった。それどころかガス室は、この戦争を従来の国家間の紛争を超越した、イデオロギー的、全面的で、大量虐殺をともなう戦争にした重要な要素なのである。虐殺されたユダヤ人の数は、ポーランドで三〇〇万人、ウクライナで八〇万人、ハンガリーで四五万人、ルーマニアで三四万人、ベラルーシで二四万五〇〇〇人、バルト諸国で二二万八〇〇〇人、ドイツとオーストリアで二一万人（ユダヤ人の九〇パーセント）とされ、全体では五〇〇万から六〇〇万人になる。

ガス室（別の「劣等人種」ジプシーや、政治犯も皆殺しにされた）を、ヒトラーひとりの責任に帰すること、ひとりの男の狂気（カーショーのいう「傲慢」という意味で）のせいにすることはもちろんできない。だがヒムラーやハイドリヒ、ゲッベルス、ゲーリング、ボルマンのような人物が、ヒトラーなしで生まれただろうか。イアン・カーショーは、ヒトラーがいなければユダヤ人の「最終的解決」は考えられなかったとみている[4]（少なくともこれについては議論がある）。一九四四年初夏、第三帝国の敗戦の色が濃くなってきたころ、ヒトラーは、それまでハンガリー政府によって見逃されていた同国のユダヤ人の強制移送を、絶対的優先事項とした。しかし当時のドイツでは、とくに鉄道をはじめとする輸送体制がかつてないほど疲弊していたのである。六週間のあいだに四五万人のユダヤ人がアウシュヴィッツに運ばれ、すぐにガス室に送られた。ハンガリー王国摂政ホルティが強制移送を見合わせようとしたとき、ヒトラーは辛らつな失望の言葉を彼に投げかけている。

たしかに「最終的解決」もガス室も、『わが闘争』には書かれていない。とはいえ、国民全体のバイブルとなった本から、自殺直前に書き取らせた政治的遺言まで、ヒトラーがこうした憎悪の実践をナチのイデオロギーと戦争の要としていたことに変わりはない。

勝利した連合国側は、この戦争の特異な体質を一掃しようと一九四五年一一月一四日にニュルンベルク裁判を開いた。一〇か月にわたって四〇三の公判が開かれる異例の裁判だった。すでに国際法にある戦争犯罪を裁くだけでなく、人道に対する罪がはじめて取り上げられた。これはあらたな法律を定めて、「一切の一般人民に対してなされた殺戮、殲滅、奴隷的虐使、追放その他の非人道的行為、または政治的、人種的もしくは宗教的理由にもとづく迫害行為」を裁こうとするものである。

主要裁判（さらに一二回ニュルンベルクで開かれる）の被告人は第三帝国の指導者たちで、少なくともまだ存命の者たちだった。ニュルンベルクで裁かれたのはドイツ国民ではなかった。とはいえアメリカ大統領に就任したばかりのトルーマンは、戦前に救世軍のエヴァンジェリン・ブースに次のような手紙を書いている。「われわれはドイツ国民に厳しい戒めを与えるつらい義務を負っている。ドイツ国民は考えをあらため、文明化した平和な国家の仲間にふたたび復帰しなければならない」。集団責任という概念は異論の余地があるが、そこからまだ離れてはいないのである。

主席検事ロバート・ジャクソンは、一九四一年からアメリカの最高裁判所判事をつとめていた人物で、この裁判の中心人物である。彼がトルーマン大統領に説明しているように、この裁判は「侵略に駆り立てるために立てられた総合計画の歴史的説明と、世界を憤慨させた残虐行為の記録となるはずである。ナチが大胆にみずからの計画を主張していたとき、それがあまりにも法外なものであったがために世界はそれを深刻に受け止めなかったということを忘れてはならない」。開廷の言葉のなかで彼はこうも言っている。「この裁判の重要な点は、この勾留者たちが不気味な影響力を示していることにある。彼らが土に還ったあと、その影響力は世界から隠れてずっと保たれることになるかもしれない。彼らが人種的憎悪やテロリズム、暴力や傲慢さ、権力の残虐さの生ける象徴であることを示すつもりである」

協議された計画、謀議、平和に対する罪、戦争犯罪の告訴箇条に続いて、一九四六年一月三日に着手されたジェノサイドの罪が取り上げられた。一月七日、イギリス人検事代理フレデリック・エルウィン＝ジョーンズは、被告尋問前に説明をした。彼は三七歳で、一九四五年七月の選挙後に労働党代議士となった弁護士である。「ここにいる被告人たちの信条表明となった文書に注目していただくことが私の義務だと思います。『わが闘争』のことをお話したいのです。この本は裁判で考慮に入れられるべきだと思います。（中略）なぜならこの本、『わが闘争』は被告たちに、ナチ指導部の不法な意図を広く知らせていたからです。（中略）『わが闘争』はナチの侵略の基本計画とみなすことができます。その文面そのものや内容が、起訴の申し立てを裏づけているのです。すなわちナチの侵略政策は、ヨーロッパと世界の政治情勢がもたらした単なる偶発事ではなかったということです。（中略）被告人たちは、『わが闘争』の思想や教説や政策を、ドイツ国民の、そしてとくに影響されやすい青少年たちの信条・行動原理にするという確固たる目的をもっていました。（中略）被告人とその共犯者たちを介して、この本は同世代の人々を毒し、すべての人々の思考を狂わせました。（中略）この間、一〇年ものあいだ、スラヴ人は劣等人種である、ユダヤ人は人間以下であると説き続ければ、そうした数百万人もの人々を殺すのをまったく当然のことと考えてしまうというのは論理的に起こりうることです。『わが闘争』はアウシュヴィッツの焼却炉やマイダネクのガス室に直接つながっていたのです」

エルウィン＝ジョーンズは一九三〇年代に何度かドイツに滞在したことがあり、ドイツの事情にも通じていた。彼は「『わが闘争』の掟」と呼ぶものを、本を引用しながら長い時間をかけて詳細に挙げていった。国際関係における武力の使用、生存に不可欠とされた全面的な征服戦争、ナチの外交政策となったことが明確に表明されていること、人種のことなどである（そして、ヒトラーのその後の演説のほとんどは、『わが闘争』の常套句にすぎないと主張した）。「したがって、私が主張したいのは、この法廷で審理された数々の証拠以上に、『わが闘争』はナチス・ドイツが他の国に対して行使した手段との一致を示しているということです。そしてヒトラーとその共犯者たち、この被告人たちは侵略戦争を企て、権力を握ると同時に、というよりそのずっと前からそれに備えていたのです。『わが闘争』は、戦争前に危険にさらされていた者たちが残念ながらそうしたように、無関心に扱うべき作文などではありません。そうではなく無分別で過激な暴力信仰の表明であり、ナチ党員にはヨーロッパや全世界を支配する力があると錯覚させるものでした。このたびの戦争での、何百万人もの男女や子どもたちの流血と不幸によって、それが証明されたのです。私が訴えたいのは、ここで裁かれているナチ共犯者たちが、『わが闘争』が推奨する弱肉強食の論理を受け入れ、広めることによって、計画的にわれわれの文明を戦争という地獄へ追いやったということです」

『わが闘争』はニュルンベルク裁判のあいだに何度も取り上げられたが、被告人たちは何かというと総統への服従の原則を盾に取った。『わが闘争』をナチズムのバイブルとたたえていたゲーリングは、この本がナチ党の計画書ではなく、「一般的な本」にすぎないと言うのだった。しかしシャハトは『わが闘争』を非難した[6]。「この本はひどいドイツ語で書かれたものであり、無教養な狂信者のプロパガンダの書である」。一九四四年七月にヒトラー暗殺未遂事件にかかわったとして逮捕されたことのあるシャハトは、自分はヒトラーの計画が実現不可能だと思っていたので、彼の本を信用していなかったとつけくわえた。いっぽう、下劣な週刊紙『デア・シュテュルマー』を発行していた熱狂的反ユダヤ主義者シュトライヒャーは、こう述べている。「私の新聞のせいでナチ党員がヒトラーの命令に従うことになったとは思っていない。ヒトラーの本、『わが闘争』が存在していた。あの本の内容が規範となっていた。精神的規範となったのだ」

　こうしてニュルンベルク裁判で問題とされた『わが闘争』は、ドイツの非ナチ化政策の筆頭に挙げられた。一九四五年一〇月に開かれた連合国の会議で、『わが闘争』はドイツでの販売と流通を禁止された。その一か月後、ベルリンで「禁書リスト」が発表され、一九四六年五月一三日に連合国管理理事会によって追認された。ナチのすべての出版物および大戦中にあふれていた戦争文学は禁止された。

すでに述べたように、このときに『わが闘争』の著作権がバイエルン州に託され、新たな流通を防ぐ役割を果たすことになった。公共図書館にある本が廃棄されることはなかったが、閲覧は研究者に限定され、ドイツ人がギフトカマー（「毒の部屋」）と呼ぶ禁書保管庫に注意深くしまい込まれた。[7]

アメリカは非ナチ化を宣伝するための短編映画を制作した。廃墟と化したミュンヘンで、『わが闘争』の金版《かなばん》［箔押し等に使う凸版］をおごそかに溶かすという演出だった。金版はバイエルン州で最初のリベラルな新聞を印刷するのに使われることになる。[8] ドイツ人たちは、家庭にふさわしくないものとなった一二〇〇万冊の『わが闘争』を処分した。ドイツ国民のバイブルはたちまち、呪われたいかがわしい本となった。アントワーヌ・ヴィトキーヌは『ヒトラー《わが闘争》がたどった数奇な運命』のなかで、オルデンブルク大学の歴史学者オラフ・シモンズの証言を取り上げている。彼の祖母は、連合軍が自分の住む村にやってくる数日前に、結婚祝いで贈られた『わが闘争』を油紙にていねいに包んで庭に埋めたという。孫のオラフは、当然のことながらこの奇妙な行動に驚いて、なぜ単純に燃やさなかったのか尋ねた。「たぶん大事なものだと思ったんだよ」[9]。オラフ・シモンズは、調査をしたあと、多くの家庭で『わが闘争』が破棄されるのではなく隠されていたことを明らかにした。「これを捨てるべきか取っておくべきか皆わからなかった。なぜならこの本はかなり特殊で厄介な本だという気がしたからだ。それはまさに厄介なものに対してすることだった。捨てることはせず、隠してひそかに保管していたのである」

一二年間ドイツ国民のバイブルとして称賛され続けた本を捨てるのはそう簡単なことではなく、少しずつ盛られた毒物の影響からすぐに立ち直れるわけでもなかった。そう考えると、戦争が終わった直後、ドイツ人に『わが闘争』をもっているかと聞くのは無意味なことだった。もちろん彼らはもっていないと答えたし、それはたいていの場合事実だった。たとえこの本を読んだことがあって、賛同さえしていたとしても（それはまた別の問題である）、多くの人命が失われ、町が廃墟となっているときに「読んだ」と答えるだろうか。そう質問してくるドイツ人ではない軍人やジャーナリストに対して、彼らはすでに非難される立場にあったのではないだろうか。それでなくても、未曾有の大惨事となった過去の記憶を呼び覚ましたくなかったのである。

「『わが闘争』を読みましたか」という質問は、結局見かけだけのものにすぎない。オーストリアの歴史学者オットマール・プロキンガーは、公立図書館の利用頻度を指標に用いて、一九三三年、一九三八年、一九三九年がこの本の貸し出しのピークだったと結論づけているが、よく考えてみればなんの証明にもならない。たしかに図書館から本を借りるのは読むためであって所有するためではないが、それはこの本が当時書店でもよく売れていて広告も打たれていたことと相関関係にある。ナチの信条に共鳴したというより、好奇心から関心をもたれていたのではないだろうか。さらにこれは、第三帝国の全国民が『わが闘争』を自宅で所有していたわけではないことの証明でもある。

ドイツ人をすべてナチとみなし、このような「微妙な問題」には関心のなかったソ連とは違って、アメリカ占領軍政府は非ナチ化の問題に積極的に取り組んだ。一九四六年には『わが闘争』によって広められていた思想について、書名をはっきりとは出さずにアンケート調査をおこなった。もちろん、この調査は答えを誘導するような問いかけになっていたので大きな意味をなさないが、ドイツ人が優等人種であるという考えはまだ優勢であり、反ユダヤ主義者も、少数ではあるがまったく消滅したわけではないことが明らかになった。『わが闘争』の毒は魔法のように消えてなくなるわけではない。

非ナチ化の方針そのものに滑稽なほどのいきすぎもあったことから、それにうんざりしたドイツ人にはしばしば無意味なことと思われていた。たとえば一九四六年から一九四八年にかけて占領軍政府によるアンケート調査が実施され、ドイツ人はみな、現実離れした問いも含めた一三一項目に答えなければならなかったのである。[10] しかし瓦礫のなかにあっても、ベルリンの人々がユーモアを失うことはなかった。ヒトラーは死んでいないかもしれない。南アメリカに逃げて、新たな本を執筆しているのだ。『わが過ち』という本を……。

第一〇章　『わが闘争』は今日までどのように扱われたのか

戦後は『わが闘争』が忘れ去られるようにと、あらゆる努力が払われた。ナチズムのバイブルはナチズムそのものとともに、そしてとくにヒトラーの第二の祖国ドイツから消えるべきではないのか。連合国によるドイツ占領のあと、この本を放逐することは、一九四九年に成立した西ドイツでも、ましてやソヴィエトのレプリカである東ドイツでも当然のこととされていた。あまりにも当然のことなので、西ドイツでは特別な法律が可決されることもなく、法的なあいまいさが残っていた。ただし例の著作権問題は、それ以後バイエルン州が注意深く監視した。一九五〇年代には『わが闘争』は古書店でしか見られなくなり、店頭販売は法律上の規制ではないにしても、事実上禁じられていた。一九六〇年には「専門家の正当な利益」のためにベルリン書店組合が結成されていたが、販売が明らかに学術的な読者の範囲を超えているときには、警察による押収がおこなわれることもあった。あるベルリンの古書店は一九七六年に、戦前に出版された『わが闘争』を一五〇冊まとめて販売したとして、高額の罰金を支払うよう命じられている。
この本の新たな読者がすべてナチズムに郷愁を抱いているというわけではない。とくに戦後数十年間は、そういう読者はごく少数だった。ではどんな人たちが買っていたのか。実のところ虚勢をはってみたり、あるいは好奇心から手に取ってみたりする者たちがほとんどだった。その後、年月とともにこの禁書が希少になるにつれて、関心が高まってきた。いずれにしてもバイエルン州が目を光らせていて、『わが闘争』の引用が多すぎる著作も禁じていたのである。[1]
ドイツの連邦裁判所は一九七九年にこの本の法的規定を定めている。販売は禁止とされたが、学術的な目的で注釈をつけた抜粋書の出版は認められた。戦前の版を所有することと、それを古書店で販売することは容認された。それは「ドイツ国憲法が制定される前の出版物であり、その内容がその後制定された民主憲法に照らして相いれないものとすることはできない」というなんとももっともらしい理由からだった。ドイツ人歴史学者カール・ディートリヒ・ブラッハー[2]は、『わが闘争』は民主主義を直接脅かすものだとして、この容認に憤慨した。全体主義に反対する者はみなこの本の販売に反対する行動を起こすべきだというのが彼の主張である。ドイツ労働総同盟（組合員数は六〇〇万人）も、連邦裁判所は「ナチ思想がふたたびあらわれるあらゆる可能性」を断ち切るというこの本の禁止理由をじゅうぶんに考慮していないとして、遺憾の意を表明した。バイエルン州知事も、民主的なドイツを危険にさらす『わが闘争』は、戦前か戦後かによって区別されるべきものではないと表明した。

　議論はおさまることがなかった。反ナチ運動家で、一九三七年から一九四五年まで強制収容所に入れられていたマルティン・ニーメラーは反対に、『わが闘争』がナチズムを知るために欠かせないものであり、「とまどって遠ざけるより、これを最後としてしっかり議論する」[3]べきだと主張した。当時はこのような見解は少数派で、危険なものとみなされた。マルティン・ニーメラーでなければ、このような見解の主張はメディアの激しい非難を受けたに違いない。当面は、正当な理由のためであっても、禁令に背いた者は罰せられることになる。劇場やナイトクラブでは『わが闘争』にかんする上演は禁止されていたが、嘲弄するような演出はおこなわれていた。劇作家ベルトルト・ブレヒトが設立した劇団、ベルリーナー・アンサンブルの俳優で演出家のエッケハルト・シャールが、一九九八年におこなった演出もそうしたものだった。彼は『わが闘争』の罵倒語と太鼓の音を組み合わせて、皮肉をこめた啓蒙のためのCDを作成した。バイエルン州政府は告訴し、販売を禁じた。二〇〇一年には、コメディアンのセルダル・ソムンジュが、ワンマンショーで『わが闘争』の一節を朗読したとして尋問を受けた。当局はこのときは告訴を断念したが、ドイツの左翼系週刊紙『ジャングル・ワールド』は、セルダル・ソムンジュがトルコ移民であることから、必然的に「ファシズムに免疫がある」とみなされ、寛大な措置がとられたのではないかと（大まじめに）書いている。

アントワーヌ・ヴィトキーヌは「ドイツの亡霊」について語る。「公の場で禁止されているにもかかわらず、『わが闘争』はたえずあらわれて、ドイツを不安にさせる」のだと彼は解説している。祖母が『わが闘争』を庭に埋めたというエピソードを語った若い大学教授オラフ・シモンズは、二〇〇六年に、自分の講義のためにこの本をコピーした（ドイツの大学ではよくおこなわれている）としてバイエルン州当局から告訴の勧告を受けた。二〇〇四年にドイツの主要週刊誌『シュテルン』（購読者一〇〇万人）がおこなったアンケートでは、ドイツ人の五二パーセントが依然としてこの本の発売禁止に賛成していることが明らかになった。

アントワーヌ・ヴィトキーヌは、ドキュメンタリー番組「『わが闘争』――すべてはそこに書かれていた」のなかで、この本の流通をこれほど厳格に管理しているバイエルン州の、謎のベールに包まれた当局者たちへのインタビューにこぎつけることができた。管理を担当しているのは財務省である（告訴を受け入れる司法省ではない）。担当責任者のベルント・シュライバーはまず、『わが闘争』にかかわる許可申請はすべて彼を通しておこなわれ、彼の職務は大学の論文テーマの調査にまでおよぶことを説明した。「この本を批判する内容になっているかを確かめるために、論文を詳細に調べます。濫用がないことを確認するために論文のコピーを提出してもらっています」。ディレクターであるヴィトキーヌが、どんな濫用を確認するるのかと尋ねると、彼はこう答えた。「たとえば、注釈をつけずに長々と引用していないかどうか、そしてもちろん、全文を再録していないかどうか、ということです」。このインタビューは二〇〇七年、アルテ制作のドキュメンタリーが放送される数か月前のことである。著作権の消滅（二〇一六年）は間近に迫っているとも、まだ先ともいえる時期だったので、この政府高官にとって手をゆるめることなど問題外だった。「『わが闘争』を禁じることは恒久的な義務です。日常的な義務でもあります。わたしたちはできる限り長く続けていきます。ただし、一九四五年にすでに存在していて合法的に販売されていた版を読むことについては、私たちが禁じることはできません」

彼は明らかに困惑していたが、それははじめてカメラを前にしたせいだけではなかった。ヴィトキーヌが彼に、『わが闘争』はドイツにとって脅威だと考えているかと尋ねると、彼は撮影を中断するよう求めた。広報担当官と打ち合わせをしたあと、ようやく問いに答えた。「この本は公共図書館に置かれています。つまり誰でも手に取ることができます。しかし再版は断固禁止します。この本はそれ自体が有害なものであり、とくに注釈なしで出回るのは危険です」。バイエルン州政府はもしこの本が出版されればドイツ人たちがそれを読んで感化されると危惧しているのか、と尋ねられると、彼は躊躇してふたたび広報担当官の方を見てから答えた。「そういうことを危惧しているのではありません。それが問題なのではありません。そうではなく、われわれが禁じているのは配慮からで……」。そしてふたたび中断があった。「われわれが再版を禁じているのは、国家社会主義の犠牲者たちへの配慮からであり、こうした方々からの反発を考慮してのことです。ことに怒りを買うことのないようにということです」。『わが闘争』の管理人である彼は明らかにユダヤ人のことを念頭に置いていた。広報担当官にオフレコで「六〇〇万人の犠牲者」というべきか確認していたからだ。

ドイツの不安の種である『わが闘争』。政治学者ペーター・ライヒェル[4]はこう語っている。「ヒトラーは悪魔のようにドイツを襲ったわけではない。三世代前にはこの人物が人望を集めていたという事実を、ドイツ社会は今日まで語ることも、理解することも、受け入れることもできずにいる。そのせいでヒトラーの本は今もタブーとされているのだ[5]」。二〇一六年まであと九年と迫っても、『わが闘争』を禁止することに反対を表明する者はほとんどいなかったが、マルティン・ニーメラーにとってそうであるように、それには意外な意味がある。ドイツの作家で政治学者でもあるラファエル・セリグマン教授は、一九四七年生まれのユダヤ人である。彼の親族は強制収容所で殺害されている。『ドイツからのユダヤ人の声 *Jewish Voice from Germany*』紙の創刊者である彼は、『わが闘争』の禁止に対して抗議を表明している。「まったくばかげている。『わが闘争』が禁止されていないと、ドイツ人たちが、あたかも中学生が規則破りをしてみたくて煙草を買うようにこの本を買って、ベストセラーの番付に載ってしまうのではないかと恐れているのだ。世界中から『ドイツ人はまたナチになった』と非難されるのを恐れているのだ。犠牲者への配慮などではない。ドイツが恐れているということだ」[6]。ラファエル・セリグマンはさらにこうもいっている。「分別ある一般市民が『わが闘争』によって感化されるとは思わない。われわれは自由に生きている。民主主義は六〇年前から機能し続けている。バイエルン州の言い分は、ドイツの人々がまだ未熟で信用できないということになる。心配しなくてもドイツ人はじゅうぶん分別をわきまえている」

そして二〇一六年一月になり、ドイツで『《わが闘争》批判的注釈版[7] *Hitler, Mein Kampf. Eine kritische Edition*』が、堂々たる二巻本として出版された。『わが闘争』の全文に長い序章と三七〇〇の注釈と論考がついて、全部で一九四八ページにおよぶ。出版に携わった歴史家たちも驚いたことに、高額な本にもかかわらず(五九ユーロ)初版四〇〇〇部がすぐに売り切れになってしまった。その後数か月のあいだに二版を重ねて、二万九〇〇〇部が出版された[8]。

論争はますます激しくなった。『わが闘争』学術版のための三年間の作業を終えた、ミュンヘン現代史研究所の五六歳の歴史学者、クリスティアン・ハルトマンはこう打ち明ける。「私の心を占めているのは羞恥心です。『わが闘争』にかかわった三年間を総括するとそういうことになります。詩人や思想家を輩出し、理性があるとされていたドイツ国民のような人々が、こんな男の罠にかかってしまったという事実が、私の羞恥心をかきたてたのです。それ以外にいいようがありません」[9]。とはいえミュンヘン現代史研究所長アンドレアス・ヴィルシングは、この学術版が「神話破壊」になくてはならないものだったのだと主張する。

反対に、ドイツ・ユダヤ人中央評議会の元会長で、世界ユダヤ人評議会副会長のシャルロッテ・クノーブロッホは、新たな『わが闘争』の出版が反ユダヤ主義的な極右思想をかきたてる恐れがあるとみている。彼女によれば、一部のドイツ人は「ヒトラーの言葉をふたたび真に受けてしまうかもしれない」。そうでなくても、「『わが闘争』がまた本屋の店先に並んでいるのを見る」[10]ことなど彼女には考えられないのだ。しかし書店側はこの本を店頭に置かないようじゅうぶん注意している。ドイツの二大書店チェーンは、この本を書棚に並べることはしないが、注文を拒否することはないと発表している。ベルリンにあるフランス系書店ザディグの経営者パトリック・シュエルは、「ドイツ人が自国の歴史を引き受け、この本と向き合うのはしごく当然のことだと思います」と語る。「ここベルリンでは書店も二の足を踏んでいて、『わが闘争』を書棚に置くことには消極的です。店頭で見たことは一度もありません。有害な広告もありません。むしろ私が心配なのはむしろフランスです[11]」

戦後、フランス語版『わが闘争』はヌーヴェル・エディシオン・ラティーヌ版のものだけになっていた。一九三九年（出版年も推測である）の謎の版はほとんど流通することなく、いつのまにか姿を消した。ソルロは活動を再開したかったのだが、フランス解放の際に二〇年の市民権喪失を宣告されていた。彼の行為が清廉潔白な意図のもとでなされたものだったと判事に認めてもらえなかったためである。彼は裁判で、レジスタンスのために『わが闘争』を二〇〇〇部ソルロに注文したという、レジスタンス活動家アンリ・ダスティエ・ド・ラ・ヴィジュリの証言を示した。検察官は、「ソルロの愛国心は本人が主張しているほど堅固なものではない。彼は何よりもまず、膨大な発行部数で大きな利益をもたらすような本を追い求めていたのだ」と非難した。彼の出版社は差し押さえられ、財産は没収された。

フランスでの対独協力者の追放は迅速におこなわれ、比較的軽度なものだったので、ソルロはまもなくNELを取り戻し、とくに極右思想の本を出版した。一九六七年には、ホロコースト否認論者のポール・ラシニエの著書『第二次世界大戦の責任者[12] *Les Responsables de la Seconde Guerre mondiale*』をNELから出版している。きな臭い出版者はもはや二股をかけることはできなかった。「かつてのように反ナチであり反ユダヤでもあるということはもはやあり得ないのである[13]」。彼が一九五二年に再出版した『わが闘争』は、最初のうちはひそかに販売されていたが、アシェット社が書店への本の配給を引き受けてからは公然と販売されるようになった。この本はアフリカのフランス語圏でも販売されている。

一九三四年の翻訳版は依然として発禁となっていたのだが、ふたたびフランスでユダヤ人排斥運動が盛んになった一九七〇年代末まで、誰も問題にしなかった。一九七八年一〇月二八日、ヴィシー政権でユダヤ人問題担当長官だったルイ・ダルキエ・ド・ペルポワは、亡命先のスペインで『エクスプレス』誌のインタビューを受け、こう「打ち明けた」。「アウシュヴィッツで本当は何があったか教えよう。ガス室で殺した。そうだ、その通りだ。だがガス室で殺したのはシラミだったのだよ」。この許しがたい発言で、ホロコーストを否定する否認主義[14]が問題となった（同時に否認主義が広く知られることにもなった）。

このような状況のなかでＬＩＣＲＡ[15]は、『わが闘争』は「特定の人種、とくにユダヤ人に対する差別や憎悪や暴力へと扇動するもの」だと主張して、ヌーヴェル・エディシオン・ラティーヌを告訴した。かつて『わが闘争』の出版を可能にしたＬＩＣＡの後継団体が、今度はその存在を告発するというのは皮肉なことに思われるが、これも歴史的状況が変わったということだ。とはいえ、歴史学者でＬＩＣＲＡのメンバーであり、当時この件を担当していたリタ・タルマンがのちに主張している論拠が、納得のいくものかどうかは疑わしい。「この本をとりまくセンセーショナリズムにけりをつけるということです」。一九七八年にパリ大審裁判所第一号法廷で開かれた裁判で起こったことは、まさにその逆をいくものだった。

ＬＩＣＲＡ側弁護団のロベール・バダンテールは、ソルロに対する罰金にくわえて、一九三四年版の『わが闘争』の発禁を要求した。この本は注意書きも歴史的解釈もなしにそのまま出版され、しかも国立図書館への法廷納本もおこなわれていないと非難したのである。ソルロは、ナチズムの危険性を暴くためだという説を繰り返し、「卑劣で非常識」なこの本をそのまま出版する必要性を主張したが無駄だった。ソルロは高額の罰金刑（八万フラン）を科せられ、すべての新版に、人権擁護団体が作成する注意書きを挟み込むことを義務づけられた。これにより、出版が禁じられている『シオンの賢人の議定書』とは違い、『わが闘争』は違法図書ではなくなり、条件付きで出版を認められたのである。これはＬＩＣＲＡが本当に望んでいたことだろうか。

それ以後、ＮＥＬの新版『わが闘争』には、巻頭に八ページにわたる注意書きが掲載された。まず最初に人種的憎悪をあおることを規制するプレヴァン法[16]についての説明があり、続いて第二次世界大戦中のユダヤ人の大虐殺のことをおもに取り上げ、人種主義や反ユダヤ主義にふたたび陥ることのないよう読者に注意を呼びかけている。ジャーナリストたちはしばしば「反ユダヤ主義の扇動者ヒトラー」と呼んでいる。たしかに『わが闘争』は反ユダヤ主義の妄想に満ちあふれているが、それだけにとどまるものではないことはすでに述べてきたとおりである。ナチズムのバイブルは、われわれの社会の土台にある民主主義のあらゆる原則を、全体主義的に否定するものでもある。注意書きの作成者が、『わが闘争』をすみずみまで検討しようとせずに、もっぱら現在の否定論に反対しようとしたことは明らかである。

いずれにしてもこの裁判は、『わが闘争』のフランス語版についての論争を再燃させた。

一九七八年六月二二日の『ル・コティディアン・ド・パリ』紙には、「『わが闘争』を焚書にするべきか」というタイトルが躍っていた。「口ひげをはやした暴君の影が、昨日の午後、パリ大審裁判所の第一号法廷に長いあいだ漂っていた。それは違法な出版に対する訴訟であったが、オレンジ色の表紙の手触りが柔らかい大きな本にゴシック文字で書かれたタイトルは、人々に不吉な記憶を呼び覚ました。ジェノサイドのためのバイブル、集団的妄想の手引き書、歴史の怪物となった建築画家の狂気の道具である『わが闘争』を焚書にするべきだろうか」

この問いに対する答えはむしろ肯定に傾いている。一九七八年の出版を「正真正銘のスキャンダル」とみなしているウラジミール・ジャンケレヴィッチ[17]に、反ナチ活動家ベアーテ・クラースフェルトは「この本は誰でも読めるようにするべきではなく、歴史家だけが読むべきものだ」と答えている。ジャンケレヴィッチは、「私からすれば『わが闘争』のような本が再刊・販売された背景には、書店を埋め尽くしているポルノグラフィーへの欲求と不健全な願望がある。結局のところ『わが闘争』の読者と不品行な出版物の読者に大きな違いはない。第三帝国をたたえる落書きが目立つのが男子共有便所であるというのは興味深い事実だ。まさにうってつけの場所だ」。また、MRAP[18]代表の人権運動家アルベール・レヴィは、このように述べている。「われわれは国家社会主義の記念物の販売に反対するのと同様に、『わが闘争』の販売に反対する」

一九七八年の判決以降、合法化されたＮＥＬの『わが闘争』は、ヴォージラール通りの小さな書店で日常的にひっそりと販売されていた。ソルロが一九八二年に亡くなると、息子たちが出版社を引き継いだ。フランソワ＝グザヴィエ・ソルロによると、年間販売数は二〇〇冊から五〇〇冊だという。「毎年どこかで話題になったりすると売上げも伸びます。たとえば二〇〇八年にアルテでこの本にかんするドキュメンタリー番組、『《わが闘争》──すべてはそこに書かれていた』が放送されたときは、本の販売数が六〇〇冊になりました」[19]。この数は曖昧であり、おそらくヴォージラール通りだけの数だろう。ドイツに本拠を置くマーケティングリサーチ会社ＧｆＫは、二〇〇八年の総販売数は三二三四冊だったと推計している（紙の本についてだけであり、およそ一〇から一五パーセントを占める電子書籍の販売数をこれにつけ加えなければならない）。しかも推計販売数はコンスタントに増えている。二〇〇九年には四三六〇冊、二〇一一年には五一五五冊、二〇一六年の年度途中で六九四四冊となっている。数年前からこの本が重大局面を迎えていたなかで、しかも三六ユーロという価格にもかかわらず打ち出されているこの数字の意味は大きい。

注意書きのない一九三四年版も販売されている[20]。あらゆる障害を乗り越えて出版されたソルロ版は、ファイヤール社の学術版が出版されるまでは版権を独占しているので、抜粋を掲載しようとする出版社は、（原則として）許可を求め、使用料を支払わなければならない（！）[21]。

フランスで『わが闘争』を買うのはどんな人たちか、という大きな疑問がまだ残っている。すでに一九七八年の裁判で、『ル・コティディアン・ド・パリ』紙の論説記者が、この本を読んでいるのは「歴史的事実を知りたがっているたんなる読書家」ではないと考えていた。フランソワ＝グザヴィエ・ソルロは、販売の六〇パーセントは「学術的」（研究者、学生）なものと推定している。「それから、話題になっているから買うという人たちもいます。でも買ったあと二、三ページ読んでやめてしまいます」[22]。たしかにそういう購入者もいるが、NELの後継者フランソワ＝グザヴィエ・ソルロは、極右や反ユダヤ主義の顧客たちに言及するのを慎重に避けている。こうした顧客たちはナチズムのバイブルを、インスピレーションの源や信念の表明（『わが闘争』は表明するものではない）と考えているのではない。むしろエンブレム、同一の団体に属すことを示す識別標識、黒旗と考えているのである。こうした現象を数値化することはできないが、ほとんど世界中で見られる現象である。

第二次世界大戦後、『わが闘争』の出版は各国で思いがけない経過をたどった。出版されなかった国はほとんどなく、オランダやルクセンブルクのように禁書とされた国はさらに少なかった。スイスは折衷的な対応で他の国の見本となった。法律で禁じることはなかったが、書店で手にとって買うことはできなかったのである。こうしたやり方は、インターネットでの販売にはまったく意味をなさなかった[23]。

スペインやイタリアでは、ムッソリーニが一部の活動家からふたたび脚光を浴びた一九七〇年代に、『わが闘争』が再出版された。それは一時的な現象ではなかった。というのも、二〇一六年六月一一日に右寄りの日刊紙『イル・ジョルナーレ』が、週末号の付録として一九三七年の『わが闘争』注釈付き完訳の復刻版を配ったからである。イタリア首相マッテオ・レンツィはツイッターで現代の風潮を嘆いた。「イタリアの新聞が今日『わが闘争』を配布したことに不快感をおぼえる。ユダヤ人コミュニティーはどう思うだろう。二度とあってはならないことだ」。『イル・ジョルナーレ』紙は、「拒絶するために知る」べき本だという言い古された口実をもちいて反論した。

バイエルン州は二〇一六年まで新たな出版に対抗するために数々の訴訟を起こしてきたが、各国から著作権を認めてもらえないことが多かった。[24] ではなぜ注意深いバイエルン州が、フランスに対しては何の訴訟も起こさなかったのだろう。もし訴訟を起こせば、ヒトラー自身が勝訴した裁判の不都合なエピソードを思い出させることになったのは確かだ。

チェコ共和国では、二〇〇〇年に『わが闘争』が正式に発禁となるまで、かなりの売れ行きを示していた。とはいえ古書店ではまだ売られている。ロシアでも一九九二年に発禁となっている。ロシアでこの本がたどった道のりは複雑だ。ソヴィエト時代はずっと禁止されていたが、ペレストロイカ以降は何種類か出版されている。いずれもジノヴィエフの翻訳によるものである。ウルトラナショナリズムが背景にあったというより、それまで禁止されていたあらゆる分野の著作を出版したいという欲求からであり、ロシアは世界で最も読者の割合が高い国のひとつともなっている。ソヴィエト連邦が解体して誕生した新生国家では、どこでも同じような気持ちからこの本が出版されたのだろう。リトアニアでは一九九一年、ポーランドとルーマニアでは一九九二年に出版されたが、論争がなかったわけではない。

ロシアでは、「過激主義活動対策法」にもとづいて、二〇〇二年七月二五日に『わが闘争』の出版に待ったがかけられ、結局二〇一〇年に禁書リストに入れられることになる[25]。それ以後は研究者だけしか参照できなくなった。しかしロシアでも、他の国々と同じようにインターネットでの販売は防げない。裁判所はこの本をダウンロードさせているサイトを何度か閉鎖させた。ロシア当局はさらに対策を強化している。二〇〇九年にはあるサイトが、この本の詳細な要約を提供したというだけの理由で一時閉鎖を命じられている。ソーシャルネットワークという新たな世界は、警察当局に問題をつきつけている。いずれにしても現代の風潮は、ドイツで計画されたような、批判的注釈をつけた大部の本を出版する方向には向かっていない[26]。

実際のところ、電子版『わが闘争』を避けて通るのは難しい。ＡＢＣニュースによれば、アメリカには現在、六種類の電子版『わが闘争』が存在する。そのいっぽうで英語版の紙の本もよく売れている。アメリカの雑誌『キャビネット』は、『わが闘争』が年間二万部販売されていて、終戦後から現在までの総数は一四〇万部になると伝えている。アメリカ版の出版社は今もホートン・ミフリン社であり、ペーパーバック版もラインナップにくわえている。二〇〇〇年にある雑誌がこのような収益は反道徳的であると問題にしてから、ホートン・ミフリン社は利益を戦争犠牲者に寄付している。

イギリスでは、ジェームス・マーフィーが翻訳したもの（一九三九年）が、ハッチンソン・アンド・コー社から刊行され続けている。ここでもやはり、『わが闘争』が書店を通して販売されることはほとんどなくなり、二〇〇八年に創設されたネット販売サイトでの販売が中心になっている。オンライン書店「フィードブックス」の共同創設者アドリアン・ガルドゥール（その名が示すようにフランス人である）は、「ペーパークラフト」効果について語っている。「街でお酒を飲むことができない国にいるのとちょっと似ています。その国の人たちは酒瓶のまわりにペーパークラフトを置いているんです」。Amazon.co.uk はあらゆる刊行年のあらゆる版の『わが闘争』を九八種類以上提供し、最新刊から戦前の「コレクター商品」まで揃っている。ドイツでは多くの人が二〇一六年発行の学術版を待つことなく、ほとんどが手ごろな値段で買える英語版をアマゾンで注文した。『ガーディアン』紙を信用すれば、この現象は一九九九年にすでにピークに達していて、バイエルン州は何度も苦情を伝えたという。

Amazon.co.uk では、ハッチンソン社は別の出版社と激しい販売競争を演じている。英語版ではあるがインドの会社だ。ムンバイのジャイコ・パブリッシング・ハウスは、「価格破壊」をおこなって『わが闘争』を七ポンド（九ユーロ以下）で販売している。それだけでなくあらゆる英語市場にも進出している。成功に気をよくしたこの出版社は、『わが闘争』のヒンディー語版やいくつかの地方言語版も出版した。二〇一〇年には五五版を数え、七年間で一〇万部を売り上げた。インド版『わが闘争』の商品説明は曖昧だ。「本書は今世紀最大の独裁者について、その政治思想や理念、その動機とドイツを偉大な国家にするための闘いを知ることができるだろう」[27]。とても『わが闘争』を批判しているとは思えない。

インドでのヒンドゥー・ナショナリズムの高まりは、この本に別の評価を与えている。ヒトラーはドイツを大国にし、民族的統一を果たした人物とみなされているのである。一九二五年に設立され、今では強力な組織となっているRSS[28]は、みずからを「ヒンドゥー・ナショナリスト集団」と呼んでいる。インド独立以来、何度も活動を禁止されたが、「アーリア系」インド人の人種的優位のためにほとんど軍事的な闘いをしている。「優位人種」がいれば「劣等人種」がいる。過激なヒンドゥー主義にとって、忌み嫌うべき人種はユダヤ人ではなく、国内（一四パーセントを占める）や隣接諸国（『わが闘争』が最もよく売れているのはパキスタン国境地帯のグジャラート州である）のイスラム教徒である。インドの有力紙『インディアン・エクスプレス』が載せたヒトラーの本についての曖昧な記事に対して、ある購読者はヒトラーが「標的をまちがえていた。もし世界からイスラム教徒を追い払っていたら、世界はもっと住みやすくなっていただろう」[29]と書いている。

「『わが闘争』が伝えている普遍的、永遠不変の思想のひとつはウルトラナショナリズムだ。ウルトラナショナリズムの原則は、民族と社会の（神話的）統一、民族的純粋性、他者（外国人、少数集団、対抗者）の排除、力の賛美にある。軍事的、地政学的な屈辱に将来の復讐を誓い、価値を失い堕落したまわりの世界に対して妄想をふくらませ、神話化された伝統に頼って近代性を拒否するのがウルトラナショナリズムなのである。インドのナショナリズム信奉者のように、こうした思想に共感する者は、『わが闘争』を愛読書に選ぶのだ[30]」

オリヴィエ・ポステル＝ヴィネーは、インドで『わが闘争』が読まれていることについて、別の解釈をしている。[31]とはいえそれはウルトラナショナリズムと結びつける解釈を否定するものではない。彼は、「たとえ自分の信条とまったくかかわりのない人物であっても、有名人の写真をもつのが好きな」インド人の「偶像愛好」があるという。「ヒトラー」は、チェーン店の名称にさえなっているというのだ（！）。ニューデリーのあるジャーナリストは、「『わが闘争』を買うインド人のほとんどは中身を読んでいない。本の持主はヒトラーという人物にひかれ、それを客間に飾っているのだ」と説明する。オリヴィエ・ポステル＝ヴィネーはこうも言っている。「『わが闘争』はあまりにも悪趣味だ！」

このような方向に進めば、『わが闘争』にも未来が開けているというわけだ。モンゴルでもこの本が翻訳されている。日本がこの本をどう位置づけているかを読み取るのはむずかしい。一九三九年から縮約版は存在していた。戦後も書店で買うことができたが、とくに大きな関心をひくこともなかった。だが二〇〇九年にイースト・プレス社が『わが闘争』の漫画版を出版したところ、最初の一年で四万五〇〇〇部を売り上げた。この出版社はすでに、カール・マルクスの『資本論』とマキアヴェッリの『君主論』の二冊の漫画版を出版していたが、[32]『わが闘争』の漫画が「ヒトラーについて知り、このような悲劇を生んだ思想を理解するための助けとなる」と説明している。しかし『リベラシオン』紙の東京特派員によれば、「漫画には説明や解釈がまったくなく、逆にヒトラーが国家社会主義思想やアーリア的理想やナチズムについて述べている、『わが闘争』の反ユダヤ主義的な内容に忠実である」[33]ということである。実をいうと、この漫画が日本で物議を醸すことはなかった。ユダヤ人大虐殺の記憶がある西洋世界とは大違いである。だからといって、それが一部の若者に広まっているらしい「ナチマニア」なるものを生みだすといえるのだろうか。あるいはロサンゼルスのサイモン・ウィーゼンタール・センターが危惧していたように、反ユダヤ主義の出現につながるのだろうか。今のところはまだなんとも言えない。

いずれにせよ、イスラム諸国の場合ははっきりしている。イスラム諸国では第二次世界大戦後、『わが闘争』が、アラブ・ナショナリズムの道具として、他のどこの国よりもしっかりと根づいているのである。とくに反ユダヤ主義はイスラエル国家の誕生とともに、反イスラエルとなっている。戦後のエジプトは、アルゼンチンに次いでナチ党員がひそかに逃げ込む国となっている。ナセル大統領は破廉恥にも、元SS(親衛隊)を反ユダヤのプロパガンダに利用した。元SS将校でゲッベルスの側近だったヨハン・フォン・レールスもエジプトにいた。彼はいったんアルゼンチンに逃亡したあとカイロに住みつき、「エジプト情報省」で活発に反イスラエル活動を展開した。イスラム教に改宗したレールスは、オマール・アミンと名を変えた。彼はエルサレムの大ムフティーの個人的な友人でもあった。戦時中ナチの盟友だったこの大ムフティーは、アラブ＝パレスティナ・ナショナリズムの主導者となっていた。[34]

カイロには、同じく元SSの戦犯で、ルイス・エル・ハジと名を変えたルートヴィヒ・ハイデンもいた。彼は一九六三年のアラビア語版『わが闘争』を翻訳している。フォン・レールスはその序文に、ヒトラーのイデオロギー、その「ナショナリズム、独裁、民族の理論が今、アラブ諸国で発展し続けている」と書いている。ハイデンも前書きで、アドルフ・ヒトラーは「ドイツ国民だけのものではなく、世界の局面を変えた数少ない偉大な人物のひとりである。国家社会主義はその創立者とともに滅びたのではない。世界中にその種がまかれているのである」[35]と述べている。

アラビア語版『わが闘争』は、エジプトだけでなくイラクやレバノン、シリア、そしてもちろんパレスティナ自治区でもたいへんな売れ行きである。『シオンの賢人の議定書』の翻訳書も同様である。一九五六年のスエズ危機のあと、イスラエル外務大臣ゴルダ・メイアは国連での演説で、何冊もの『わが闘争』がエジプト兵の装備品から見つかったと憤慨し、ナセル大統領はヒトラーの信奉者でありイスラエルを壊滅させようとしているのだと主張した。

一九六三年版にヒトラーの写真とハーケンクロイツを表紙に載せた本が、一九九五年にベイルートで再出版された。[36] このときから、アラビア語の『わが闘争』はカイロ（ヒトラーを賛美する伝記と並んで書店の目立つ場所に置かれた）だけでなくアルジェやチュニス、テヘランでも見られるようになった。インドネシアでも、リビアやエジプトなど中東からの移民が多く住んでいるロンドンのエッジウェア・ロードのキオスクでも販売されている。最近では、穏健派とされるイラクのクルディスタン地域の都市でも見られるようになった。

アントワーヌ・ヴィトキーヌはカイロで、エジプト人弁護士モンタサール・アル＝ザイードにインタビューをしている。彼は『わが闘争』を読むことについてこのように説明している。「ヒトラーの視点を知るのは重要なことだ。ユダヤ人の秘密を明らかにしているからだ。この本は読者に、そしてとくにイスラム教徒に、敵のことを教えてくれる。シオニストたちについてどう考えればいいかを教えてくれた。（中略）シオニストたちは人種主義者で平和を望んでいない。

彼らは狡猾で賢く平気で人を裏切る」。このような『わが闘争』の逆転したとらえ方は、アラブのイスラム諸国ではけっして例外ではない。そうした国々ではイスラエルが「ナチ化」され、パレスティナ人がジェノサイドの脅威にさらされている新たなユダヤ人となる。二〇〇一年に、アルジャジーラは、[37]「シオニズムはナチズムより危険か」というテーマで討論会を開いた。四人のゲストたちはイエスと答え、アンケートに答えた視聴者の八四パーセントもそれに賛成だった。

しかし『わが闘争』（『*Kavgam*』）がもっとも大きな成功を収めているのはトルコである。一九三九年にトルコ語に翻訳された本は、三〇版を超えるほどコンスタントに広く読まれている。二〇〇五年に小さな出版社（マニフェスト社）が、『わが闘争』を三分の一の値段で売り出そうと考えた。たちまち大成功を収めたため、別のふたつの出版社もそれにならった。こうして数か月のうちに八万冊が売れたのである。マニフェスト社の本の裏表紙にはこう書かれていた。「『わが闘争』は今や古典である。誰もが世界を震撼させた人物、彼のきわめて個人的な意見に興味を抱き、この時代について知りたいと思っている。（中略）彼の内面的世界を描き、獄中で書かれたこの本で、ヒトラーはドイツやオーストリア、ユダヤ人、フリーメーソン、マイノリティー、ジャーナリズム、政党、国内外の政治、国会の実態、第一次世界大戦、人種についての個人的アプローチだけでなく、どんな行動をしたいと考え、どんな現実を望んでいるかを明らかにしている」。ライバル出版社の発行人エムレは『リベラシオン』紙の特派員に、「今ならこの本がよく売れるだろうと思った」[38]のだと率直に打ち明けている。アントワーヌ・ヴィトキーヌのインタビューを受けたマニフェスト社の販売部長は、まさに裏表紙に書かれていそうな論拠をもちだした。「今の時代、トルコの人々はシオニズムに関心をいだいている」。他の反イスラエルの本もよく売れている。

二〇〇五年のトルコでの反響を見て、ヨーロッパ世界は驚き、バイエルン州はトルコ政府に『わが闘争』の販売を禁止させた。もちろん発禁は実質的には大書店にしかおよばない。『わが闘争』は今でもトルコのベストセラーとなっている。トルコのジャーナリストで大学教員でもあるハルク・シャヒンはこう考えている。二〇〇五年のあのブームにショックを受けたが、パレスティナの悲劇によってふくらんでいった（アタチュルクの国トルコで長いあいだ見られたユダヤ人に対する「歴史的寛容さ」に反する）[39]反ユダヤ主義にくわえて、トルコのあらたな顔も考慮に入れなければならない。トルコの過激ナショナリズム、国内の敵に対するパラノイア（ユダヤ人はその隠喩である）、民主的でリベラルな西洋への憎悪、そしてとくにアメリカへの憎悪は、今日では極右という狭い枠組みからはみだしている。「民主主義の古いヨーロッパから遠く離れたところでは今も、毒が効いているのだ」[40]

結論　『わが闘争』を燃やすべきか

このように、あらゆる予想、あらゆる論理、あらゆる知性に反して、『わが闘争』はまだ活発な動きを見せている。その雄弁術のおかげというよりは、「トーテム崇拝」によって、世界中いたるところで生きている。それを読むのではなく、振りかざすのである。読むに堪えないことがおそらく逆説的にこの本の力となっているのだ。その憎悪は、新たなプロメテウスとして現代の怨念に火をつけることで消えずに残っている。不寛容、反シオニズムにおき替わった反ユダヤ主義（とはいえ同じものではない）、西欧の価値観への憎悪、ナショナリズムの扇動を『わが闘争』のなかに見ることができる。

それでは『わが闘争』をどうしたらよいのか、というよりどのように扱うべきなのか。「燃やす」べきだろうか。ナチの焚書を思わせるイメージがじゅうぶん答えになっている。とはいえ『わが闘争』を完全に禁止しようとすること（仮にそれが可能だとしてだが、事実はそうではない）、あらゆる手段を用いてこの本を読むのを妨げるのは、焚書の別のやり方である。本を殺すことはできないし、歴史を消し去ることもできない。『わが闘争』が卵からかえらないうちに葬ることができていたら、警察の要求通り、ヒトラーはランツベルク刑務所を出たときにバイエルンから追放されていたかもしれない。ビアホールの熱狂的な演説家はオーストリアでは人々に受けなかったかもしれない。『わが闘争』も、フューラーも、第三帝国も存在しなかったかもしれない。歴史は気まぐれであり、しばしば偶然を好む。

残念ながら怪物は卵からかえってしまった。そうなったらどうやって記憶を禁じることができるだろう。「記憶の原理主義」とも呼べるものに疑いの目を向けるときかもしれない。『わが闘争』を禁じようとするのは、このような考え方にくみするものである。第二次世界大戦の恐ろしさを忘れてはならないのと同様に、その恐怖をもたらしたものも忘れてはならない。『わが闘争』をなんらかのやり方で禁じるのは、きわめて凡庸でそれほどの価値のないこの本にかえって利益をもたらすことになる。この本がさらに有害な好奇の対象、いわば禁断の果実にならないようにするには、多くの国々でトーテムになったというだけでじゅうぶんだ。禁じられた本、呪われた本、悪魔の本……なんという宣伝広告だろう！

こうした観点から、この本に警告や説明をつけたり、公然と非難したりするのは、世間の注目を集めて、結局は販売促進をすることになってしまうかもしれない。警告文をつけたうえでの再版という解決策も同様であるのはいうまでもないことだ。そもそもどんな警告文をつけるというのか。一九七八年の判決はソルロ版にのみかかわるものであり、二〇一六年以降の新訳はいかなる法的義務も負っていない。しかも、当時のガス室存在否定の危機にあまりにもとらわれていた一九七八年の警告は、あまり満足のいくものではないと思われている。[1] しかも国によって、欧州共同体の加盟国かどうかによって異なる警告文になるのだろうか。ナチの残虐行為への拒絶から設立された欧州連合は、この問題について勧告も意見も述べることはなかった。国によって『わが闘争』の法的地位がさまざまであるという事実が問題をむずかしくしている。

警告の「最低限のつとめ」は、いずれにしても読むのがはじめてで善意に満ちた読者の注意しか引かないという欠点がある。しかし『わが闘争』を買うのはそういう人たちだろうか。またここで、この本の読者の想定にもどることになる。ナチではなくても、少なくとも反ユダヤ主義的な考えからこの本を買おうとする者には、警告文はなんの役にも立たないだろう。さもなければもっと辛辣なものにするべきか。煙草の警告文のように「『わが闘争』は命を奪います」とでもすべきだろうか。この本を開く者は、『わが闘争』が命を奪うものだということをよくわかっている。

二〇一六年にドイツで出版されたような「学術的注釈つきの本」にしても、見たところ満足のいくものではない。第一に本文が注釈に埋もれていて、「焚書」のひとつの手段になっている。ベルリンの書籍商、クリスティアーネ・フリッチ＝ヴァイトはこのように語っている。「注釈がびっしりで本文が見つけにくくなっているのです」[2]。ドイツで『わが闘争』の再版が禁止されていると知ったラファエル・セリグマンは、ミュンヘン現代史研究所の学術的注釈つきの本の広告を皮肉っている。「自由で責任ある市民として、私は自分自身の判断力をきたえる可能性を求めている。歴史家にどう考えるべきか説明してもらう必要はない。それに、ユダヤ人は下等人種であり排除しなければならないとヒトラーが言うとき、どんな注釈をつけくわえるべきだろう。それは間違いだとつけくわえるのだろうか」

実際なんと言うべきだろう。読者が知っているとみなされているその後の歴史でなければ、何を説明するのだろう。しかも、ロンドンのドイツ文学教授は、この本が克服されるのは一語一語注釈をつけることによってではないと指摘している[3]。さらにくわえて、この仕事に取り組んでいる歴史家たちは、言語学者でも法学者でも精神医学者でも社会学者でもない。学術的と宣言する版にはこういった専門家たちの協力が不可欠だった、とも言っている[4]。

そもそも、二〇一六年一月に本の紹介のためにミュンヘンに招かれたイギリスの歴史学者、イアン・カーショーが述べたように、このような重い版は「『わが闘争』の神話性を否定する」ものだろうか[5]。結局は、ヒトラーの支離滅裂な話のひとつひとつに、とてつもない重要性を与えることになりはしないだろうか。『わが闘争』を一語一語批判して、注だらけにするやり方は、言葉のあらゆる意味で貧相な本文にかえって高い価値を生じさせるのではないだろうか。原典のなかの原典である聖書をはじめとして、どの原典にもこれほどの注釈はつけられなかった。なんと名誉なことだろう！

こうした指摘は予告されているフランス語版にも言えることである。実のところ、なぜ二〇一六年一月のドイツ語版をそのまま翻訳しなかったのだろう。ドイツの歴史学者たちがドイツ人に説明していることは、フランスの歴史学者がフランス人に説明しようとすることと同じではないのだろうか。

最良の解決法は、何もせずに『わが闘争』を出版社にゆだね、ありふれたものにしてしまうことかもしれない。タブーにすることなく歴史資料として、忘れ去られるままにするのである。繰り返すが、この本そのものには信念の力も、「汚染する力」もない。この本を読んだからナチになるのではない。それはもともとナチだったのだ。人種主義的な目的で『わが闘争』を引用しようとする者については、それを押しとどめる法律がある。ただしそれを適用しようという意志が必要である。

ウェブ上では事実上、放任状態になっているのではないだろうか。『わが闘争』を出版するべきか、どのように出版すべきかという現在の議論は、実はすべて紙の本だけを対象にしたものである。それは氷山の一角にすぎないのだ。ネット注文や電子版で『わが闘争』の「とりこ」

になっている読者は、ウェブ上にいるのであり、書店にいるのではない。こうした読者（そう呼ぶのはこの場合言いすぎかもしれない）を的確に把握するのは困難である。『「わが闘争」にけりをつけるために』の著者は、ある章に「ネット上すべての『わが闘争』？」というタイトルをつけた。言葉はおもしろいが現実に見合っているだろうか。世界ユダヤ人会議事務総長ロバート・シンガーがＡＢＣニュースで語った言葉に耳を傾けるべきだろう。「『わが闘争』のアカデミックな研究はもちろん当然のことですが、電子書籍を最も多く買っているのはおそらく、史上最大の怪物を崇拝するネオナチやスキンヘッドの若者たちです」

たとえそうだとしても、あらゆる立場のインターネット利用者を、どうやって管理しようというのか。密林のようなウェブサイトや、存在を確かめることのできないチャットグループをどうやって取り締まるというのか。『わが闘争』について語っている者は多いが、たいていは貧しい人々であり、アマゾンのアメリカ版サイトに載っていたある購読者の、「『わが闘争』は思っていたほど反ユダヤ主義ではない」という感想のように、ときには現実離れしている。発言がまじめなものであろうと、たんなる挑発的言動であろうと、インターネットが世界的に提起している問題に変わりはない。匿名の卑劣な言動が野放しで助長されているのに、なぜ黙認しているのだろう。ネット上でのラベルや憲章のようなものを用いてはどうかという提案もなされているが、[6] それは預言者ダニエルをライオンの穴に投げ入れるのと同じで、効果は期待できない。管理や監視、教育などのやり方では、これほど野放図な世界にまったく役に立たない。すべてを考慮に入れれば、真の問題は『わが闘争』を読むべきかということではなく、どう扱うべきかということである。この本は機能主義の歴史家たちによって（まだこの古くからの論争がある）長いあいだ取るに足りないものとされてきた。独裁者になったヒトラー（すでに述べたように、ハンス・モムゼンは「弱い独裁者」と言っていた）の権力が、ナチス・ドイツのその他の意思決定者たちに対する相対的なものだったとみなされたのである。歴史解釈は長いあいだこちらに傾いていたが、現在ではもう一方、つまり意図主義に戻ってきている（そのため「新意図主義」と名づけられた）。それはとりわけ『わが闘争』に新たな重要性が与えられたことによるものである。『わが闘争』は文字通りには予言書ではないが、完全に将来の犯罪の基礎となっているからである。

この研究を通して『わが闘争』の重要性がじゅうぶん明らかになった。だからといって専門家でない者が読む必要があるだろうか。答えはノーである。『わが闘争』を焚書にすることはできない。それは不可能だからある。だが読まないに違いない。読むに堪えないからである。より正確に言えば、読むとしたら、禁止されてはいないが警告文や学術的説明のある本を読むことになる。本はおのずと手から離れるだろう。

原注

序文

1.「ある人物または団体に対して、その出自や民族、国家、人種、宗教への帰属の有無によって差別や憎悪や暴力を引き起こす者は、一か月から一年の禁固刑および二〇〇〇フランから三〇万フランの罰金、もしくはそのいずれか一方を科される」。

2. *lepoint.fr*、二〇一五年一〇月二七日。

3. オリヴィエ・マノーニの『わが闘争』翻訳者としての苦悩について伝える、フロランス・オブナの記事より。この計画は二〇一八年以降にずれ込むことになりそうだという。

第一章 『わが闘争』以前のヒトラーはどんな人物だったのか

1. 正確さを疑う理由のないこの人物描写は別にしても、アウグスト・クビツェクの証言は疑ってかかる必要があるが、この時期の唯一の証言でもある。一九五三年に出版された著書 *Adolf Hitler, mein Jugendfreund* は、一九五四年にフランス語に翻訳された *Adolf Hitler, mon ami d'enfance*（『アドルフ・ヒトラー、わが幼友達』、ガリマール社）。

＊注や本文中で引用した著作の一部については、巻末の参考文献に出典が記されている。

2. ヨアヒム・フェストを参照。

3. ウィーン時代にかろうじて三〜一〇クローネで売れていたデッサンや小さな水彩画は、ヒトラーが第三帝国総統になったとたんに六〇〇〇〜八〇〇〇マルク（二万七〇〇〇〜三万六〇〇〇ユーロ）になった。ハーニッシュは当時ヒトラーの偽署名入りの絵を売っていたが、一九三六年にオーストリア警察に逮捕された。二〇一五年六月、専門家からは凡庸とみなされたにもかかわらず、約一五点の作品がドイツの競売で四〇万ユーロで売れた。最も高値がついた「バイエルンの城」は中国人バイヤーによって一〇万ユーロで落札された。バイヤーたちはいずれも匿名を要求していた。

4. ブリギッテ・ハーマン、*La Vienne d'Hitler. Les Années d'apprentissage d'un dictateur*（『ヒトラーのウィーン 独裁者の見習い期間』、ドイツ語版からの翻訳、シルト社、二〇〇一年）からの引用。

5. 前掲書。

6. 前掲書。

7. この興味深い写真を撮ったカメラマン、ハインリヒ・ホフマンは、のちに総統の公式カメラマンとなる。彼の写真スタジオで、ヒトラーは助手として働いていたエヴァ・ブラウンと知り合うことになる。

8. 国軍大臣エルンスト・フォン・リスベルクは、一九一六年一一月三日に帝国議会で次のように述べている。「この決定は統計データを集め、ユダヤ人に向けられた主張を調査することだけを目的としている。もちろんこの決定には反ユダヤ主義的意図はまったくない」

9. H・G・ズマルズリク、*Antisemitismus im deutschen Kaiserreich, 1871-1918; Marlis Steinert, Hitler*（マルリス・シュタイナート『ヒトラー』）より引用。

10. カール・アレクサンダー・フォン・ミュラー、*Mars und Venus*、一九五四年。トーランドおよびフェストより引用。

11. ドイツ代表団団長のブロックドルフ・ランツァウ伯爵はこのようにコメントしている。「この大著は無益であった［ヴェルサイユ条約には四四〇を超える項目が含まれていた］。『ドイツは存在を断念する』という条項だけで事足りるだろう」

12. ヒトラーの反ユダヤ主義（「非ドイツ人種」に言及する）は一九一九年、アドルフ・ゲムリックという人物に宛てた九月一六日付けの手紙ではじめて証明されている（サウル・フリードレンダーによる引用）。

13. エッカートは党歌「ドイツよ、目覚めよ！」の作者でもある。

14. ジョージ・L・モッセによる引用。

15. ドイツ人ジャーナリストで歴史家のコンラート・ハイデン（一九〇一～一九六六）は時代の証人でもある。一九二〇年から一九二三年までミュンヘンの大学で政治学を学んでいた自由主義で共和派の彼は、台頭しつつあるナチズムの反対者だった。ジャーナリストになってリベラルな『フランクフルター・ツァイトゥング』紙などでヒトラーとナチ党の思想に抵抗し、一九三二年には最初の著書 *Geschichte der Nation-al-Sozialismus*（『国家社会主義の歴史』）を出版した。反ナチでユダヤ人でもある彼は、一九三三年に亡命を余儀なくされる。アメリカに移住し、ヒトラーやナチズムについて数々の著書を執筆した。一九三四年にはフランスで *Les Origines d'Hitler et du national-socialisme*（『ヒトラーと国家社会主義の起源』）が出版されている。*Vêpres hitlériennes*（『ヒトラーの晩課』、一九三九年、フランス語訳）では、ユダヤ人大虐殺を予見していた。

16. （一八五五～一九二七）。反ユダヤ主義者であるリヒャルト・ワーグナーの伝記作者で、彼の娘エーファと結婚した。

17. *Essai sur l'inégalité des races humaines*（『人種不平等論』、一八五三～一八五五年）。白色人種は他のどの人種よりも優れており、「地上の偉大で、高貴で、豊かなものすべて」はその思考から生じるとする。

18. シュタイナート、前掲書。

19. コンラート・ハイデン、*Histoire du national-socialisme, 1919-1934*（『国家社会主義の歴史 1919-1934』）より引用。

20. コンラート・ハイデン、*Der fuehrer : Hitler Rises to Power*（『フューラー　権力に挑むヒトラー』、ロンドン、一九九四年）。

21. 一九二七年には毎週二万七〇〇〇部を発行。一九三五年には四〇万部となった。

22. 一九六七年に *Hitler, les années obscures*（『ヒトラー、漠然とした歳月』トレヴィズ社）というタイトルで仏訳されている。

23. シュタイナート、前掲書。

24. アメリカ人ジャーナリストで歴史家のティモシー・W・ライバックは逆を主張し（『ヒトラーの秘密図書館 *Hitler's Private Library, 2000*』赤根洋子訳、文藝春秋社、二〇一〇年）、二〇〇九年に『フィガロ・リテレール』紙で、ヒトラーは本に書き込みをしながら「ずっと読んでいた」のであり、彼の蔵書は「彼にとって重要なもの」だったと述べている。しかし一九三〇年代にベルヒテスガーデンに近いベルクホーフの山荘に移ってから、ましてや戦争が始まってからは、一九二〇年代はじめのミュンヘン時代と同様に本を読まなくなった。読んでいたのは目を覚ましたときにＳＳ（親衛隊）の部屋係が持ってくる新聞くらいだった。クロード・ケテル、フランツ＝オリヴィエ・ジスベール監修、*Une journée avec*（『ある人物との一日』、ペラン社、二〇一六年所収、クロード・

ケテル *Une journée avec Hitler au Berghof*（「ベルクホーフでのヒトラーとの一日」を参照）。

第二章　『わが闘争』はどのようにして誕生したのか

1．イアン・カーショー、『ヒトラー――権力の本質』［石田勇治訳、白水社、一九九九年］。

2．フェスト。

3．ギュルトナーは一九三二年から死去する一九四一年まで、第三帝国の法相を務めることになる。

4．ウィニフレート・ヴァーグナーは一九二九年にナチ党に入党し、ワーグナーの賛美者であるヒトラーの側近となった。一九三〇年からは権威のあるバイロイト音楽祭を運営した。この音楽祭は第二次世界大戦末までナチズムの文化的中心となった。亡くなる数年前の一九八〇年（八二歳）にインタビューを受け、もしアドルフ・ヒトラーが戸口に現れたらどうしますか、とたずねられた彼女は、「家でいつもそうだったように友人として迎え入れます」と答えた。

5．オットマール・プロキンガー（*Othmar Plökinger*）による。

6．イアン・カーショーは逆の見解を示している。「ヒトラーは第一巻の草稿を自分でタイプした」（イアン・ケルショー、『ヒトラー神話――第三帝国の虚像と実像　*Le Mythe Hitler*』柴田敬二訳、刀水書房、一九九三年）。ルドルフ・ヘスの妻イルゼが「時代遅れのタイプライター」を思い出しながら語っていることだが、これは彼女だけの証言であり、他の証人たち（刑務所の仲間、警備員）は口述していたとしている。イルゼ・ヘスはおそらく一九五二年に述べたことを裏打ちしたかったのだろう。「私の夫が『わが闘争』を書いたというのは、この数十年間に繰り返されてきた虚偽の事実です」（ヴェルナー・マーザー、『ヒトラー　*Naissance du parti national-socialiste allemand*』、村瀬興雄・栗原優訳、紀伊國屋書店、「二〇世紀の大政治家五」、一九六九年）。

7．ナチ党の左派であり、最終的にはヒトラーと対立した彼は、第二次世界大戦の少し前に追放されることになる。最初にフランスで出版された回想録（『ヒトラーと私 *Hitler et moi*』、グラッセ社、一九四〇年）のほか、四つの著作がある。最後の著作のタイトルは『わが闘争――ある政治家の伝記』（『*Mein Kampf. Eine politische Autobiografie*』、一九六九年）である。

8．ヴェルナー・マーザー、『アドルフ・ヒトラーの《わが闘争》*Mein Kampf d'Adolf Hitler*』

9．たとえばヒトラーは「倫理」（*ethik*）――明らかに彼はこの言葉を知らなかった――の代わりに「美学」（*ästhetik*）を用いている。

10．『ル・ポワン』誌、二〇一五年十月二七日。

11．フェスト。

第三章　『わが闘争』は何を語っているのか

1．第一章　生家にて、第二章　ウィーンでの修業と苦難の時代、第三章　わがウィーン時代の一般的政治的考察、第四章　ミュンヘン、第五章　世界大戦、第六章　戦時宣伝、第七章　革命、第八章　わが政治活動のはじめ、第九章　ドイツ労働者党、第一〇章　崩壊の原因、第一一章　民族と人種、第一二章　国家社会主義ドイツ労働者党の最初の発展時代。

2．第一章　世界観と党、第二章　国家、第三章　国籍所有者と国家の市民、第四章　人格と民族主義国家の思想、第五章　世界観と組織、第六章　初期の闘争――演説の重要性、第七章　赤色戦線との格闘、第八章　強者は単独で最も強い、第九章　突撃隊の意味と組織に関する根本の考え方、第一〇

章　連邦主義の仮面　第一一章　宣伝と組織　第一二章　労働組合の問題　第一三章　戦後のドイツ同盟政策、第一四章　東方路線か東方政策か、第一五章　権利としての正当防衛

3. フェルキッシュ（*völkisch*）の解釈についてはこの章の注9. を参照。

4. *La Révolution du nihilisme*（一九四〇年にフランス語に翻訳された）。ヘルマン・ラウシュニングは一九三九年に、より広く知られているが信頼度の低い *Hitler m'a dit*（コーペラシオン社、一九三九年）[『ヒトラーとの対話』、船戸満之訳、学芸書林、一九七二年] を出版した。彼はたまにヒトラーに会っただけであり、彼が伝えているすべての発言を書き留めることは明らかに不可能だった。だからといってそれとは別に彼が行った考察の価値が失われるわけではない。

5. （一八九三〜一九五〇）。イギリスの政治学者で、当時大きな影響力があった。

6. （一八八五〜一九七一）。ハンガリー出身のマルクス主義哲学者。一九二三年に出版された *Geschichte und Klassenbewusstsein* など多くの著書で知られる。この著書のフランス語訳 *Histoire et conscience de classe*（『歴史と階級意識』、ミニュイ社）は一九六〇年になってようやく出版された。

7. ティエリー・フェラル、*Le《combat hitlérien》Eléments pour une lecture critique*（『「ヒトラーの闘争」——批判的読書のための基本概念』）、ラ・パンセ・ユニヴェルセル社、一九八一年。

8. ヤッケルなど一部の歴史家は、ヴェルトアンシャウングをたんに「イデオロギー」と訳している。

9. 『わが闘争』の中でヒトラーの世界観の中心的概念であるフェルキッシュという言葉は、フランスでは通常（今日でもなお）「人種主義の（racist）」と訳されている。一九三四年と一九三九年（?）のふたつのフランス語版ではそのように置き換えられているが、そのやり方は単純ではない。前者は三八〇ページ以降のみ、後者は三四六ページ以降のみなのである（「今回およびこれ以降、フェルキッシュを原則として人種主義と訳す」という説明は共通している）。エドモン・ヴェルメイユ（*Le Racisme allemand. Essai de mise au point*〈『ドイツ人種主義——説明の試み』〉、フェルナン・ソルロ出版、一九三九年）も「人種主義」という言葉を用いている。ドイツにかんする権威である彼は、この言葉を次のように定義している。「人種主義は汎ゲルマン主義のひとつの側面にすぎない。民族という言葉の代わりに用いることもできるが、人種という言葉が排除されることはない。それは政治的概念を、ドイツ民族とその生活、社会構造、発展にかかわる『生物学的』概念にかえる。（中略）一九一四年以前に、汎ゲルマン主義が人種主義に近づく。一九一八年以降は人種主義が優位に立ち、新しい汎ゲルマン主義の活動を決定づける」。しかし今日、フェルキッシュを「人種主義」と訳したのではじゅうぶんではない。「人種主義」という言葉が広がってあらたな意味を持つようになったからだ。今ではフェルキッシュが「民族ナショナリズム」という凝りすぎた言葉に訳されることもある。マルリス・シュタイナートは「ナショナル＝ポピュリスト」を選択している。われわれは意味をはっきりさせるために、「人種主義（racialisme）」と「人種主義の（racialiste）」という新しい語義を選択することにする。

10. シュヴァリエ。

11. 科学的根拠のない理論によって——今日では異議を唱えられている人種という概念そのものは別にしても——インド＝ヨーロッパ語族という言葉を最初に用いた人々は、「人種の宮殿」となる明確な人種をつくりあげたのかもしれない（ダ

ニエル・ロップス *Daniel-Rops*）。

12．アンリ・ミシェル、*La Seconde Guerre mondiale*（『第二次世界大戦』）、ＰＵＦ社、一九六八年、一九六九年、再版本、オムニビュス社、二〇一〇年。

13．ジョージ・Ｌ・モッセ。

14．『わが闘争』には、その他のドイツ人フェルキッシュ理論家は挙げられていない。チェンバレンの名が例として一度挙げられているのみである。オーストリア人についても同様である。シェーネラーとルエーガーは彼らの汎ゲルマン主義について触れているだけである。シェーネラーは残念ながら理論家に過ぎなかったとされ、反対にルエーガーはその行動と中産階級の支持を得る能力を賞賛されている。

15．「最近の研究から、遺伝によって梅毒が人類の愚鈍化、退化の原因となり得ることがわかった。劣った人間、退廃した人間、発育異常の人間、衰えた人間を生み出すからである。衰えた人間というのはつまり、身体的な衰えや（中略）、精神的な衰えであり、知的障害の度合いによって軽愚、精神異常、狂人、痴愚、白痴となる」。一九〇四年にこの文章を書いたのは、世界的に有名な梅毒の専門家、アルフレッド・フルニエ教授にほかならない。梅毒は両大戦間の医学界を悩ませた病気だった。

16．ヒトラーは植民地部隊の存在によって、フランス軍によるルール地方の占領のことをほのめかしている。

17．パラノイアは、最初に定義したクレペリン（一八五六〜一九二六年）によって次のように定義されている。「思考、意志、行動の秩序と明晰さが完全に保たれたまま発病し、長期にわたり揺るがすことのできない限定的な妄想体系」。（*Lehrbuch der Psychiatrie*〈『精神医学教本』〉、一八九九年版。）

18．二〇世紀はじめには、パラノイアを少し弱めた「パラノイア的な、あるいはパラノイア様の性格」という概念が生じた。自意識過剰、猜疑心、判断のゆがみなどを特徴とする。さらに傷つきやすい患者の場合、パラノイアは迫害妄想という形をとる。クロード・ケテル、*Histoire de la folie. De l'Antiquité à nos jours*（『狂気の歴史――古代から現代まで』）、タランディエ社、二〇〇九年。テクスト社、二〇一二年。

19．フェスト。

20．ドイツ語版では、*Politiker* と対比させて *Programmatiker* となっている。

21．ノーマン・コーン、*The Pursuit of the Millenium*（『黙示録の狂信者たち』）、一九五七年。一九六二年に *Les Fanatiques de l'Apocalypse* というタイトルで仏訳版が出ている。［邦訳、『千年王国の追求』、江河徹訳、紀伊國屋書店、二〇〇八年］

22．イアン・カーショー、『ヒトラー神話』。

23．フォルク *Volk* は、人民や国家よりも広く、血縁共同体にもとづく人種的統一を意味する。「フランス人がドイツに国家をもつという考えを適用するのは間違っている。ドイツ〝ナショナリズム〟を語ることは、絶えざる誤解に陥るということだ。フォルクの概念はそれよりはるかに生き生きとした強力で決定的なものである。ドイツ〝国民〟は至上の存在だが、ドイツ国家はそうではない」。一九三五年にそう書きしるしたフランソワ・ペルーは、フォルクの帝国主義はつまるところ国家の帝国主義ではないと警告している。「彼は同じ家庭の別居した家族に対しているつもりになっている。外国の土地に同じ民族の分派が住んでいたら、かれらを吸収するのは至極当然のことだろう。その中間にいる者が気の毒だ！」。

24．そう考えていたドイツ人はヒトラーだけではない。『フランクフルター・ツァイトゥング』のパリ特派員、フリードリヒ・ジーブルクは一九二九年に辛辣な *Gott in Frankreich?*

（『神はフランスに?』）を発表した。翌年にはフランス語版も出ている（*Dieu est-il français?* グラッセ社、一九九一年）。そこにはこのように書かれている。「フランス人からすれば、活発な働きを示して他の民族に影響をおよぼすことができるのはフランスの知性だけであることは確固たる事実なので、反ゲルマン主義という言葉によってドイツの活動、ドイツ拡大の必要性を糾弾する以外に策はない。フランスの新聞に毎日載っているこの言葉は、実はフランス以外のあらゆる活動に対する抗議にほかならない」。

25. ルール占領にドイツは、抵抗と全面ストライキだけでなく、反仏プロパガンダで反撃した。そのときにレイプや人食いを告発された植民地軍というテーマが用いられたのである。「見よ、フランス人たちは自国軍の中に『野蛮人』を必要としているではないか！」。

26. （一八四四〜一九〇四）。生物学者、政治地理学者。土地と人間を結びつけた『人類地理学』[由比浜省吾訳、古今書院、二〇〇六年]で当時一世を風靡した。

27. （一八四九〜一九三〇）。プロイセンの将軍、軍事史家。

28. 王党派の歴史家ジャック・バンヴィルは、一九二〇年にヴェルサイユ条約についてこのように書いている（*Les Conséquences politiques de la paix*〈『平和の政治的帰結』〉）。「かれら（ドイツ人）にとってすべては解放への意志をもたらすものであり、障害さえも発憤材料となるだろう」。そしてこうつけくわえている。「機会と人物さえそろえば軍国主義が動き出すだろう」

29. *Le Monde d'hier. Souvenirs d'un Européen*（『昨日の世界』）、レ・ベル・レトル社、二〇一三年。[原田義人訳、みすず書房『ツヴァイク全集一九・二〇』、一九七三年]

30. 「東方への衝動」あるいは「東方植民」は、一二世紀はじめ、あるいは神聖ローマ皇帝フリードリヒ二世の治世にまでさかのぼる。

31. 歴史家で哲学者であり、ユートピア（その筆頭はフランス革命のユートピア）のスペシャリストであるブロニスラフ・バチコは、ヒトラーのイデオロギーもユートピアのひとつを形成していると最初に述べた人物、でなければ最初に述べた人々のひとりである（*Les Imaginaires sociaux. Mémoires et espoirs collectifs*〈『想像社会——集団の記憶と希望』〉、パイヨ社、一九八四年）。

　フランスの作家フレデリック・ルヴィロワは、著書 *Crime et utopie*（『犯罪とユートピア』）でこのテーマについて詳説している。

32. トマス・モア（一五一六年）。

33. ベルトラン・ダストール、*Introduction au monde de la terreur*（『恐怖世界への案内』）、スイユ社、一九四五年。

34. エドモン・ヴェルメイユ、前掲書。

35. ルヴィロワ。

36. L・モッセ。

37. *les Mythes hitlériens*（『ヒトラーの神話』）。

38. 一九三一年に結成され、ナチのフェミニストたちをもっとも失望させた国家社会主義女性同盟は、一九三三年から指導を開始した。女性解放を「ユダヤの思いつき」とみなすヒトラーは、女性を伝統的なしきたり「3K」、つまり料理（*Küche*）、育児（*Kinder*）、教会（*Kirch*）に縛りつけようとした。ナチの指導者たちはみな同様の考えをもち、ローゼンベルクは著書『二〇世紀の神話』（アヴァロン社、一九八六年）の中で、「女性を解放運動から解放する」ことをすすめている。

39. 『わが闘争』の著者ヒトラーは、植民地の上に立つ逆さピラミッドのようなヨーロッパ列強の不安定で人工的な力を、自分の大陸にピラミッドの底をしっかりと置いているアメリカの力と対比させている。

40. コンラート・ハイデンの *Histoire du national-socialisme*（『国家社会主義の歴史』、パリ、一九三四年）の序文。ジュリアン・バンダは哲学者、年代記作者で、*La Trahison des clercs*（『知識人の裏切り』、グラッセ社、一九二七年）で知られる。その中で彼は当時の政治的熱狂に荷担して自分の使命に背いた知識人たちを非難している。当時は数少なかった、ヒトラーの脅威を告発した人々のひとりであった。

第四章　『わが闘争』は「第三帝国」のこれからの犯罪を予告しているのか

1. クリスティアン・アングラオ、二〇一五年一〇月二五日付けの『リベラシオン』紙。

2. 第三帝国におけるヒトラーの権力についての歴史家たちの解釈はふたつに分かれている（そして無意味な論争を重ねている）。機能主義といわれる立場は、ヒトラーはたしかに過激な目標を掲げたが、漠然としたものであり、たいていは無政府状態で「フューラーの意志」の実現を権力のネットワークにゆだねていたとするものである。意図主義は反対に、ヒトラーがあらゆる決定の根源であり、指導者原理（フューラープリンツィープ）の円滑な機構が、フューラーである彼ひとりにゆだねられていたと主張する。

3. 総発行部数は七〇万部に達する。

4. *De la Grande Guerre au totalitarisme. La brutalisation des sociétés européennes*（『大戦から全体主義へ――ヨーロッパ社会の暴力化』、アメリカ版からの翻訳）、パリ、アシェット社、一九九九年。

5. 破壊、排除、絶滅を意味する。

6. ハフナー。

7. ルヴィロワ。

8. ハンス・モムゼン、*National-Socialisme et la Société allemande*（『国家社会主義とドイツ社会』）所収、*La réalisation de l'utopique : la Solution finale de la question juive sous le* Ⅲ*e Reich*（「ユートピアの実現――第三帝国におけるユダヤ人問題の最終的解決」）、パリ、メゾン・デ・シアンス・ド・ロム社、一九九七年。

9. 『民族衛生学の基本指針』、一八九五年。

10. 前掲書。

11. ロバート・J・リフトン、*Les Médecine nazis. Le meurtre médical et la psychologie du génocide*（『ナチの医師たち――医療殺人と大量虐殺の心理』、アメリカ版からの翻訳）、ロベール・ラフォン社、一九八九年。

12. 前掲書。この問題については、ヘンリー・フリードランダー、*Les Origines de la Shoah. De l'euthanasie à la Solution finale*（『ナチの大虐殺の起源――安楽死から最終的解決まで』、アメリカ版からの翻訳、カルマン・レヴィ社、二〇一五年）も参照。

13. ミュンヘン一揆にくわわった生え抜きのナチ党員で、T4計画の指揮官であるヴィクトル・ブラックの表現による。ブラックは「ラインハルト作戦」でポーランドのベウジェツ強制収容所に運ばれてきたユダヤ人を最初に毒ガスで虐殺した人物である。一九四七年にニュルンベルクの医者裁判で死刑を宣告され、一九四八年六月二日にランツベルク刑務所で絞首刑になった。ヒトラーが『わが闘争』を口述した刑務所である。

14. （一八九二～一九六四）。

15. *Réflexion sur le mensonge*（『嘘についての考察』）、

一九四三年、ニューヨーク（アリア社による再版、一九九六年、二〇〇四年）。
16．このあとふたたび取り上げられることになるこの表現は、一九三四年二月二一日に出された無任所大臣から食糧大臣への通達の中に出てくる。「各人には総統の希望を先回りするよう努力しながら総統に仕える義務がある」。

第五章　『わが闘争』はヒトラーの唯一の著書か

1．*Propos de table*（『テーブル・トーク』）、フランスでの初版は一九五二年。再版は *Hitler, propos intimes et politiques 1941-1942*（『ヒトラーの私的会話と政治的発言　一九四一～一九四二』、ヌーヴォー・モンド社、二〇一六年）。ときおり『わが闘争』の「あらたに口述された巻」が話題になったが、まったく信用できない証人たちによって伝えられた発言を選別するのは不可能である。ヘルマン・ラウシュニングの『ヒトラーとの対話』もそうであるが、こうした発言を信頼するに足る原資料とみなすことはできない。
2．プロン社、一九六一年および一九六三年。英語圏では *Hitler's Secret Book*（『ヒトラーの秘密の書』、一九六一年）、*Hitler's Second Book*（『ヒトラーの第二の書』、二〇〇三年）が出ている。
3．第一次世界大戦後、サン＝ジェルマン＝アン＝レー条約（一九一九年）は、南ティロールをイタリアに帰属させた。ファシスト党が権力を握ると強制的なイタリア化が開始されたため、人々は亡命したり密かにドイツ語教育を行ったりするようになり、ドイツでは民族主義者たちの大規模な抗議運動が起こった。
4．J・P・スターンによる引用。
5．『ル・モンド・ディプロマティーク』紙、一九六三年五月。
6．正確な引用は、「世界の他の地域にはサルがいる。ヨーロッパにはフランス人がいる。それで互いに釣り合いがとれている」（『諸民族の特徴』）
7．ムッソリーニの演説の大きなテーマである。「古代ローマ、カトリックのローマに続く第三のローマ、それがファシスト党のローマである」。
8．文字通りには「結合、接続」（「併合」の意味からはほど遠い）。

第六章　『わが闘争』はドイツでどれくらい流通したのか

1．プロキンガーによる引用。
2．ゲッベルスが言わんとするのは、ヒトラー自身が救世主なのか、それとも洗礼者ヨハネのようにただの預言者かということである。
3．プロキンガーによる引用。
4．一九三四年にアメリカに移住し、一九四二年に全体主義について包括的に論じた最初の著書、『大衆国家と独裁――恒久の革命』［シグマンド・ノイマン著、岩永健吉郎・岡義達・高木誠訳、みすず書房、一九六〇年／新装版一九九八年］を発表した。
5．A・ヴィトキーヌ。
6．（一八八四～一九六三年）。一九四九年から一九五九年まで西ドイツ初代連邦大統領をつとめた。
7．プロキンガー。
8．シュヴァリエ。
9．ダリン・M・マクマホン *Fureur divine*（『神の怒り』、アメリカ版の翻訳）、ファイヤール社、二〇一六年。
10．「ヒトラーが国家首相になった。まさにおとぎ話だ」とヨーゼフ・ゲッベルスは日記に書いている。

11．アントワーヌ・ヴィトキーヌ。ドキュメンタリー番組『わが闘争』――すべてはそこに書かれていた」（アルテ、二〇〇八年）の制作者で、『ヒトラー《わが闘争》がたどった数奇な運命』［永田千奈訳、河出書房新社、二〇一一年］の著者。

12．ライプツィヒ市がそうした例である。市長のカール・ゲルデラーは、ナチ政権に公然と反対した数少ない政治家のひとりである。一九四四年七月二〇日のヒトラー暗殺計画に深くかかわり（厳密に言えば彼はテロ行為に反対していたのだが）、逮捕されて死刑を宣告され、ゲシュタポによる拷問を数か月にわたって受けたのち、一九四五年二月二日に処刑された。

13．国防大臣から改称された。

14．この刑務所は国家の記念建造物になっていたが、一九四四年以降はダッハウ強制収容所の別館となった。第三帝国が降伏したあと、アメリカ軍が戦犯刑務所として使用した。ニュルンベルク裁判（総数二一〇名）とダッハウ裁判（総数一四一六名）で二八八名が死刑を宣告され、処刑された。軍事刑務所は一九五八年に閉鎖されたが、ランツベルク刑務所は今日まで刑事犯の刑務所として使われている。

15．再生、真実、信念、伝達の異教的なシンボルである。

16．ヴェルナー・マーザー、*Mein Kampf d'adolf Hitler*（『アドルフ・ヒトラーの《わが闘争》』）。

17．数字はシュタイナートによる。

18．数字はプロキンガーによる。

19．ヒトラーは自分でお金をもつことがなかった。「ヒトラーがお金を必要としたときはいつもボルマンが支払っていた。エヴァ・ブラウンへのプレゼントを買うときでさえそうだった」（ナチ党全国青少年指導者バルドゥール・フォン・シーラッハ）。一九三五年から一九三六年にかけて、ヴァッヘンフェルト・ハウスの大拡張工事を指揮し、資金を調達したのがボルマンである。そしてヴァッヘンフェルト・ハウスは、フューラーの官邸ベルクホーフとなった。

20．一九九六年に公開されたＯＳＳ（戦略情報局）の報告書を引用した、二〇〇六年の『インデペンデント』紙によれば、マックス・アマンはヒトラーの印税のためにスイスに口座を開いたらしい（銀行名はジュネーヴのＵＳＢ銀行となっている）。これが事実であるなら、それはあまりヒトラーらしくなく、むしろマックス・アマンが行ったとみるべきだろう。アマンは第三帝国の出版全国指導者になっている。ナチ党幹部のひとりとして、ニュルンベルク裁判で一〇年の強制労働刑を宣告されたが五年で釈放された。財産を没収された彼はミュンヘンで貧困生活を送っていたが、一九五七年に六六歳で没した。

21．エルンスト・ツー・レーヴェントロウは海軍将校だったが、フェルキッシュ思想をもつジャーナリストとしてしだいに頭角を現し、グレゴール・シュトラッサーが体現する労働者主義・社会主義的傾向に共鳴して、一九二七年にナチ党に加入した。

22．ピーター・ロンゲリッヒ、*Himmler*（『ヒムラー』、ドイツ語版からの翻訳）、エロイーズ・ドルメソン社、二〇一〇年。ペラン社「テンプス叢書」、二〇一三年。

23．（一九〇四～一九九三）。『第三帝国の興亡』（一九六〇年）の著者（一九六二年に *Le Troisième Reich. Des origines à la chute*〈『第三帝国――始まりから崩壊まで』〉というタイトルでフランス語版が出版された。全二巻、ストック社）。多くの歴史学者に客観的正確さに欠けると異議を唱えられているとはいえ、多くの言語に翻訳されて数百万部が販売されている。
24.アネット・ヴィヴィオルカは著書*Le Procès Eichmann*(『アイヒマン裁判』、ブリュッセル、コンプレクス社、一九八九年)で、ハンナ・アーレントの「悪の陳腐さ」説に応えている(『イエルサレムのアイヒマン――悪の陳腐さについての報告』、ガリマール社、初版一九六三年、フォリオ版一九九一年)[大久保和郎訳、みすず書房、一九六九年]。「哲学者にとって、アイヒマンは背徳者でも、過激な教条主義者でもない。一九三二年にSS(親衛隊)に入隊したのは、熟考のすえでもなければ、イデオロギーに深く共鳴したからでもない。『わが闘争』を読んだことはなく、これから先も読むことはないだろう。つまり彼はまったくなぜかわからずにナチ党員になり、典型的かつ平凡な第三帝国の落とし子へと変貌したのだ」。
25.ミュンヘン近郊にある最初の強制収容所のひとつ(もうひとつはベルリン近郊にあるオラニエンブルク強制収容所)。一九三四年に建てられ、当初は政治犯収容所だった。
26.*Hitler m'a dit*(『ヒトラーは言った』)の序文。
27.「白ばら」は平和主義とキリスト教の影響を受けた抵抗運動である。ハンス・ショルとゾフィー・ショル兄妹が、ミュンヘン大学のごく少数の医学生とともにグループを創設した。ナチズムに抵抗するビラが配られた。運動は他の大学にも広がりはじめたが、一九四三年二月にハンス・ショルとゾフィー・ショルがゲシュタポによって逮捕され、斬首刑に処された。
28.ミュンスターの司教クレメンス・アウグスト・フォン・ガーレンは、一九四一年八月三日の説教で精神病患者の「医学的」殺人を告発した。「罪なき者たちの殺人を正当化しようとする教義は恐ろしい教義だ」。カトリック教徒たちが立ち上がり、その後一九四一年八月二四日にT4作戦は中止された。
29.「深き憂慮に満たされて」(伝統的なラテン語の代わりにドイツ語で書かれた例外的な回勅)。
30.アンドレア・トルニエッリ、*Pie XII*(『ピウス一二世』)、エディシオン・デュ・ジュビレ、二〇〇九年。
31.ヴィクトール・クレンペラー、*LTI, la langue du IIIe Reich. Carnets d'un philologue* ドイツ語版からの翻訳、アルバン・ミシェル社、一九九六年(*LTI* は *Lingua Tertii Imperii* の略)[『第三帝国の言語「LTI」――ある言語学者のノート』、羽田洋他訳、法政大学出版局、一九七四年]。同じ著者の *Journal*(『日記』、全二巻、スイユ社、二〇〇〇年)も参照[『私は証言する――ナチ時代の日記(1933-1945)』。小川フンケ里美他訳。大月書店。一九九九年]。

第七章　フランスは『わが闘争』を黙殺したのか

1.実はドイツはひそかに再軍備しており、東部国境を認めていなかったため、ポーランドとチェコスロヴァキアとの国境は不安定な状態にあった。一九二五年には、ロカルノ条約を読むことに没頭し、実は大きな大砲の砲口に座っていることに気づいていないブリアンの戯画が描かれている。説明文には「信仰の祈り」とある。
2.フランス総参謀本部の情報機関。
3.クロード・ケテル、*L'Impardonnable Défaite, 1918-1940*(『許されざる敗北――一九一八~一九四〇』、ジャン・クロード・ラテス社、二〇一〇年。ペラン社「テンプス叢書」、二〇一二年)を参照。
4.「ある種の絶対的信念がいたるところに蔓延し、戦争をのろうだけでなく、戦争など時代遅れだと考える傾向にあった。そうであってほしいという気持ちが強かったのだ」。

5．一九三七年から一九四〇年まで総参謀本部第二部局長をつとめることになる。

6．ピーター・ジャクソン、*France and the Nazi Menace : Intelligence and Policy Making* 1933-1939　オクスフォード大学出版局、二〇〇〇年。

7．*Souvenirs d'une ambassade à Berlin, septembre* 1931-*octobre* 1938（『ベルリンの外交官の回想録――一九三一年九月から一九三八年一〇月まで』）、フラマリオン社、一九四七年。

8．アルフレッド・グロッセ、*Hitler, la presse et la naissance d'une dictature*（『ヒトラー、ジャーナリズムと独裁の誕生』）、アルマン・コラン社、一九五九年。

9．O・シェイド、*Les Mémoires de Hitler et le programme national-socialiste*（『ヒトラーの回想録と国家社会主義の綱領』、資料研究）、リブレリ・アカデミック・ペラン、一九三三年。

シャルル・アピュン、*Hitler par lui-même d'après son livre Mein Kampf*（『著書《わが闘争》でみずから語るヒトラー』）。

著者名なし、*Mein Kampf étudié par un Français moyen*（『一般のフランス人が研究した《わが闘争》』、ロンジャン編、一九三三年）。

10．ベルナール・コンブ・ド・パトリ、*Que veut Hitler? D'après la trasuction de son oeuvre par le colonel Chappat*（『ヒトラーは何を望んでいるか――シャパ大佐による著書の翻訳から』）、バビュ社、一九三一年。

11．実はロンジャンという人物が自分で出版した。

12．オリヴィエ・ボー、*René Capitant et sa critique de l'ideologie nazie*1933-1939（「ルネ・カピタンとナチ・イデオロギーの批評　一九三三―一九三九」）、雑誌 *Revue française d'histoire des idées politique*（『フランス政治思想史』）より、二〇〇一年。

13．『ジュルナル・ド・レコール・ポリテクニーク』誌の「なぜ私は『わが闘争』を訳したか」、一九三四年二月二五日。

14．アドルフ・ヒトラー、*Mein Kampf (Mon combat)*（『わが闘争』）、ヌーヴェル・エディシオン・ラティーヌ、（一九三四年）。

15．パリ史料館、セーヌ商業裁判所（ジョスリン・ボルダによる引用）。

16．ベルナール・ルカッシュは一九二九年から亡くなる一九六八年までＬＩＣＡの会長をつとめ、ヒトラーが権力の座につけばどんなことになるかを早くから見抜き、反ナチの大集会をたびたび開催した。一九三四年一二月のＬＩＣＡの機関誌『ドロワ・ド・ヴィーヴル』には、「『わが闘争』がドイツではもう読まれていないと主張されていたが、それは真っ赤な嘘だ。学校では『わが闘争』が賞品として配られているのだ」とある。

17．エマニュエル・ドボノ、*La Ligue internationale contrel'antisémitisme en France*1927-1940. *La naissance d'un militantisme antiraciste*（『フランスの反ユダヤ主義に反対する国際連盟（一九二七－一九四〇）――反人種主義活動の誕生』）、セルジュ・ベルスタン（パリ政治学院）指導のもと二〇一〇年一二月二日に公開審査を受けた博士論文。

18．奇妙なことにジロドゥはこうつけくわえている。「というのもそれはコルベールやリシュリューの考えでもあるからだ」。かれは「ユダヤ人」とは書いていないが「ポーランドやルーマニアのゲットーから逃れてきたアスケナシ（原文のまま）」と書いている。【訳注／中・東欧のユダヤ人、アシュケナジムを指すと思われる】

19．*Bagatelles pour un massacre* は一九三七年一二月にドノエル社から出版された。

20．「私はヒトラーと同盟を結びたい。いいではないか。彼はブルトン人やフランドル人に対しては何も言っていない。ユダヤ人を攻撃しているだけだ。ユダヤ人が好きではないのだ。私も好きではない。黒人も好きではない。それだけだ。ヨーロッパが真っ黒になるのはありがたくないことだ。（中略）ヒトラーとは戦争をしたくない。だがユダヤ人とはなら戦争をしたい」。

21．アンリ・ムロ中佐、*La Guerre allemande. Analyse des ouvrages du Dr Banse: Wehrwissenschaft, Raum und Valk im Weltkriege*（『ドイツの戦争――バンゼ博士の著書《防衛学》《世界大戦における地域と民族》の分析』）、NEL、一九三四年。

22．とくにこのように書かれている。「戦争は何か途方もないもの、罪深いもの、人間性に対する侵害ではないことをすべての人が理解しなければならない。生物学的な生存競争という観点では、戦争は生き物がいるところにはどこでもふつうに存在する（中略）。不公平このうえないヴェルサイユ条約にうめいたり嘆いたり恨んだりしても何の役にも立たないだろう。われわれが自分たちの運命を変える決意をし、魂と想念によって敢然と覚悟を決めるのでなければ、そうしたことすべてはもの笑いの種にしかならないだろう（中略）。諸国民の運命、諸国家の生と死は神の手の中にある。しかし神は諸国民の魂のなかに生きている。ある国民が霊的な義務にしたがって生きる努力をすれば、神が命じたつとめを果たすことになる。最終的に防衛をたすけ、神の意志を実現するのをたすけることになるのは戦争である。そして国民にその準備をさせるのが戦争学のつとめである」。

23．一九三四年一一月に書かれた*Hitler et sa doctrine*（『ヒトラーとその教理』、エール・ヌヴェル社）の前書きは、はっきりとユダヤ人の迫害、「長いナイフの夜」、オーストリア首相ドルフースの暗殺に言及している。

24．アントワーヌ・ヴィトキーヌとの対談。

25．ジョスラン・ボルダによる引用。

26．「ラ・ヴェリテ、左翼反対派機関紙」は一九二九年から一九三六年までフランスで発行された（「ラ・ヴェリテ」「真実」は、ソヴィエト連邦共産党の機関紙「プラウダ」をフランス語に訳した言葉である）。

27．アンドレ・シュアレス自身『わが闘争』のほとんどすべてのページに注をつけているが、それは注釈というよりは要約である。「誇張表現の手本！」や「人種を定義すべきだろう」といった言葉が書かれている（ステファヌ・バルサクによって提供された未発表文書）。

28．「好戦的」というのは平和主義者の激しい非難の言葉である。次々に変わった政権の各陣営のあいだで一九三九年まで使われた。

29．外交問題特別顧問ヨアヒム・フォン・リッベントロップは、ドイツ外務省の権限と一部重なるところのある外交関係機関（リッベントロップ機関）で手腕を発揮していたが、一九三八年はじめにようやく外務大臣になった。

30．ドイツ国防軍は一九三五年五月に再編された。一九三三年春には国軍は一二万五〇〇〇人の兵員を擁していた。徴兵制が復活して六か月足らずの一九三五年秋には、国防軍の兵員は八三万六〇〇〇人となっていた（一九三六年末には一二一万人）。

31．クロード・ケテル、前掲書を参照。「陸軍大臣と参謀総長は、ガムラン将軍を通じてフランス軍の潜在軍事力を過小評価していた。これは明らかに重大なことである。もし潜在軍事力を承知していたとしたら、それ以上に重大なことである」。

32．サン＝ボネは一九三二年に*Le Juif ou l'Internationale du*

parasitisme（『ユダヤ人あるいは寄生のインターナショナル』、ヴィタ社）を出版している。

33．ジャック・ドロズ、「ナチズムの台頭を前にしたフランス社会党」、*La France et l'Allemagne*, 1932-1936（『フランスとドイツ、一九三二〜一九三六年』、ＣＮＲＳ出版、一九八〇年）。

34．「新秩序」は「一九三〇年代の非順応主義者」という一群のグループに属する思潮で、既存の思想活動を越えて考え、共産主義にもファシズムにも反論しようとするものである。

35．『新秩序』誌、*Mission ou démission de la France. Réponce à Hitler*（『フランスの使命あるいは責任放棄——ヒトラーへの答え』）、一九三六年。

36．セリーヌは『評論　虫けらどもをひねりつぶせ』で歯に衣を着せずにこう言っている。「ヒトラーは大量の仕事を抱え込んでいるようだ。ロシアのあらゆる草原地帯で、バイカル湖周辺で、手に入れた雌牛たちを守るための前代未聞の争いごとに忙殺されるだろう。われわれを悩ませるまで数世紀はかかるだろう」。

37．ヴェルサイユ条約のとてつもなく長いリストのなかには、ズデーテン地方やボヘミア周辺の相当数のドイツ系民族（三〇〇万人）が住む地域を、新国家チェコスロヴァキアに編入することも記載されていた。しかしこの地域にチェコスロヴァキアの防衛体制が築かれ、産業の大部分も集中していた。

38．そのうち、ジャン・ファイヤールは一九三六年に死去した創立者のアルテム・ファイヤールの息子であり、その助手ピエール・ガクソットは歴史家で、『カンディド』や『ジュ・スュイ・パルトゥ』も主宰していた。

39．*lapsus scriptae*（『誤植』）には「われわれの義務 *notre devoir*」の代わりに「黒い義務 *noire devoir*」と印刷されている。

40．ブノワ＝メシャンは名高いコラボラトゥール（対独協力者）であり、ペタン政権で多くの重要な任務を果たした。一九四七年六月六日に高等法院で死刑の判決を受けたが、恩赦により終身刑になる。結局一九五三年九月に釈放され、ジャーナリスト、歴史家、作家としての道を歩む。

41．おもな書籍は以下の通り。

Ｍ・Ｌ・ミシェル、*Extraits de Mein Kampf accompagnés de commentaires*（『注釈付き《わが闘争》抜粋』）、レ・ベル・エディシオン社、一九三九年春。

著者名なし、*Adolf Hitler, Mon combat. L'antisémitisme, l'antimarxisme, le racisme*（『アドルフ・ヒトラー《わが闘争》反ユダヤ主義、反マルクス主義、人種主義』）、レ・ベル・エディシオン社、一九三九年。

Ｍ・ド・フィルス、*Adolf Hitler. Mein Kampf impartialement condansé par Marcel de Firs*（『アドルフ・ヒトラー《わが闘争》マルセル・ド・フィルスによる公正な要約』）、パリ、Ｇ・ラティエ社、一九三九年（四月）。

Ｌ・マビーユ、*Français, connaissez-vous Mein Kampf?*（『フランス人よ《わが闘争》を知っているか』）、ペ・エ・リベルテ社、一九三九年。

Ｈ・ドゥイエ、*Réponse d'un Français à l'auteur de Mein Kampf*（『《わが闘争》の著者へのフランス人の答え』）、エヴルー、エリセー社、一九三九年。

ロジェ・モルヴィリエ、*Face à Hitler et à Mein Kampf*（『ヒトラーと《わが闘争》に向かって』）、セーヴル（「私家版」）、一九三九年。

Ｇ・ソルベ、*Le Péril extérieur : l'hitlerisme*（『外部の危険、ヒトラー主義』）、Ｆ・ソルロ社、一九三九年。

42. ル・フラン＝ティルール社、一九四六年。

43. 一九七八年六月一八日のラジオ「フランス・アンテール」でのモーリス・シューマンのインタビュー。A・ヴィトキーヌより引用。

44. ドイツの駐仏大使となって、仏独友好の仮面をはずしたオットー・アベッツの名に由来する。「オットー・リスト」はヴィシー政権の求めに応じて非占領地域でも適用された。

45. A・ヴィトキーヌより引用。

第八章　『わが闘争』の各国での出版と反響はどのようなものだったのか

1. ファシスト党のジャーナリストで歴史学者のジョルジオ・ファーブルによる（*Il contratto. Mussolini editore di Hitler*〈『契約――ヒトラーの出版者ムッソリーニ』〉、出版社デダロ、二〇〇四年）、ヴィトキーヌより引用。

2. ジョルジオ・ファーブル。ヴィトキーヌより引用。

3. 前掲書。

4. ジョルジオ・ファーブル、*Mousolini razzista*、ミラノ、ガルザンティ社、二〇〇五年。

5. ピエール・ミルザ、『ムッソリーニ』（ファイヤール社、一九九九年）の「ムッソリーニとユダヤ人」を参照。

6. 前掲書。

7. A・ヴィトキーヌより引用。

8. フランソワ・ケルソディ、*Winston Churchill. Le pouvoir de l'imagination*（『ウィンストン・チャーチル――想像の力』）、タランディエ社、増補改訂版、二〇一五年。

9. 一九三八年九月二九日から三〇日にかけての夜、ミュンヘンで、フランスとイギリスの首脳たちはヒトラーに譲歩し、ズデーテン地方をナチス・ドイツに譲った。その後ネヴィル・チェンバレンはロンドンに意気揚々と帰国してこう宣言した。「わが国の平和は守られた！」。そして非公式に、ヒトラーは「話してみるとなかなか頼れる男」だという印象をもったと語った。

10. この版が出版されるまでの経緯は波乱に満ちていた。ジョン・マーフィー、*Why did my Grandfather Translate Mein Kampf*（「私の祖父はなぜ《わが闘争》を翻訳したか」）、二〇一五年一月一四日BBCニュースを参照。

11. A・ヴィトキーヌより引用。

12. 前掲書。

13. *Mein Kampf-Complete and Unabridged-Fully annotated*(『わが闘争――完全無削除版――注釈つき』)、レイナル・アンド・ヒッチコック社、ニューヨーク、一九三九年。

14. *The New School for Social Research*（ニューヨーク）。

15. ホートン・ミフリン社が一九四三年に出版したラルフ・マンハイムの翻訳版などがある。

16. その数は九〇万人にのぼる。クロード・ケテル、*La Seconde Guerre mondiale*（『第二次世界大戦』、ペラン社、二〇一五年）を参照。

17. フランソワ＝グザヴィエ・ネラール、*Staline au Kremlin. Le maître du temps*（『クレムリンのスターリン――時代の指導者』、クロード・ケテル、フランツ＝オリヴィエ・ジスベール監修 *Une journée avec*〈『ある人物との一日』〉所収）。

18. リール第三大学ロシア・ソヴィエト史教授アンドレイ・コゾヴォイより資料提供。

19. ベルリン、ローヴォルト社、一九三二年。

20. 聖書は一九五六年、およびその後二回、一九七六年と一九八八年に再版されたが、図書館に置かれ、限られた読者しか手にすることができなかった（KGB、エリート政治局員、許可された研究者）。違法に所持すれば訴追され、闇市場では月平均給与に匹敵する記録的な値段がついていた。聖書が自由に販売されるようになったのは、一九九〇年代はじめのことである（アンドレイ・コゾヴォイ）。

21．『わが闘争』には「アラブ」、「ムスリム」、「イスラム」、「コーラン」という記述はまったくない。エジプトの宗主国イギリスに対する反乱（不可能だと明言されている）をあらわすのに、「聖戦」という言葉が誤った意味で用いられている。「ムーア人」は劣った雑多な人種として漠然と使われている。その動物的な力はしばらくのあいだアーリア人種に必要だったが、技術の進歩によって不要になったとされている。

第九章　『わが闘争』はニュルンベルク裁判で言及されたのか

1．アメリカ人歴史学者H・P・ウィルモットの推算によれば、一三〇〇万人。

2．ヨーロッパではおそらく三〇〇〇万人。これについては、キース・ロウ、*L'Europe barbare*. 1945-1950（『残忍なヨーロッパ　一九四五～一九五〇年』、英語版からの翻訳）、ペラン社、二〇一三年。

3．ジャン＝マリ・ルペンが一九八七年にRTLラジオで語った有名な発言。

4．*Choix fatidiques. Dix décisions qui ont changé le monde* 1940-1941（『運命の選択 ——世界を変えた一〇の決定　一九四〇～一九四一年』）、スイユ社、二〇〇九年。

5．週末だったため、五日と六日は公判がなかった。

6．ヒャルマル・シャハトは一九三九年までライヒスバンク（中央銀行）総裁、一九三七年まで経済大臣をつとめた。ハンス・フリッチェ（国民啓蒙・宣伝省のラジオ放送局長）とともに無罪判決を受けた——ソヴィエトの判事は有罪を主張していた。釈放後すぐにまた収監され、非ナチ化裁判にかけられたが、一九四八年に最終的に釈放された。

7．『ヒトラー《わが闘争》がたどった数奇な運命』で、アントワーヌ・ヴィトキーヌは、ミュンヘン中央図書館のギフトカマーを訪れたときのことを語っている。「『わが闘争』は修正主義者の著作、ポルノ作品、戦後出版された人種差別的な本といっしょに並んでいた」。実はどの公共図書館にも「地獄」と呼ばれる金庫のような部屋があって、わいせつあるいは良俗に反すると判断された著書が保管されている。だが地獄というよりはむしろ煉獄である。なぜなら閲覧は禁止されていないからだ。

8．『ヒトラー《わが闘争》がたどった数奇な運命』。［永田千奈訳、河出書房新社、二〇一一年］

9．この話の続きはさらに驚くべきものだ。オラフ・シモンズの祖母は数年後に『わが闘争』を掘り出して、家の片隅にしまった。そして一九六〇年代になって自分の息子が結婚するときに（！）、それを渡したのである。「この本をどうにかしないといけなかったから。どこかにやってしまわないとね」と祖母は説明した。

10．このアンケートから着想を得てエルンスト・フォン・ザロモンは、皮肉をこめた小説*Questionnaire*（『身上調書』、ドイツ語版からの翻訳）を書いた。

11．イアン・カーショー『ヒトラー神話』より引用。

第一〇章　『わが闘争』は今日までどのように扱われたのか

1．一九六六年に、事実上この禁止に最初に背いたドイツ人歴史学者が、ヴェルナー・マーザーである（一九六八年に

Mein Kampf d'Adolf Hitler《『アドルフ・ヒトラーの《わが闘争》』》という仏訳書が出ている)。ドイツでは、マーザーは修正主義歴史学者とみなされている。ユダヤ人の大量虐殺を否定しているわけではないが、ニュルンベルク裁判での「戦勝国の正義」を批判しているからである。

2.「意図主義者」である彼は、一九六〇年から一九七〇年代の著書(彼は一九二二年生まれである)で、ユダヤ人大虐殺がヒトラーの激しい反ユダヤ主義から直接生じたものだとみている。

3. A・ヴィトキーヌより引用。

4. ハンブルク大学政治学教授。著書に *Fascination du nazisme*(『ナチズムの幻惑』、オディール・ジャコブ社、一九九三年)がある。

5. ドキュメンタリー番組「『わが闘争』――すべてはそこに書かれていた」。

6. 同番組。

7. *Hitler, Mein Kampf. Eine kritische Edition*(『ヒトラー《わが闘争》批判的注釈版』)、クリスティアン・ハルトマン監修、ミュンヘン、現代史研究所。

8. 二〇一六年三月一六日、*telerama.fr*。

9. *Süddeutsche Zeitung Magazin*(『南ドイツ新聞マガジン』)、二〇一五年五月二日付け。

10. 二〇一五年九月七日付け『ディ・ヴェルト』紙ほか。

11.『レ・ザンロキュプティブル』誌、二〇一六年一月一八日。

12. ラシニエにとっては、ヒトラー以上にチャーチル、ルーズヴェルト、そしてユダヤ人が第二次世界大戦の張本人である。とくにこのような記述がある。「世界中のユダヤ人たちは、ヒトラーが妥協を模索していたのだからなおさら容易だったはずの妥協をする代わりに、議論をあおったのである」。

13. A・ヴィトキーヌ。

14. 最初は「修正主義」と呼ばれていた。歴史研究において一般に認められている解釈をふたたび問題にする立場と、やっかいな用語の混同がある。

15. 人種差別と反ユダヤ主義に反対する国際連盟。

16. 序文の注2. を参照。

17.(一九〇三〜一九八五)。哲学者。家族は帝政ロシアのユダヤ人迫害から逃れてきた。「疲れを知らない左翼デモ参加者」と呼ばれた。

18. 一九四九年に設立されたMRAPは当初「反人種主義と反ユダヤ主義と平和の運動」だったが、アルベール・レヴィの主導により「反人種主義と人民友好の運動」となった。「反ユダヤ主義」という言葉をとることについては議論があった(いまだに議論されている)。

19. オンラインニュース「*JOL Press*」、二〇一四年一月一一日。

20. 二〇一六年六月には *amazon.fr* のコレクター商品として三〇八ユーロだった。

21. 今では著作権としてではなく翻訳権としてである。しかもフランス語訳はヌーヴェル・エディシオン・ラティーヌ版『わが闘争』だけではないことを忘れている。「ラ・デファンス・フランセーズ」というほとんど知られていないフランス語版もあるからだ(本書でも使用している)。二か国語版は二〇一四年に出版されている。

22. オンラインニュース「*JOL Press*」、二〇一四年一月一一日。

23. アマゾン・イギリスのサイトでは、ペーパーバックが七ポンド、電子版が〇・九九ポンドである。

24. たとえば一九九二年にバイエルン州はスウェーデンでの再出版に反対しようとした(『*Min kamp om uppgörelse*』)。長きにわたる裁判のすえ、スウェーデン最高裁判所は一九九八年に、『わが闘争』は「法の抜け穴」の状態にあるとみなされると判断した。
25．二〇〇七年に制定された「過激主義者図書連邦政府リスト」。
26．アンドレイ・コゾヴォイより資料提供。
27．A・ヴィトキーヌより引用。
28．「ラーシュトリーヤ・スワヤンセーヴァク・サング（民族義勇団）」。現首相と与党であるヒンドゥー至上主義政党のインド人民党の母体となっている。
29．オリヴィエ・ポステル＝ヴィネー、「『わが闘争』、インドのベストセラー」、『リベラシオン』紙、二〇一六年四月二六日付け、および『ブックス』誌、二〇一六年七月四日付け。
30．A・ヴィトキーヌ。
31．前掲書。
32．「まんがで読破」シリーズ。
33．『リベラシオン』紙、二〇〇九年一〇月二日付け。
34．ムハンマド・アミーン・アル＝フサイニーは一九四一年にヒトラーと会見し、「名誉アーリア人」の称号を受けた。戦後はフランスに逃亡、その後エジプトに赴く。一九六二年までイスラエルに反対する闘争のアラブ人指導者だった。一九七四年死去。
35．A・ヴィトキーヌより引用。
36．ビザン出版。
37．一九九六年に設立されたカタールの衛星テレビ局。アラビア語、英語、トルコ語、セルボ＝クロアチア語で放送し、二〇〇八年の視聴者数は三五〇〇万から四〇〇〇万人。アルジャジーラ・グループにはさらに六つのウェブサイトがある。
38．A・ヴィトキーヌより引用。
39．実際にはトルコのユダヤ人は、九〇年間で一五万人から二万人に減少した。
40．ドキュメンタリー番組「『わが闘争』——すべてはそこに書かれていた」。

結論　『わが闘争』を燃やすべきか

1．「『わが闘争』読者への教育的警告」という文は、*Pour en finir avec Mein Kampf*（『『わが闘争』にけりをつけるために』）に提示されている。一九七八年のものより苦心の跡が見えるが、どうしても本の人種主義や反ユダヤ主義の性質に向けられたものである。次のような前書きがある。「注意。人種主義、反ユダヤ主義、ジェノサイドの宣伝文」。
2．telerama.fr　二〇一六年三月一六日。
3．キングス・カレッジのジェレミー・アドラー、二〇一六年一月七日付け「南ドイツ新聞」。
4．lemonde.fr　二〇一六年一月八日。
5．前掲サイト。
6．『『わが闘争』にけりをつけるために』は、「リスペクト・ゾーン憲章」を提案している。「（1）私は他者を尊敬する。（2）私は自分のメッセージや言葉を形にする。（3）私は第三者によって私のサイトに託されたメッセージに手を入れる」などである。

◆著者
クロード・ケテル（*Claude Quétel*）
歴史学者、フランス国立科学研究センター（*CNRS*）研究部長。カン平和記念博物館の学術部長を務め、多数の著書を発表した。主な著書に *La Seconde Guerre Mondiale*（第二次世界大戦）（2015 年）、*L'Impardonnable Défaite*（許されざる敗北）（2012 年）がある。邦訳に『梅毒の歴史¥』*Le Mal de Naples*（藤原書店）がある。
◆訳者
太田佐絵子（おおた・さえこ）
翻訳家。早稲田大学第一文学部フランス文学科卒。訳書に『地図で見るラテンアメリカハンドブック』、『地図で見る中国ハンドブック』、『地図で見るアラブ世界ハンドブック』、『地図で見るロシアハンドブック』、『地図で見るバルカン半島ハンドブック』、『第三帝国の嘘』（いずれも原書房）などがある。

ヒトラー『わが闘争《とうそう》』とは何《なに》か

●

2018年1月28日　第1刷

著者……………クロード・ケテル
訳者……………太田佐絵子《おおたさえこ》
装幀……………川島進（川島デザイン室）
発行者……………成瀬雅人
発行所……………株式会社原書房
〒160-0022 東京都新宿区新宿 1-25-13
電話・代表　03(3354)0685
http://www.harashobo.co.jp/
振替・00150-6-151594
印刷……………新灯印刷株式会社
製本……………東京美術紙工協業組合

ISBN 978-4-562-05473-2, printed in Japan